光文社文庫

ラガド
煉獄の教室

両《もろ》角《ずみ》長《たけ》彦《ひこ》

光 文 社

ラガド
煉獄の教室

目次

権力の歴史は、実験の歴史である。

ラガド　煉獄の教室

0　ブルース・リー

情報とは凝縮である、というのがブルース・リーの持論だった。

この部屋の空気に0・008ppmの毒物がふくまれていると聞かされても、ピンとくる者はすくないだろう。しかし凝縮すれば誰の目にもはっきりと見えるのだ。1立方メートルあたり2ミリ角の毒物が。情報も同じことだ。すぐ手のとどくところにある。ただ、誰もそれに気づかないだけだ。

ブルース・リーがいま注目しているのは、ひとつの単語だった。

この単語の正確な意味を知る者は、日本で五人ほどしかいないはずだった。

一億二千八百万人のうちの五人——0・039ppm。

「楽勝だ」ブルース・リーはにやりとした。

あとは情報を凝縮するための、かずかずの「溶剤」をあつめればよい。

政府の内部情報、官公庁の内部情報、警察の内部情報……。

キーを操作するブルース・リーの手が止まった。

某警察署内で、あの事件に関係する非公開の〝実験〟がおこなわれているという情報だった。

「非公開か……」

ブルース・リーというのは仮の名である。いずれにせよ、連絡用に名前は必要だ。

I

11月4日—6日

1　地下講堂

（怒号。サイレン。男女生徒の泣き声。いりみだれる靴音）

「君、あのクラスの生徒だよね」

「はい……（女子生徒。周囲の騒音のため不明瞭）」

「犯人はどういうふうにあの子を刺したの？」

「どういうふうにって……」

「見てたんだよね。見たんだろ。近くで」

「（警官の怒声）報道の方はさがってください！」

「押し倒して？　馬乗りになって？」

「……（不明瞭）」

「最初にどこを刺したの？　何回ぐらい？」

「そんなのわかりません！　こわくて目を（不明瞭）」

「見てなくてもなにか聞こえたよね。声とか」

「声」

「そう。犯人の声」

「いや、モンじゃなくて――(不明瞭)」

「えっ、何――」

「(間近で大声。学校関係者か) あんた何やってるんです! こんなときに生徒にインタビューするなんて、非常識じゃないですか」

「ちょっと、ちょっとだけ待って。(女子生徒に) 君、いまなんて言った?」

「生徒から離れて。ここから出てください」

「本当なんだね。あの子が――」

「出ろって言ってるだろ!」

「わたしをかわりに――そう言ったんだね。刺されながら」


11月6日・午前10時。

都内C署交通課に勤務する冬島康子《ふゆしまやすこ》巡査は、本勤務の欠勤申告をすませたのち、新館地下にある講堂へむかった。

認証カードで関門を通過したのち、「本日の勤務内容を一切口外しません。これに違反した場合は署内規定第××条にもとづき云々《うんぬん》」と口頭で誓約し、これにより声紋認証とタイムレコードを兼ねる。

更衣室へむかう。すこし遅刻してしまったため、いそがなければならなかった。

制服をぬぎ、ロッカーから体操着をだして着がえる。背中と腹に大きく「18」という赤いゼッケンがはられている。

(推薦のためよ)冬島は、これまで何度となく心の中でとなえた文句をとなえた。(なにごとも推薦のため)

運動靴をはき、早足で移動する。

完全な地下式の、バスケットコート一面ほどの広さをもつ講堂は、今は「中学校の教室」に模されていた。

事件のおきた教室と同じ広さに床が区画され、実物と同じ大きさの教壇、机、椅子が、実物と同じ間隔で配置されている。図1(次頁)

机の上面には1番から40番までの番号が大書されている。

冬島康子は自分の体操着と同じ18番と書かれた机のかたわらに、教室後方をむいて立った。

「女子生徒役」ということだ。

冬島以外の「女子生徒」はふたりいた。5番と7番、やはり女性警察官である。冬島に軽く目礼してきた。冬島も目礼をかえす。

今回の事件に最も関係がある三人はいずれも女子生徒であったため、それを模す者も女性ということになったのだ。

三人とも、本来この事件を担当する本部捜査一課の所属ではなく、そもそも刑事ですらないのだが、なんとか刑事になりたいという強い意欲をもっている点で共通していた。

刑事になるには「捜査専科講習」を受けて資格を得なければならないが、この講習に参加するまでが大変な難関である。講習の受験資格を得るための試験に合格しなければならないのはもちろんだが、それ以前に、その試験の受験資格を得るために、署内から推薦を受けなければならないのだ。

推薦をもらうために、刑事志望の警官は、すこしでも署内で「目立つ」ための努力をしなければならない。そのためにはこのような、みんなが敬遠する仕事にすすんで志願するのが一番だ。

(なにごとも推薦のためよ)冬島は心の中でとなえつづけている。

「教室」後方にいる人数は、出入口にたつ警戒要員をのぞけば、わずかだった。

警視庁捜査一課特捜班係長、記録用のビデオカメラ操作係が三人。それに体操着を着た男性警察官がひとり。ゼッケンには大きな星マークがえがかれている。「犯人」の意味だ。

「犯人」は一見して、きわめて不似合いなものを手に提げていた。革製の通学用の鞄――。

「みんないるな」冬島が来たのを確認した係長が、うなずいてみせた。

図1

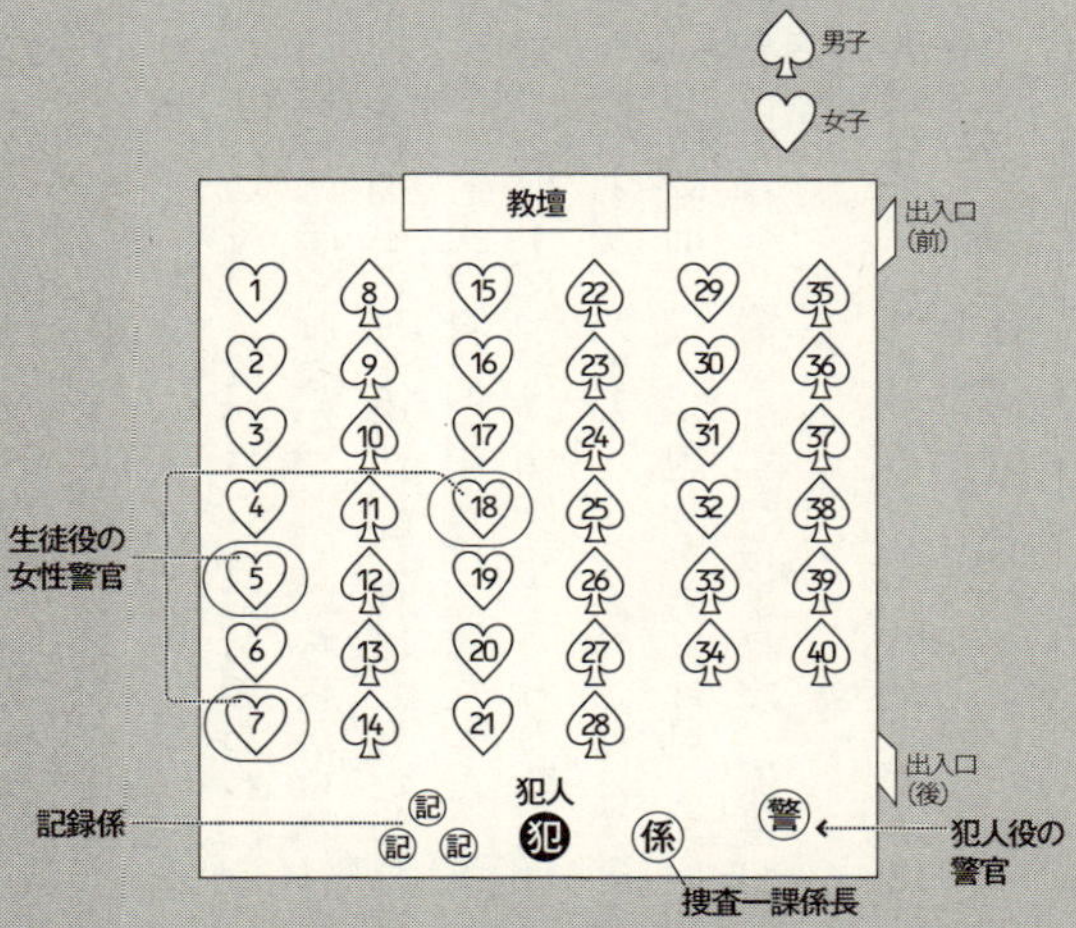
男子
女子
教壇
出入口
(前)
1
2
3
4
5
6
7
8
9
10
11
12
13
14
15
16
17
18
19
20
21
22
23
24
25
26
27
28
29
30
31
32
33
34
35
36
37
38
39
40
生徒役の
女性警官
出入口
(後)
記録係
記
記
記
犯人
犯
係
警
犯人役の
警官
捜査一課係長

「日垣《ひがき》の到着がすこし遅れている。腹具合が悪いそうだ……。縁起の悪い仕事でもうしわけないが、よろしくたのむ」そう言って、ちらっとうしろを見た。

後方壁の天井に近い部分は監視ブースだ。マジックミラーになっていて、こちらから内部を見ることはできない。

あそこには当然誰かがいて、これからここでおこなわれることを見るはずである。それが誰なのか、係長の口からは語られなかった。こちらから聞ける筋合いのことでもない。

ドアがあき、手錠と腰縄をされた男が、警官にともなわれてはいってきた。

全員が緊張した。しかし男自身は緊張とは無縁だった。すくなくとも見た目は。

男はきわめて無気力な様子だった。顔にいくつもの絆創膏がはられ、左目はガーゼで完全にふさがれている。腫れあがった唇が、ぶつぶつとなにごとかつぶやきつづけている。だらしない風情だった。48時間前に殺人を犯した男には見えない。

男は手錠と腰縄をはずされ、椅子にすわらされた。係長がそのそばに立ち、男になにか言った。

「どうだ具合は」とでもたずねたのだろうか。男がわずかにうなずくのを冬島は見た。

「11月6日午前10時35分。第1回の犯行再現をはじめる」係長がビデオカメラにむかって言った。

「日垣が教室にはいってくるところからだ」

2　警察による再現（1）

（a）

11月4日午前8時30分から35分の間に、日垣吉之《よしゆき》容疑者（45）は後方のドアから、S中2年4組教室内に入った。いつものように、通学用の鞄を左手に提げていた。図2
この直前、廊下を教室にむかう日垣の姿が生徒数人によって目撃されている。

生徒の証言――

「またモンがウロウロしにきたのか、そう思いました。変なようすじゃなかったかといわれればそうですけど、でもモンはいつでも変だったので……」

モンというのは生徒たちが日垣につけた仇名である。意味は不明。日垣自身は、自分にこのような仇名がつけられていることを知らなかった。

授業開始直前で、教室内の生徒たちの多くは自分の席に着いていたが、自分の席をはなれて友達と話している生徒も何人かいた。

日垣に注意をむけた生徒の数は多くはない。ほとんどが友達との雑談か、自分の用事に熱中していた。これは、日垣が教室にはいってきたのが、今日で23回目（学級日誌の記載による）だったからである。

はじめのころ、生徒たちは全員が日垣をみると、驚き警戒し、席から立って逃げたりしていたが、しだいに慣れてきて、そのようなこともなくなった。この時点において、日垣は生徒たちにとって「うっとうしいが無害な、無視しておけばよい存在」だった。

一部の生徒たちは、日垣がアルコールの匂いをさせているのに気がついた。これもまたいつものことだった。

日垣が教室への侵入をはじめたのは9月25日、酒をのんで教室入りするようになったのは10月初旬からだった。やってくるのは一時限目の直前と決まっていた。

事件当日の日垣の血中アルコール濃度は0・31パーセントをこえていたと推定される。朝から泥酔状態だった。

「生徒18番」の冬島康子は、星マークの体操着を着た「犯人」の動きを見ていた。

図2

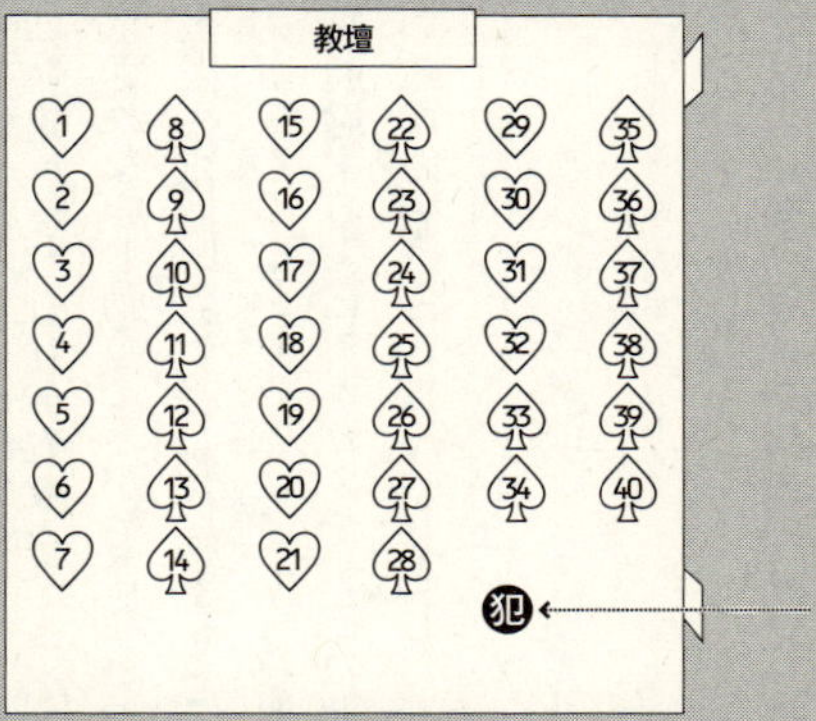
教壇
1
2
3
4
5
6
7
8
9
10
11
12
13
14
15
16
17
18
19
20
21
22
23
24
25
26
27
28
29
30
31
32
33
34
35
36
37
38
39
40
犯

犯人である日垣容疑者本人は椅子にすわらされたままで、「犯人役」が係長から指示をうけつつ、その動きを再現するのだ。係長はいちおうそのたびに日垣から確認をとってはいるが、肝心の日垣があまり意欲的ではない。ただ形式としてそこにすわっているだけという感じだ。

そのかわり「犯人」と「生徒たち」の方が積極的だった。「犯人」も三人の「生徒たち」も、はじめはいちいち指示されないと動くことができなかったが、今ではもう自分の動きをのみこみ、言われなくとも所定の位置にたち、動作のタイミングをはかれるようになっていた。

「犯人」は「教室」後方のドアからはいり、壁にそって移動する。そのとき実際の犯人である日垣吉之のすぐ目の前を通過する。ビデオカメラがその動きを追う。

その間日垣はどうしているかというと、ぼんやりとした表情である。他人によって再現されている、二日前の自分の行動に関心があるのかないのか、よくわからない。

(b)

日垣は酒の匂いをプンプンさせながら、これまでいつもそうしていたように、教室後部の壁にそって往復しはじめた。**図3**

歩きながら、ぶつぶつひとりごとをつぶやきはじめた。これもいつものことだった。

図3

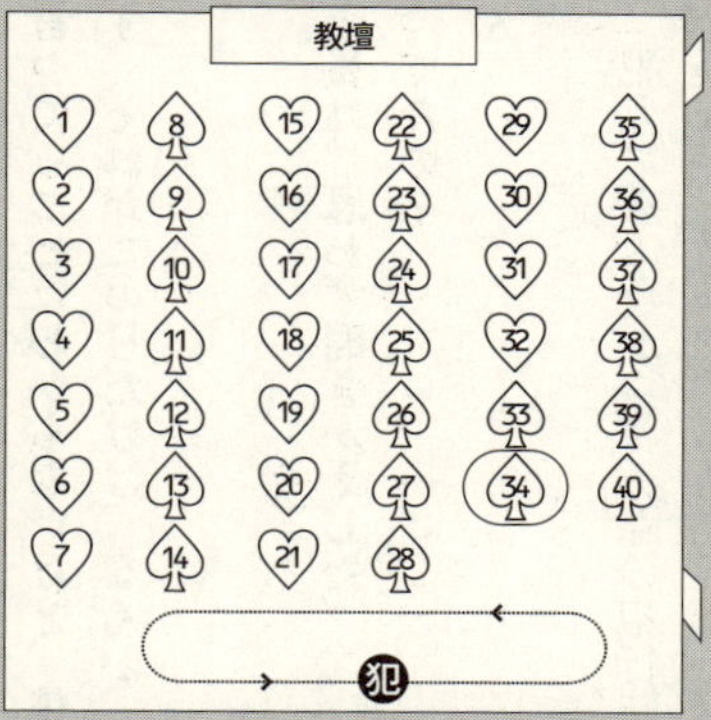
教壇
1
2
3
4
5
6
7
8
9
10
11
12
13
14
15
16
17
18
19
20
21
22
23
24
25
26
27
28
29
30
31
32
33
34
35
36
37
38
39
40
犯

ただ今日はひとつだけ「いつもとはちがうこと」があった。

そのことに気づいたのは「生徒34番（男）」ひとりだけだった。

生徒34番によると、日垣のひとりごとの「口調」がいつもとはちがっていたという。

「いつものモンは、言ってることはわからないけど、僕たちをおどすような、説教するような口ぶりなんです。それがこの日だけは、なんか、あやまってるみたいな感じでした」

――あやまってた？

（聴取にあたった捜査員は、思わず聞きかえした）

――なにを、誰にあやまってたの？

「それはわかりません」

冬島は後方を往復する「犯人」をみながら、実際の犯行時のようすを想像していた。

異様な光景だったにちがいない。教室のうしろで、酒くさいおとながうろうろしているというのは。

しかしもっと異様なのは、生徒たちがこの光景に「慣れていた」という事実だ。

なぜこのような状況が放置されていたのか？

（c）

侵入後3分。とつぜん日垣は、これまで一度もしたことのなかった挙動をした。教室後方の中ほどで意味不明の叫び声をあげたのだ。図4 この声の直後に、日垣は次の動作にうつった。この何人かの生徒が後方をふりかえった。この動作に生徒たちを注目させるために、声をあげたと考えることもできる。

「手で何かをはらうような」
「切るような」
「お寺かなにかの人が、印をむすぶみたいな」
「『おまえはクビだ』みたいな」

あっという間のことだった。日垣はふたたび、ぶつぶつひとりごとを言いながら、教室後方のドアを背にして往復しはじめた。

日垣のかたわらに立つ係長が、からだをかがめて、しきりになにかたずねている。日垣の機嫌をうかがっているようにもみえる。なにをきかれても、日垣はぼそぼそと何事かいいながら首をふるばかりだった。

（d）

8時45分。始業のチャイムが鳴った。

このとき、生徒のひとりがはじめて、日垣に対して行動をおこした。

生徒18番（女）である。学級委員長のこの生徒は、これまでにも何度か日垣に話しかけていた。この日も、他の生徒たちが全員日垣を無視するなか、ひとりだけ日垣にちかづいていった。**図5**

日垣と話をしたことのある生徒はほとんどいない。日垣と日常的にコミュニケーションをとっている、事実上ただ一人の生徒だった。

生徒の証言――

「モンはあいつのいうことはきくんだよな」

「モンが入ってくると、Fさん（生徒18番・女）が外につれだす」

――いつも？　毎日？

図4

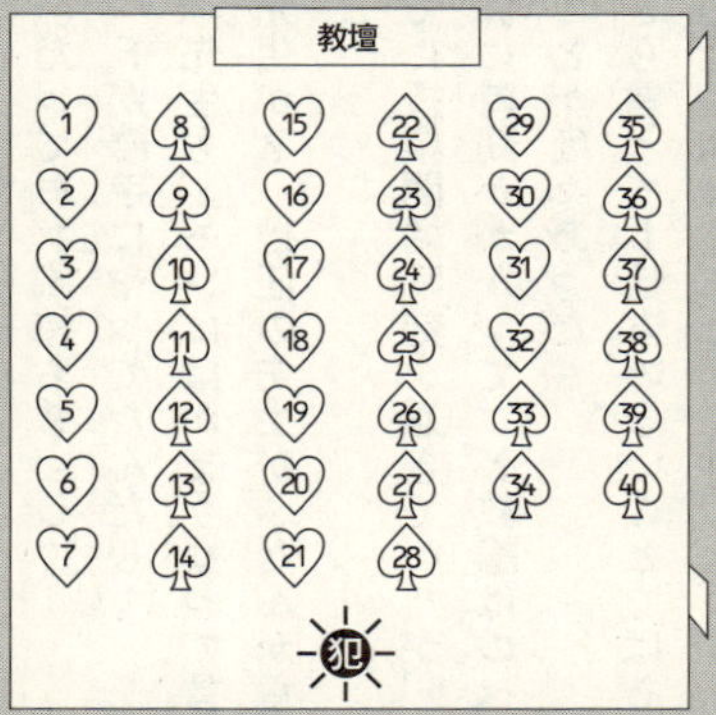
教壇
1
2
3
4
5
6
7
8
9
10
11
12
13
14
15
16
17
18
19
20
21
22
23
24
25
26
27
28
29
30
31
32
33
34
35
36
37
38
39
40
犯

図5

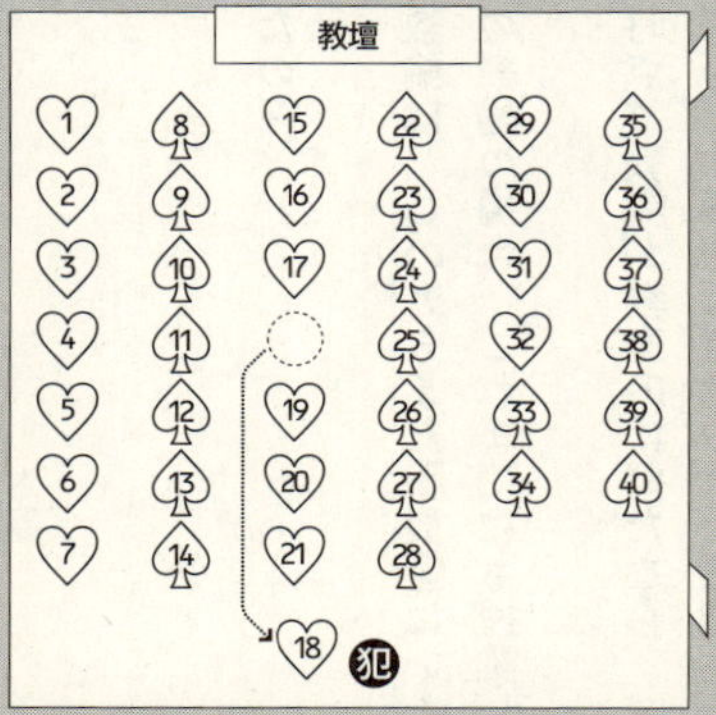
教壇
1
2
3
4
5
6
7
8
9
10
11
12
13
14
15
16
17
19
20
21
22
23
24
25
26
27
28
29
30
31
32
33
34
35
36
37
38
39
40
18
犯

「そう。それが決まりみたいな感じで」

――なぜモンはFさんのいうことだけは聞くの？

（はっきり答えた生徒はいない）

――君たちみんな、Fさんにまかせきりにしていたの？

「だってモン気持ち悪いし」

「Fが勝手にやってたんだし」

「先生も、モンにはかまうなって言ってたし」

――先生が？　担任の先生がふだんからそう言ってたの？


すでに授業開始時刻を過ぎていたが、担任の女性教諭は、このときまだ職員室にいた。「準備に時間がかかって」と教諭はのべている。この教諭の場合、これまでにも授業におくれることが度々あった。

今さら言っても仕方のないことではあるが、この時点で教諭が教室内にいたなら、このあとの凶行はふせぐことができたか、すくなくとも死者をだす事態は避けられた可能性が高い。

「生徒18番（女）」の冬島は、「教室」後方の「犯人」へむかって進んだ。

何度もこの動きをくりかえしているうちに、冬島には「生徒18番」の気持ちがなんとなくわかるようになっていた。

つい十年前は自分も彼女と同じ中学生だったのだ。中学校のクラスというところがどんな空間か、今でもよくおぼえている。

冬島のクラスでは、学級委員は担任の先生が指名するのが普通だった。選挙をしようとしても誰も立候補しないからだ。

しかしあるとき、ひとりの男子生徒が立候補した。

彼は言った。「みんなのために働きます。どうか僕を学級委員にしてください」

この男子生徒と、先生の選んだ生徒の決選投票がおこなわれた。結果は、男子生徒の惨敗だった。

冬島もふくめてみんなが思っていた。立候補などするバカに、どうして投票しなければならないのか。

もちろん今の冬島には、そんな考えはいけないことだとわかっている。しかしあの当時はそれが普通の考えだったのだ。

目立ったことをしてはいけない。ひとりだけちがうことをしてはいけない。そんなことをしても誰もよろこばない。よけいなことだからだ。

しかし「生徒18番」はあえてその「よけいなこと」をした。それがクラスのために必要なことだと信じていたからだ。冬島が同じ年齢だったときには絶対にできなかったことだ。たいした子だと冬島は思った。

(e)

生徒18番（女）が日垣になにか言った。日垣は応答したが、内容を聞き取った者はいない。断片的に聞き取られた「生徒18番（女）」の言葉は「もう……しないでください」だった。「教室からでてくれ」という意味のことを日垣に言ったことはまちがいない。日垣の肩をかるく押すようにして、後方ドアへむかった。図6

日垣はおとなしくされるままになっていた。今まで何回も、何十回もくりかえされてきたことだった。

後方ドアから廊下に出ようとしたところで、一瞬日垣はたちどまった。この瞬間を複数の生徒が見ている。

「なにかが聞こえたような」

「なにかを思い出したような」

日垣が足をとめたのはその一瞬だけで、その後はまたおとなしく「生徒18番（女）」に肩

図6

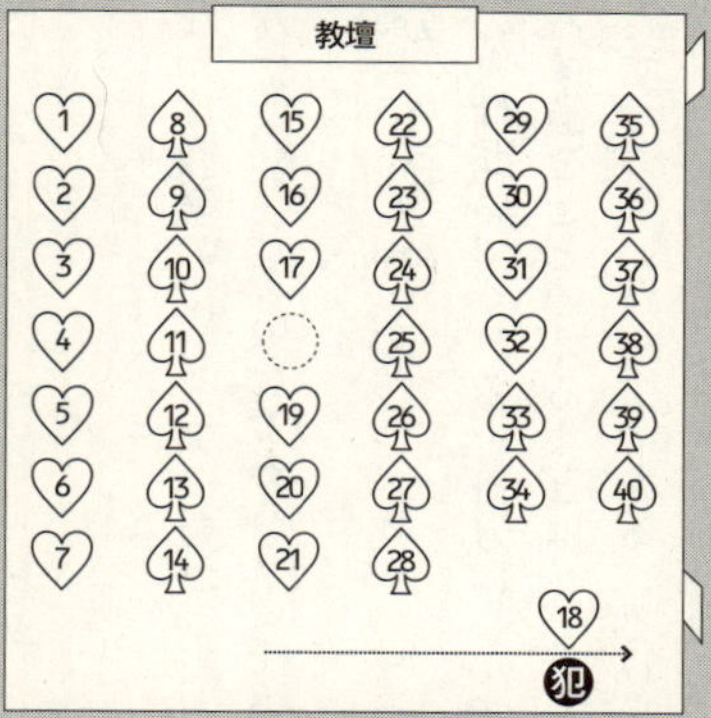
教壇
1
2
3
4
5
6
7
8
9
10
11
12
13
14
15
16
17
19
20
21
22
23
24
25
26
27
28
29
30
31
32
33
34
35
36
37
38
39
40
18
犯

をおされるままになった。彼女にこうされると、日垣はいつも、比較的おとなしく教室を出ていった。図7

「生徒18番（女）」は日垣が教室からでていくのを見届けると、自分の席へかえろうとした。日垣が廊下に出ていたのは10秒から20秒、きわめて短時間である。この間、廊下で日垣の姿を見た者はいない。

冬島は「犯人」をともなって教室の後方ドアへむかった。

このとき「生徒18番（女）」のもっていたであろう責任感を、冬島はごく自然に想像することができた。

毎朝この人が来る。自分が外へつれだす。

自分のいうことならこの人は聞いてくれる。自分にしかできないのだ。この人を「排除」し、無事に授業をはじめる準備をととのえることは。

日垣は後方であいかわらずうつむいたままである。それを横目で見ながら「犯人」とともに教室を出ようとしたとき、背後から係長の声がかかった。「ちょっと待った」

冬島も「犯人」も、はっとふりむいた。

日垣が小声で、ぼそぼそとなにか言っている。

全員が緊張していた。日垣のほうから再現に「注文」をつけたのは、これが初めてだ。

図7

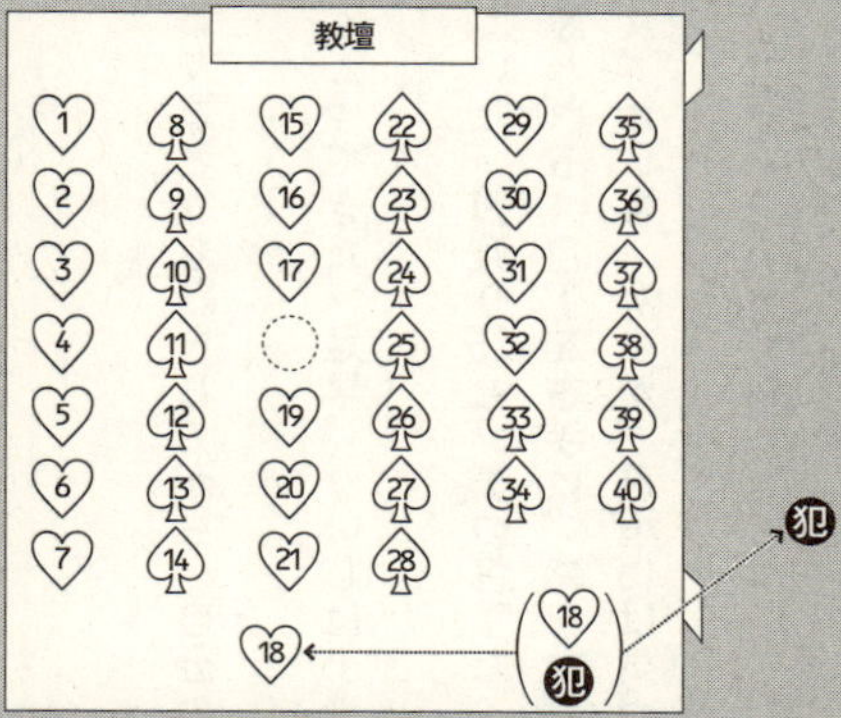
教壇
1
2
3
4
5
6
7
8
9
10
11
12
13
14
15
16
17
19
20
21
22
23
24
25
26
27
28
29
30
31
32
33
34
35
36
37
38
39
40
18
18
犯
犯

だが、さほどのことではなかった。

係長はこう言ったのだ。「それじゃ歩くのが早すぎる。もうすこしゆっくりだとさ」

全員が思わず、なんだ、という感じになった。

（f）

生徒18番（女）はすこし友達と立ち話をしてから、自分の席にもどろうとした。そのときだった。

日垣がふたたび教室にもどってきた。足早、ないしは小走りだった。形相は別人のように変わっていた。図8
右手に凶器がにぎられていた。刃渡り25センチの包丁だった。日垣はこの包丁を、通学鞄の中に隠し持っていたと思われる。包丁を右手に、鞄を左手に持っていた。

このとき、生徒5番（女）と7番（女）が、日垣には気づかずに、席を立っていた。

冬島は自分の席へとむかう途中、「生徒5番（女）」「生徒7番（女）」役の前を通過した。

5番と7番は素行の悪い生徒だったことがわかっている。ふたりの間の席の生徒6番（女）をことあるごとに精神的に虐待していたのだ。

図8

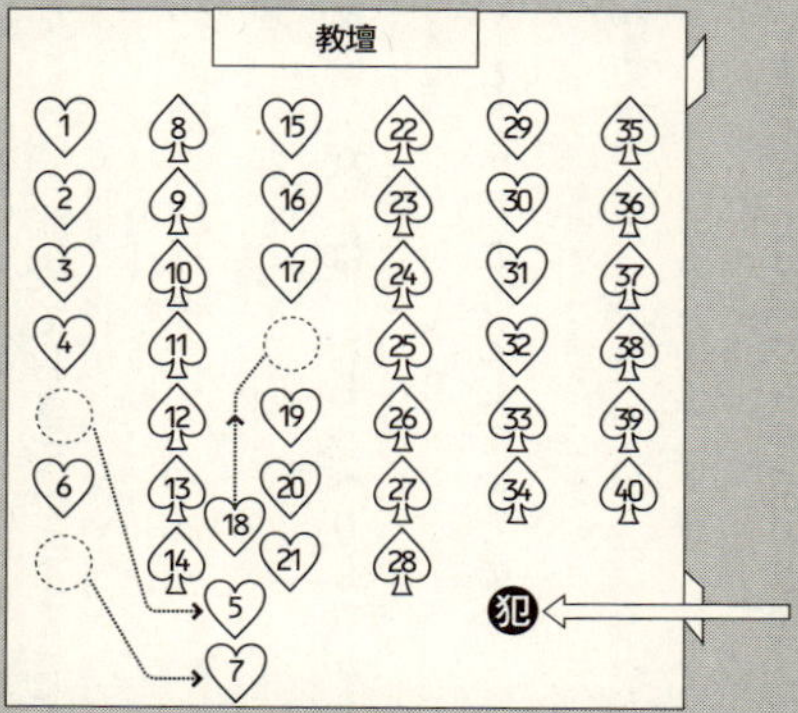
教壇
1
2
3
4
6
8
9
10
11
12
13
14
15
16
17
18
19
20
21
22
23
24
25
26
27
28
29
30
31
32
33
34
35
36
37
38
39
40
5
7
犯

(もちろん、だからといって、ああいう目にあっていいということはないけれど)冬島は思った。

(すくなくとも、あの子よりはましだわ。命は助かったのだから)

冬島は自分の席のかたわらに立っていた。

この時の「生徒18番(女)」は、背後でおきていることにまだきづいていない。

(g)

生徒5番(女)と生徒7番(女)は、おしゃべりしながら、後方のドアにむかおうとしていた。図9
すでに始業時間なのに、どこへ行こうとしていたのか。
生徒5・7番「トイレです」
ふたりともおしゃべりに夢中で、日垣のもっている包丁にはきづかなかったと証言している。これは他の生徒も同様だった。日垣が以下のような行動をとることを誰一人予想していなかった。

図9

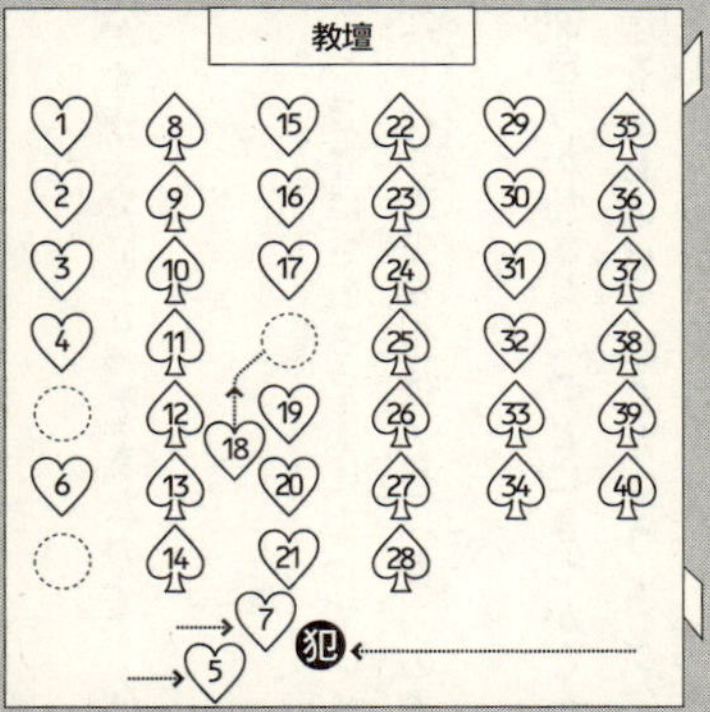
教壇
1
2
3
4
6
8
9
10
11
12
13
14
15
16
17
18
19
20
21
22
23
24
25
26
27
28
29
30
31
32
33
34
35
36
37
38
39
40
7
5
犯

日垣はこの時、まだ攻撃態勢ではなく、いわばその前段階だった。

女子生徒のどちらかが「じゃまだよ。モン」といって日垣の肩をつきとばした。

このような行為は初めてではない。ふたりはことあるごとに日垣を笑いものにしていた。本人たちは、はじめはこのことを否定していたが、問いつめられると、

「出てったと思ったモンがすぐまたもどってきたので、なんだかむかついたんです。だから」

いつもなら日垣は黙ってつきとばされるままになっているが、この日はちがった。包丁を水平にかまえ、前につきだした。刃先が生徒7番（女）の衣服をつらぬき、腹部に数センチ突き刺さった。**図10**
生徒7番（女）は、最初自分が刺されたことにきづかなかった。

「なんだよ」と言って日垣をおしのけ、歩きだそうとしたが、数歩歩いてひざをつき、「痛い痛い」と悲鳴をあげた。血が床に垂れ落ちた。

生徒5番（女）が初めて日垣のもっている包丁にきづき、大声をあげた。生徒全員が後方をふりむいた。

日垣は血のついた包丁を握りしめ、教室前方へ方向を転じた。急ぐふうではなく、むしろ

図10

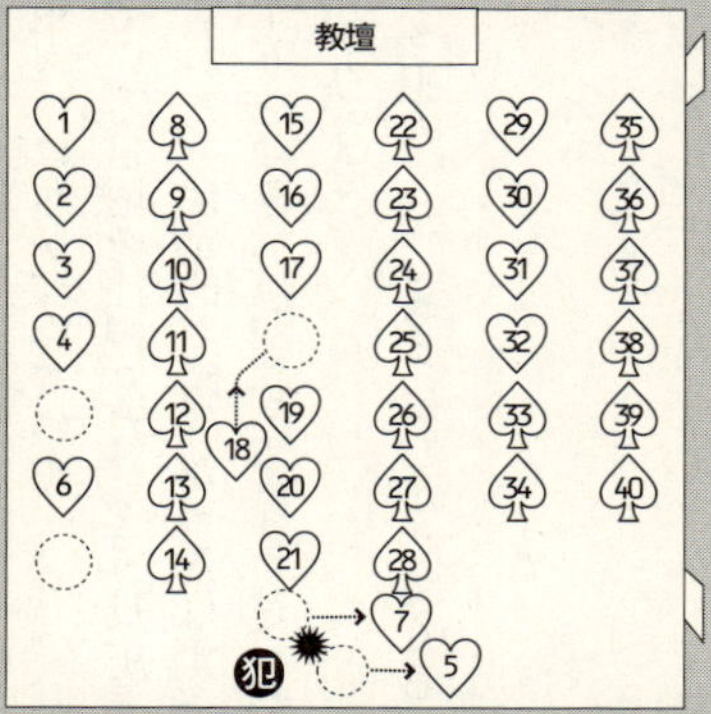
教壇
1
2
3
4
6
8
9
10
11
12
13
14
15
16
17
18
19
20
21
22
23
24
25
26
27
28
7
5
犯
29
30
31
32
33
34
35
36
37
38
39
40

ゆっくりとした足取りだった。

生徒たちは、いま自分たちの目の前でおきていることが何なのか理解することができなかった。生徒18番（女）をのぞく全員が顔だけふりむいた。

「5番」と「7番」が「犯人」にちかづいていく。

冬島は、椅子にすわっている日垣を注視した。どう反応するか見たかったのだ。日垣にとっては、殺意に火がつけられた、決定的な瞬間だったはずだ。

だが日垣はあいかわらず下をむき、無関心なようすだった。すくなくとも外見上は。

「犯人」が刺す。「7番」がひざをつく。

「5番」が悲鳴をあげる。「犯人」がこちらにむかってくる。

（h）

生徒たちはまだ動かない。

生徒18番（女）がまっさきに行動をおこした。日垣にちかづいていったのだ。日垣を制止するために。

血のついた包丁をかまえている、しかも確実に正気をうしなっているであろう日垣にむかっていくとは、大人でも困難な勇気ある行為だが、事実である。生徒たちの多くが見ている。日垣はこれに呼応するかのように、生徒18番に接近した。

生徒18番は日垣になにか話しかけようとしたが、日垣はこれに答えず、18番に刺しかかった。18番がとっさによけようとしたため、包丁はその左腕を傷つけた。図11
18番は叫んだ。「みんな逃げて！」

生徒たちはこの声で目をさましたようになり、いっせいに逃げだした。

しかし机や椅子が意外な障害物となり、退避が思うにまかせない。机や椅子が床にたおれると、さらに大きな障害となった。つまずいて倒れる生徒、その上におりかさなる生徒。多くの生徒が打撲傷をおった。教室内はパニック状態になった。

日垣は他の生徒には目もくれず、18番だけを徹底して攻撃した。逃げようとした18番をひきたおし、刺しつづけた。刺し傷は15箇所におよび、そのうちのいくつかが動脈を傷つけ、致命傷となった。図12

冬島の前に「犯人」が立ち、手にした「凶器」をふるった。冬島がよける。腕が傷つけられるという想定だ。

後方の日垣はじっとこちらを見ていた。この瞬間だけは、いつもこうなのだ。

冬島は逃げようと背をむける。「犯人」が追ってくる。

このとき周囲は、いっせいに逃げようとする生徒たちで大騒ぎになっていた。それが生徒18番の動きをさまたげたのだ。

(i)

教室から逃げることに成功した生徒が、となりの教室に助けをもとめた。授業を開始しようとしていた男性教諭は、おおあわてで廊下へとびだした。

前のドアから生徒たちがあふれるように逃げだしてくるため、なかなか中へはいることができない。やっと中へとびこんだ。図13

日垣が生徒18番(女)の上に馬乗りになり、くりかえし胸部や腹部を刺しているのを男性教諭は見た。

机と椅子がすべて倒れ、足の踏み場もなかった。まだ教室内にのこっている生徒たちはどうしていいかわからず、遠巻きにして見ていた。多くの生徒は泣いていた。錯乱状態におちいり、意味不明の言葉を叫んでいる生徒もいた。

男性教諭「あの子の上になっているのがあいつだと、すぐにわかりました。その瞬間、カーッとなって——」

図11

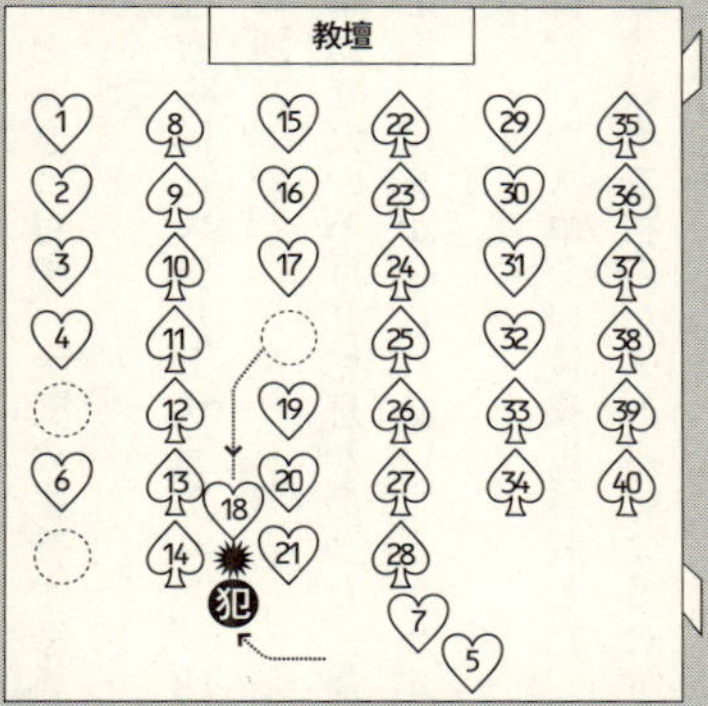
教壇
1
2
3
4
6
8
9
10
11
12
13
14
15
16
17
18
19
20
21
22
23
24
25
26
27
28
29
30
31
32
33
34
35
36
37
38
39
40
7
5
犯

図12

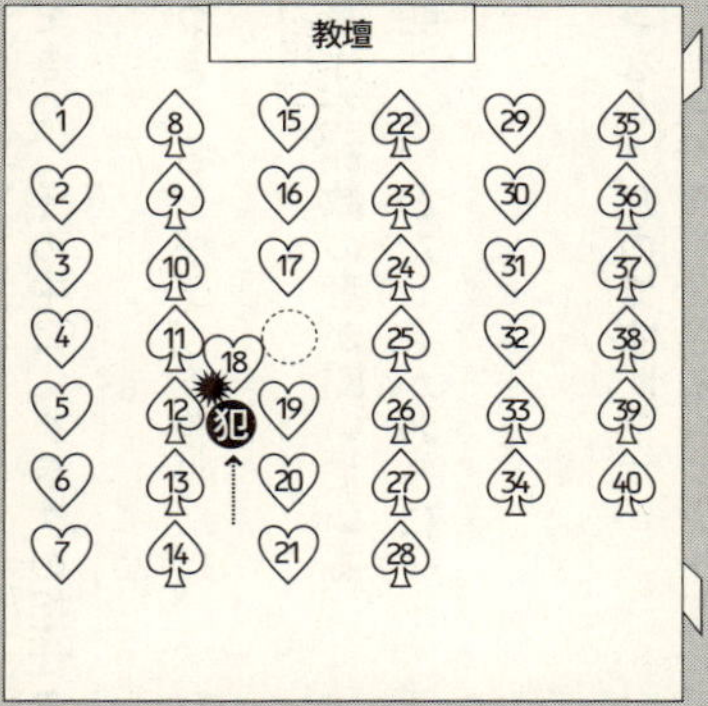
教壇
1
2
3
4
5
6
7
8
9
10
11
12
13
14
15
16
17
18
19
20
21
22
23
24
25
26
27
28
29
30
31
32
33
34
35
36
37
38
39
40
犯

教諭は日垣にとびかかり、生徒18番からひきはがした。十数発なぐりつけた。日垣は顔面骨折のけがをおい、教諭自身も手にけがをした。日垣は抵抗しなかった。包丁を右手に強くにぎりしめた状態で、殴られるままになっていた。

騒ぎをききつけて、大勢の生徒や教諭がかけつけてきた。その中に、クラスの担任の女性教諭もいた。

女性教諭はヒステリー状態だった。18番にしがみつき、名を呼び、泣き叫んだ。すでに床は血の海だった。

18番はまだかろうじて息があった。最後の言葉の断片を複数の者が聞いている。

「おとなにはまかせられない……もうすこしで（不明）……わたしをかわりに……」

事件後、マスコミが校長に質問した。

「日垣容疑者を校内に入れないようにすることはできなかったのですか？」

校長は答えた。「変質者、挙動不審者については厳重にシャットアウトしています。しかし保護者についてはそのかぎりではありません」

あとは「生徒18番（女）」と「犯人」の最後の立ち位置をチェックするだけだった。

図13

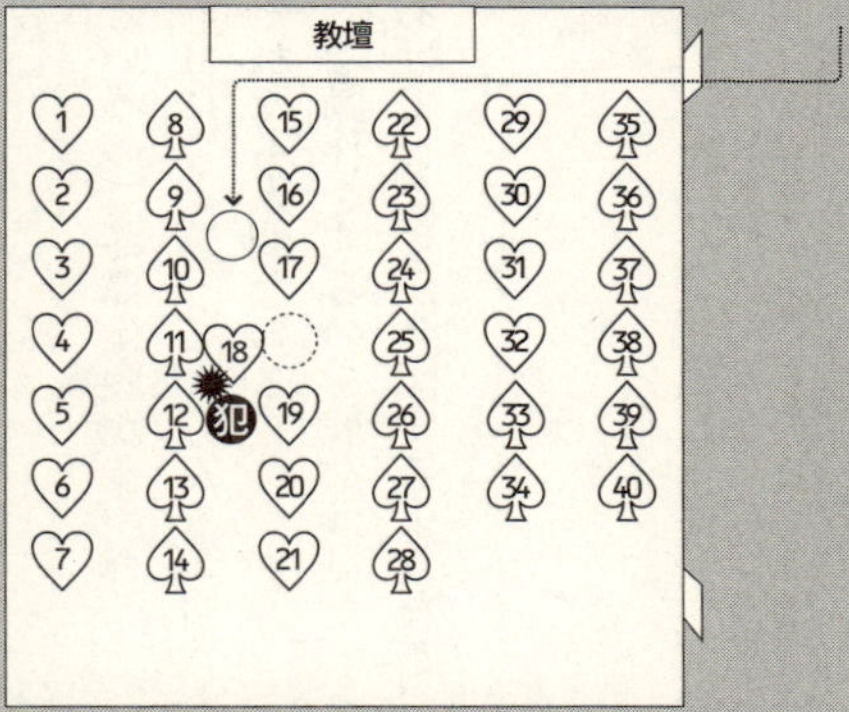
教壇
1
2
3
4
5
6
7
8
9
10
11
12
13
14
15
16
17
18
19
20
21
22
23
24
25
26
27
28
29
30
31
32
33
34
35
36
37
38
39
40
犯

冬島が床に横たわり、「犯人」が上にのしかかっている。冬島は横になったまま、倒れた椅子や机ごしに後方を見た。

係長が日垣に「このとおりか？」と聞いている。日垣はもうこの場面には興味がないのか、ぼんやりした表情にもどり、右手で顔の包帯をなでている。殴られたときのことを思い出しているのだろうか。

（そのくらいの傷が何だというの）冬島は腹がたった。

（あの子は『わたしをかわりに』と言って、みんなの身代わりになってあんたに殺されたのよ。何とも思わないの。それでも人間なの？）

そのとき、係長がおかしな動作をするのを彼女は見た。

監視ブースのほうをみあげて、なにか合図するようなしぐさをしたのだ。

3　事件概要

（記事）十一月四日午前九時ごろ、東京都K区の私立瀬尾《せお》中学校で、学校関係者から「生徒が男に刺された」と110番通報があった。男は二年四組の教室に無言で侵入し、藤村綾《ふじむらあや》さん（14）の腕や腹などを十数回にわたって刺した。ほかの生徒も腹などを刺されたが、軽傷。藤村さんは病院にはこばれたが、意識不明の重体。

男は教諭らにとりおさえられ、かけつけた警視庁C署員は男を殺人未遂の疑いで現行犯逮捕した。

C署によると、逮捕されたのは東京都T区、無職の男（45）。男は、突然生徒たちを包丁（刃渡り25センチ）で刺したという。同署は原因などを慎重に調べている。

（続報）被害者の藤村綾さんは病院で手当をうけていたが、死亡が確認された。C署は男の容疑を殺人にきりかえ、調べをすすめている。

報道ではまだ伏せられていた犯人の名と素性が、ネット上で暴露された。

日垣吉之・四十五歳。

日垣の校内徘徊はこれが初めてではない。

日垣の徘徊を早い段階で止めていれば、今度の惨劇はおこらなかった。誰にでもわかることである。だがそうはならなかった。なぜか？

学校側には日垣の徘徊を「黙認」せざるをえない事情があったのだ。

日垣には娘がいた。名は里奈《りな》。
日垣里奈はこの2年4組の生徒（17番）だった。二カ月前までは。 図14
自殺したのだ。9月19日、校舎の屋上からとびおりて。

父親の日垣は、「娘の自殺はクラスで精神的虐待をうけたせいだ」として学校を告発した。

この告発に対して、秋葉忠良《あきばただよし》校長は9月末、公式の場でこう述べた。

「調査の結果、当該生徒にたいする虐待はなかったことが判明しました。当該生徒の死にたいしては心から哀悼の意を表しますが、現実として、あれは当該生徒の個人的な事情による自殺であったと考えます」

秋葉校長は一貫して「当該生徒」という呼称で通し、「日垣里奈」と呼ぶことは一度もな

図14

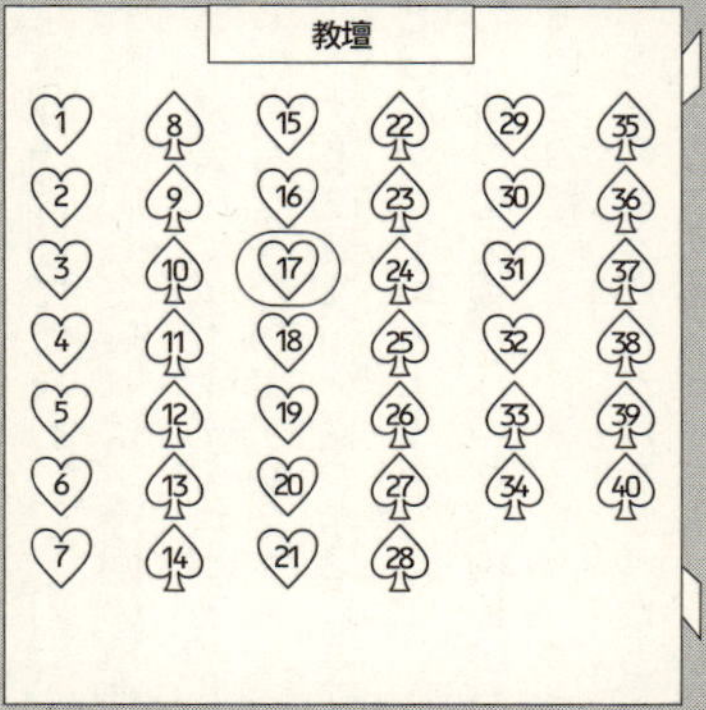
教壇
1
2
3
4
5
6
7
8
9
10
11
12
13
14
15
16
17
18
19
20
21
22
23
24
25
26
27
28
29
30
31
32
33
34
35
36
37
38
39
40

かった。

そして今回の11月4日。秋葉校長はふたたび報道陣の質問の矢面に立たされた。

「日垣の犯行は、二カ月前の娘の自殺が原因だったとは思いませんか？」

「あのときの学校側の対応は相当問題でしたね」

「校長、あなたがもっと真摯に対応していれば、今回の事件はふせげたのではないですか」

「何らかのトラブルが、やはりあったのではないですか？」

「あったと知ってて、隠してたんじゃないですか？」

「そんなことはありません」秋葉校長は顔を真っ赤にして反論した。さすがに今回は、二カ月前とは事情がちがうことはわかっているようだった。

自殺においこまれた娘の「仇」を父親がうった。校長がなにもしてくれなかったから。マスコミはそう見ようとしているのだ。

「おたずねの生徒にたいするそのような行為はなかったと、以前に私はのべましたし、今でもそう信じています」校長は必死に釈明した。

「今回、なんの罪もない生徒さんの命をうばった日垣容疑者にたいして、怒りの気持ちでいっぱいです。日垣はあのクラス全体にたいしていわれのない逆恨みをいだいていました。それであのような凶行に走ったのです」

「逆恨み、ですか」

「そうです」

「だとしても校長、そのようにおいこんだのは、あなたではないかという意見がもっぱらですが」

「なにをそんな。誰がそんなことを」動揺のあまり、校長はつい口をすべらせた。

「あなたがたはなぜ私を責めるんですか。犯人は日垣です。誰が見たってあきらかじゃないですか。あれはもともと危険人物なんです。私は何度も何度もそのことを言ってきました。私と日垣の間になにがあったにせよ、それと今度の事件とは――」

報道陣は色めきたった。「日垣との間でなにがあったんです。話してください」

「秋葉さん。あんた話しなさいよ！」

「これまで。これまでです」秋葉校長は遁走《とんそう》した。

4　日垣吉之

犯人である日垣吉之の精神状態がおちついたのを機に、捜査陣は犯行の再現を実施することにした。第1回の再現は、勾留期限の48時間が切れるのを待ってすぐさまおこなわれた。このような措置はきわめて異例である。むろんこのことは、マスコミをはじめとする外部にはいっさい秘密だった。

所轄のC署地下にある講堂を利用し、犯行現場である2年4組の教室を原寸大に再現する。犯人役、そして犯人の行動に直接ないし間接に関係した女子生徒役には、男女警察官数名が扮する。日垣本人をその場にたちあわせ、犯行時の日垣と生徒の動きを再現する。目的は、日垣の犯行が、

1　無差別なものであったのか

2　それとも、特定の誰かをねらったものだったのか

を確定することにあった。

重要なのは、この再現の目的が「日垣の記憶にもとづいて犯行を再現する」ことではないことである。逆に、「犯行の再現をとおして日垣の記憶を回復させる」ことこそが眼目だったのだ。再現をおこなう理由、そしてそれを秘密にしなければならない理由はここにあった。

そう――

日垣吉之容疑者は、犯行当時の記憶を完全にうしなっているのである。

(日垣吉之にたいする聴取より)

――おぼえているのはどこから?

「誰かにのりかかられて、殴られているところです。なんで殴られなきゃならないのかと思って」

――その前は?

「教室にはいったところです」

――教室にはいって、そのあとなにをしたか記憶がないのか?

「そうです」

――亡くなった娘さんの通学鞄を提げていたことはおぼえているか。

「はい」

——毎日鞄を提げて教室に通ってたそうだな。なぜ、そんなことをした？

「みんなに娘のことを忘れてほしくないと思ったからです」

——包丁の持ち運びに必要だったからだろう、いつも鞄の中に包丁をいれてたのか？

「そんなことはないと思います」

——この日が初めてか。包丁は自宅からもってきたのか。途中で買ったのか？

「おぼえていません」

——この日教室にはいった目的は？

「………」

——自分がなにをしたか、今はわかっているか？

「………」

——モンってわかるか。

「モン？」

——あんたの仇名だよ。生徒たちがつけた。

「へえ」

——知らなかったのか。自分にそういう仇名がつけられていたのを。

「知りませんでした」

（中略）

――教室にはいった。藤村綾さんが席からたってちかづいてきた。おぼえているか。

「………」

――どうした。

「すいません。頭が痛くて……」

(日垣は頭に湿布を巻いている。男性教諭に殴られた打撲傷によるものである)

――藤村綾さんがあんたになにか話しかけた。おぼえているか。

「………」

――藤村さんはいい子だぞ。みんながあんたのことを敬遠していたのに、この子だけは分け隔てなくあんたに接してくれたんだ。

「ていうか……」

――なんだ。ちがうのか？

「………」

――あんたの娘の里奈さんもそうだ。里奈さん、友達がすくなかったそうじゃないか。それを藤村さんはすすんで――

(娘の話題になったとたん、日垣は興奮した)

「友達がすくないなんて、そんな、そんななまやさしいものじゃなかった。虐待です。娘は精神的に虐待されてたんですよ！」

——それはわかった。で、誰から？

「ええ？（なぜか、ひどくとまどった様子をみせた）」

——大事なところだ。娘さんは誰から虐待されてたんだ。

「……」

——どの生徒から虐待されてると、あんたは思ってたんだ？

「それは……」

——あんたの娘の里奈はクラスの誰かからひどい仕打ちをうけていた。それで自殺した。あんたは仇をうちたいと思った。仇を探すために、毎朝鞄をもって教室に侵入した。一カ月半かかって、ついに目星をつけた。あんたは包丁をもってのりこんだ。二日前だ。娘の仇をうつために。

「……」

——その仇は誰だ。どの生徒だ！

「わかりません。おぼえてないんです。本当に」

（中略）

——おまえは7番の女子生徒を刺した。そしておまえを止めようとした藤村綾さんを刺した。

「えっ？」

——おまえは藤村綾さんを刺したんだ。かわいそうに、藤村さんは死んだよ。

「…………（何か言ったが不明瞭）」

――なに。なんていった？

「信じられません。自分がそんなことをしたなんて。よりによって、あの子を刺すなんて……」

記憶の混乱にみまわれているのは、加害者の日垣だけではなかった。被害者である2年4組の生徒たちもまたそうだった。

事件直後の生徒たちは、無理もないことだが、全員がひどい興奮状態にあった。数時間たってから事情をきこうとしても、全員が「おぼえていない。わけがわからない」とくりかえすばかりだった。

警察にとっては生徒たちがショックから立ち直るのをただ待っているわけにはいかなかった。この時間をつかって犯行の状況をたどる。〝再現実験〟のセットを組んで、日垣の記憶をよびおこすのだ。

それと同時に、二カ月前に起きた日垣里奈の自殺の状況についても、調べなおす必要がある。

5　日垣里奈

9月19日午前7時ごろ、瀬尾中学校の中庭で女の子が血をながして倒れているのを、同校職員が発見した。女の子は病院に運ばれたがすでに死亡していた。

死亡したのは同校の女子生徒・日垣里奈（14）で、校舎の屋上からとびおりて自殺したものとみられた。屋上に、本人が書いたと思われるメモがのこされていた。

はなしちゃった　いつかばれる　こわい　いいなりになる　てんきんしてくれたらいいのに　みんなあのこの　こわい

主述不明の意味のとりにくい文章だが、これは里奈の作文の特徴だった。頭にうかんだ断片を文章にまとめることが苦手で、断片のまま羅列してしまうのだ。

しかし父親の日垣吉之は、娘のメモを読んで、すぐさまその意図するところを理解した。

「父親の自分が転勤して、いまの学校からつれだしてくれたらいいのに。娘はそういいたいかったんだ」日垣は叫んだ。

「精神的虐待をうけていたんだ。誰にも相談できないまま耐えていたんだ。そしてついに耐えきれず……。

『いいなりになる　みんなあのこの　こわい』

これこそ虐待のあった証拠だ！」

日垣は、娘が自殺したのは、クラスで虐待にあっていたのを学校が放置していたせいだとして、学校を告発した。

日垣と学校側との全面対決のはじまりであり、日垣にとっては挫折と敗北と屈辱のはじまりだった。

秋葉校長は日垣里奈の葬式に出席しなかった。私立中学校の校長たちが集まる会合に出なければならないというのが理由だった。葬式には副校長を代理にさしむけた。

副校長は「校長自身が葬儀に出るべきだと何度も言いましたが、きいてもらえませんでした」と振り返っている。

精神的虐待があったと主張する日垣に対し、秋葉は同じ答えだけを何度もくりかえした。

「内部調査をおこないましたが、そのような事実を確認することはできませんでした。しかし学校側としては今回の事態を真摯にうけとめ、再発防止にむけて粛々と対応を徹底してまいりたいと思います」

あまりにも紋切り型の秋葉の態度が、日垣の神経を逆撫《さかな》でした。顔色をかえて秋葉につめよった。

「なにが真摯だ。内部調査なんか信用できるか。再発防止というが、今回の事件の究明はもうしないのか。おきてしまったことはしかたがないというのか！」

秋葉校長は答えなかった。

「つぐないとして、一億円はらえ」日垣は秋葉にせまった。

「あんたたちは娘の将来をうばったんだ。その弁償をしろ」

秋葉は言を左右にして返答をしなかった。そのうち居留守をつかって、日垣と直接会うことを避けるようになった。

秋葉は副校長などに「あの男は人間としてすこしおかしい。思い込みが強すぎる。保護者たちもみんなそう言ってる」ともらしていた。

それは悲しいことに、半分は事実だった。これほどの悲劇にみまわれたにもかかわらず、日垣吉之に同情する者は、学校内部にほとんどいなかったのだ。

日垣が秋葉につめよっているとき、保護者なり教職員なりが、ひとりでもそれに同調するという光景は、ついに一度もみられなかった。日垣はつねに孤立していた。この孤立を秋葉校長は利用したともみられる。

孤立は、娘の日垣里奈にしても同じことだった。

里奈が自殺したとき、同じクラスの生徒たちは、里奈の棺を前にした時でさえも、大半が無反応だった。葬儀場で私語ばかりしていたため、何度も周囲から注意されていた。

ただひとり、藤村綾だけがちがっていた。

複数の生徒が証言している。「藤村さんだけが泣いていた。彼女だけが、里奈の死を心から悲しんでいた」

本心から日垣里奈の死を悲しんだ、ただひとりの生徒である藤村綾が、その里奈の父親である日垣吉之に殺されなければならなかったとは、なんという残酷なめぐりあわせだろう。

「自分は特別な星のもとに生まれた」というのが、日垣の口癖だった。

裕福な家庭に生まれた日垣は、大学卒業後、親族の経営する会社につとめ、二十九歳のとき結婚。一女里奈をもうけた。

何ひとつ不自由のなかった人生に狂いが生じはじめたのは、彼が三十九歳のときだった。事業の失敗により会社が倒産し、日垣の収入は激減した。仕方なく取引先の子会社に再就職した。

だが、借金、自己破産と、不運はかさなりつづけた。もともと日垣と不仲だった妻は早々に夫の将来に見切りをつけ、離婚することにした。五年前のことである。彼女としては当然娘の里奈をひきとるつもりだったが、日垣は頑としてこれに応じなかった。離婚調停の際、彼女が数カ月前から他の男（のちの再婚相手）と不倫関係にあったことがマイナスとなり、主導権は日垣にうつっていたのだ。

すべてをうしないながらも、日垣は娘の教育にだけは力をそそいでいた。公立ではなく、あえて学費のかかる私立瀬尾中学にかよわせたのもその表れである。しかしそれは日垣のためにも娘のためにもならなかった。

以前の日垣は資産家だったのに、今は娘の給食費の支払いにも事欠くありさまである。世間はそうした「敗残」に対してじつに残酷だった。

貧乏父子。父親は世間の笑い者になり、娘はクラスで孤立した。

それでも、日垣は娘を瀬尾中にとどまらせた。そしてそれが結果的に仇となった。

日垣が学校に猛抗議したのは、「娘を無理にここにかよわせさえしなかったら」というみずからの失敗をみとめたくない、すべてを学校のせいにしたいという気持ちもあったのかもしれない。

毎日のように学校におしかけ、わめき、ごねる日垣を校長室からつれだすのは、教職員たちの役目だった。はじめはわずかながら同情していた教師たちも、ついにははっきりと日垣をうとましがるようになった。

校長との直談判ではらちがあかないとみた日垣は、裁判闘争をこころみた。学校と校長を相手どり、殺人罪で告訴しようとしたのである。

弁護士をやとう金がないため、訴状は自分で書いた。その訴状の内容があまりに拙劣かつ感情的であったため、裁判所に受理してもらうことができず、裁判をおこすことはできなかった。文章力のつたなさは父子共通だった。

校長との談判に失敗し、裁判闘争にも挫折し、自分の主張をとおす方法をうしなった日垣が、最後にとった手段が、学校内の徘徊、つまりはいやがらせだったのである。

娘の死後、無職となった日垣。毎朝始業前の教室にやってきて、じっと立っている。手には生前の里奈が愛用していた通学鞄を持って。

日垣にいわせると「再度悲劇がおこらないよう、校内を監視してやっている」ということだったが、はた目には単なる迷惑行為としかうつらない。

しかも、最初のうちはしらふだったが、やがて酒の匂いをさせながらやってくるようになった。

生徒や保護者の中から「気持ち悪い。なんとかしてくれ」という声があがったが、結局、決定的な手はうたれなかった。

なんといっても相手は、娘をうしなった被害者なのだ。迷惑きわまりないが、といって、このクラス以外には迷惑をかけていない以上、そうそう強硬手段をとるわけにもいかない。

ではどうするか？

学校側のだした結論は日垣を徹底して無視するというものだった。日垣吉之を相手にするな。日垣という存在を「そこにいないものとせよ」と、学校が教え子たちに指示したのである。

教職員のひとりが証言する。

「みんなさすがに反対しました。いくらなんでもそれはって。でも島津《しまづ》先生が『大丈夫だから』って言うんです。

ええ、担任の島津先生がです。『あの人のことはよくわかってるから。私が保証するから』って」

6　島津聡子

校長をはじめとして、職員の間では「あのような闖入者《ちんにゅうしゃ》は、警備員をつかってでも校内から排除すべきだ」という声が多かった。しかし2年4組担任の島津聡子《さとこ》はこう反論した。

「あの人は、ひとりではなにもできません。具体的な実行力というものを持たない人なのです。ですから私たちとしては、無視してしまえば、それでよいのです」

日垣里奈はまさに、この無視という仕打ちをうけ、そして自殺においこまれたはずなのだ。クラスの誰も、その生徒にだけは話しかけない。話しかけられても答えない。まるでその生徒がそこに存在しないかのように。単純だが効果的な虐待方法だ。

その同じ仕打ちを、里奈の父親である日垣にくわえようと島津聡子は提案したのである。

驚くべきことに、この提案は学校側に了承され、実行にうつされた。生徒たちは島津の指示にしたがって、日垣を無視しはじめた。

生徒たちにとって、それほどむずかしいことではなかったようだ。特定の人物を全員そろって無視するという行為は、かれら自身が日常的におこなってきたことなのだから。対象が同級生からおとなの闖入者にかわったというだけの話だ。

問題は日垣のほうだ。自分の徘徊を「無視」されるというあつかいをうけ、どんな気持ちがしたか？　しかし現在の日垣は、

「おぼえていません」

と答えるばかりである。

日垣はたしかに島津の保証したとおり無害だった。教室徘徊をはじめてから四十日間は。そして四十一日目の11月4日に、あの凶行をおこしたのである。

無害なはずだった日垣が、なぜこの日にかぎって豹変したのか。それとも火種は、その前からあったのか？

興味ぶかい証言がある。複数の教職員、それに生徒までがこうのべているのだ。

「日垣は、島津先生のことが好きだったと思う」

「島津先生にデートを申しこんでことわられたことがあるらしい」

警察はこの証言に関心をもった。これなら島津が日垣の「無害性」に自信をもっていたことにも説明がつく。島津聡子はあきらかに、今回の事件の最大のキーパーソンだった。

島津と日垣双方から聴取する必要がある。しかし島津のほうは、あの惨劇に精神的なショ

ックをうけて病院にはこばれ、事件後二日たった現在も面会謝絶である。

「教え子を守ることができなかった。自分が教室に時間どおりにはいっていれば。それさえできていたら」と自分を責めつづけているということだった。

無理もないことに思えた。しかし刑事たちの見方はシビアだった。

「時間かせぎさ。おれたちの訊問責めにあうことを知ってて、どう対応すべきか作戦をねってるんだ」

「そんなところだろうな。で、どうよ」

「どうよって、何が？」

「あの島津先生、三十過ぎだそうだが、けっこう美人じゃないか」

「おれは好かんね。あれは整形してる顔だ」

「ほー。あんたそういうのわかるの」

「整形ってのは一度じゃすまないんだ。一度整形すると、しばらくたってからあちこちがゆるんでくる。また整形し直さなきゃならない。何度も整形をくりかえすうちに、独特の『整形顔』になってくる。六本木へ行ってみろよ。そういうサイボーグがわんさといるぜ。さもなきゃ五反田、神谷町、ちょっと足をのばして京浜線の黄金町——」

「わかったよわかったよ」

(日垣への質問)

——あんたは島津先生に特別な興味をもっていたのか?

「特別な興味とは?」

——たとえば、島津先生を食事に誘うとか。

「……」

——あんたがそうしたのを見たという人がいるんだがね。

「誰です、そんなこと言うのは。島津先生はなんと言ってます?」

——先生はショックのため、療養中だよ。

「じゃ、私も言いたくありません」

——あんたが校内の徘徊をはじめたのは、島津先生と「お近づき」になるためでもあったのかな?

「……」

——また思い出せないのか。自分に都合の悪いことはすべて「思い出せません」か?

「だってしかたないじゃないですか。本当におぼえてないんですから」

——あんたのこういう態度を、娘の里奈さんはどう思うかな。

「……」

——あんなことをして、娘さん、天国でよろこんでいると思うか?

「……」

――あんな、人間のすることとは思えない……。

「人間。人間！」

（とつぜん日垣の顔つきがかわった）

「娘に虐待を加えていた生徒たちは、人間だったというんですか。同級生にひどい仕打ちをして死においやることが、人間らしい行為なんですか？」

――おい、なにを言う！

「あれをやったのがたしかに私だという確信をもつことはまだできませんが、でも父親として、やった者の気持ちはわかります。

娘を殺された親が、のんびり人間らしい生活なんかやってられると思いますか？　人間じゃないことをやったやつらに復讐するためには、自分も人間をやめる以外に方法はないんですよ」

島津聡子の容体がすこし回復し、やっと最初の聴取ができた。

――先生は、日垣容疑者が校内を徘徊しても問題ない、無害だと主張していましたね。そう断定できた根拠はなんですか？

「私ひとりが主張したわけではありません。職員会議で、大勢の先生がたと意見をつきあわせた上での結論です。議事録を見ていただければわかります」

——二カ月ほど前、日垣吉之の娘の里奈さんが自殺しました。これはクラスの生徒から虐待をうけたためですか？

「そんな事実はないと、校長がもうしあげたはずです」

——担任のあなたのご意見は？

「……………」

——ご自分のクラスのことでしょう。虐待があったかなかったか、それだけのことがわからないんですか？

「刑事さん」

——なんでしょう。

「教師の経験のないあなたにはおわかりにならないでしょうが、クラスのこと、生徒同士のことは、担任にだってうかがい知れないんです。見通せないんです」

——先生のご意見はあとでうかがうとして、まずこちらの質問にこたえてください。日垣吉之と個人的に交際をしていましたか？

「なんですって。どうしてそんなことを聞くんです？」

——してたんですか、どうなんですか？

「愚問に答えるつもりはありません」

――隠さなければならない理由があるんですか。

「……」

――先生。この事件は今、日本中の注目をあつめているんですよ。あなたの教室で、あなたの教え子が殺された。犯人は、別の教え子の父親です。その教え子は約二カ月前に……。

「そんなことはわかっています」

――わかっているなら、隠し事なんかなさってる場合じゃないでしょう。もうすこし協力していただけませんか。

「……」

――嫌がらせをしていた生徒に心当たりは？

「そのような事実は知りません」

――あなたが特定の生徒をひいきしていたという声があるんですがね。

「事実無根です」

――島津先生。あなたは十歳のとき、ご両親と死別されている。その後あなたを養女という名目でひきとり、生活全般の面倒を見つづけたのは、瀬尾学園と非常にかかわりの深い人物ですね。

「そんなこと何の関係が――」

――関係があるかどうかは、こちらで判断します。

「気分が悪いんです。ここまでにしてください」

島津聡子はいまだ容体が不安定ということで、聴取はごく短時間できりあげなければならなかった。

聴取の最後で捜査員がなにげなくもらした一言が、島津の意外な反応をひきだした。

「通常、こうしたことは行われないのですが、実験的な取り組みとして、じつは今、犯人の日垣の記憶をひきだすために、事件の再現をしていましてね」と言ったところ、それまでぐったりベッドに横になっていた島津が、がばっと上体をおこしたのだ。

「なにをやってるですって？」

――教室の実物大セットを作って、犯人と被害者の動きを再現する、実験めいたことをしてるんですよ。日垣がどう動いて、藤村綾さんがどう……。

「やめてください！」

――えっ？

「そんな実験、ゆるされると思っているんですか？　すぐにやめさせてください」

――なぜそんなに興奮するんです。あのときの状況があきらかになると、先生にとってなにか不都合なことでもあるんですか？

「……」

——もう一度うかがいます。日垣里奈にたいする虐待等の行為はあったのですか。先生はその事実を知っていましたか？

「……」

刑事のメモ——

「日垣は『人間』と聞いて興奮した」

「島津は『実験』と聞いて興奮した」

7 保護者たち

2年4組生徒の保護者たちはおおいに動揺していた。

いちばん悲嘆にくれているのは、当然のことながら、殺された藤村綾の両親だった。ふたりともショックで寝こんでいた。

他の保護者たちはそろって、学校のセキュリティについて抗議しようと、朝から学校におしかけた。もしかしたら自分たちの子供が犠牲になっていたかもしれないからである。

しかし秋葉校長は前回の記者会見以来、マスコミはもちろん、誰ともいっさい面会しようとしなかった。

「校長出てこい」

「校長!」

廊下でさわぎたてていた保護者たちがあきらめて校門の外に出てくると、報道陣がちかづいてきた。

あの凶行についての談話をききたがっているのだろうと、保護者たちは思った。だが、報道陣のなげかけてきた質問は予想とはまったくちがっていた。

「二カ月前、犯人の娘が自殺しました」

「クラスでひどい目に遭わされたためだと犯人は主張しています。それが犯行の動機ということですが」

「犯人の言い分によれば虐待をおこなっていたのは、つまりみなさんの子供さんということになりますね。お子さんがそういうことをしていた事実をご存じでしたか？」

「虐待を主導していた生徒は誰なんです？」

「あなたのお子さんは、自殺した子とどのていど――」

「あんたたち、なんの取材をしてるんだ！」保護者たちは取材陣をどなりつけた。

「虐待、虐待ってなんだ。われわれは知らん。うちの子供たちはそんなことはしていない」

「二カ月も前のことなんか関係ないだろう。われわれは被害者なんだぞ！」


夕刊の見出し――

「瀬尾中生徒殺傷事件　惨劇の背景には教室内での暴力放任が」

「犯人は叫ぶ『殺された娘の仇をとっただけ』」

「虐待の温床瀬尾中　校長は取材拒否　保護者は責任転嫁」

「学校ぐるみで不祥事を隠蔽か」

「『虐待中学』の保護者　報道陣に逆ギレ」


生徒たちに対する聴取はあいかわらず困難をきわめた。

捜査員たちは生徒を刺激することを避けるため、事件そのものについての質問は極力避け、一カ月半前、日垣里奈にたいする虐待行為があったかどうか、に話題をしぼることにした。

その結果は、半数ちかくの生徒が、

「あったと思う」

「今思うとあったかもしれない」と答えた。

だが「自分が虐待に加担していた」とみとめた生徒はひとりもいなかった。

「ほかの誰かがやっていたと聞いた」とか、

「虐待されているのを見た人がいると聞いたことがある」などという、あいまいな伝聞証言ばかりだった。

しかしひとつだけ共通していたことがある。

「藤村綾なら」と答えた生徒が非常に多かったのだ。

「藤村さんなら」

「藤村なら知ってたかも」

「あの人は、クラスのことを一番よくわかっていたから」

捜査員のメモ――

「なぜ藤村綾なのか？」

「藤村だけが精神的虐待の実態を把握していたのか」

「藤村の携帯のひとつが消えたことと関係が？」


藤村綾は色と形の異なるA、B、二つの携帯電話をもっていた。ふだんから二台を使いわけていたのを生徒たちが見ている。

携帯Aは親から買いあたえられたもので、これは死亡後の藤村綾のポケットからみつかった。もう一台の携帯Bは、事件後二日がたった現在も所在不明であり、誰から買いあたえられたものなのかもわかっていない。ナンバーを知っている生徒も一人もいなかった。

8 藤村綾

取り調べの中で日垣吉之は、これまでの苦衷と、自分の正当性をうったえつづけた。

「娘が精神的虐待を受けていても、学校は知らんぷり、警察も裁判所も相手にしてくれない。私はどうすればよかったというんです？

里奈は本当にいい子でした。親に隠し事をしない、いや、できない子でした。何でも私に話してくれました。時には話さなくてもいいことまで。

とにかく話して話して、話しつづけるんです。まるで話をやめたら、どうにかなってしまうとでもいうように」

これは意外な証言だった。日垣里奈は、クラスの中では「非常に無口な生徒」として周囲にみられていたからである。それが自宅に帰ると、異様なほど饒舌になったという。

──娘さんは、自分が精神的虐待を受けていると、あんたに相談したことがあるの？

「いいえ。それは一度も」

——おかしいじゃないか。話し好きの娘さんが、自分にとってもっとも深刻な問題については、一言も話さなかったなんて。

「それは……」

——こうは考えられないかな。娘さんがそれについて話さなかったということは、すなわち、それそのものが最初からなかったという……。

「それはありません！　虐待されていたのは事実です。絶対に。里奈は親の私に心配をかけまいと、黙っていたんです。絶対にそうです。

娘のことは妻も心配していました。ああ、弓子《ゆみこ》（別れた妻の名）に会いたいなあ」

日垣は、離婚した妻との面会をしきりに求めたが、当人は「もう関係ない人だから」と、一貫して面会を拒否しつづけた。

「あの人の言うことを信用しちゃだめですよ。嘘つきなんですから」おとずれた捜査員に、別れた妻は嫌悪をむきだしにした表情で言った。

「自分を中心に世界がまわってると思ってるんですから。今度のことだって、口ではどう言おうと、反省なんかしてやしません。自分が悪いことをしたとは思ってないんです。口先ばかりなんです」

まさにそのとおり「自分もまた被害者である」と訴えつづけ、被害者としての自分についてはやたら饒舌なのに、加害者としての自分のこととなると、とたんにあいまいな言いかたに終始する日垣であったが、それでもぽつりぽつりと、自分の行為に対する反省めいたことを口にするようになった。特に自分の殺した相手が藤村綾であったことは、よほどショックだったらしく、ある時、聴取の途中で、突然号泣した。

「なぜあの子が死ななければならなかったんです。よりによってあの子が」

自分という存在を徹底して無視、排除しようとするクラスの中で、藤村だけが自分に普通に接してくれた。そのことのありがたさを日垣自身もわかっていたのだ。

日垣だけではない。いまや日本中の人々が、藤村綾の心根のやさしさに心をうたれていた。最後の言葉「わたしをかわりに――」。

凶悪犯に対して、誰かを殺すかわりに自分を殺してくれと、わが身をなげだしたのだ。これだけのことのできる子が、いや大人でさえ、どれだけいるだろう。

――では、あんたの狙いは本当は誰だったんだ？

「それは……」

――綾さんを刺す前に、あんたは別の生徒を傷つけている。生徒7番（女）だ。この子は最初からの標的だったのか？

「よくおぼえていません」

日垣の、都合が悪くなると口にする「おぼえていません」に、捜査官はもう慣れていた。話題の矛先をすこし変えてみた。

——生徒7番とその友人である生徒5番は、虐待をしていたらしい。

「えっ？」

——ふたりの机の間にいる6番の生徒に嫌味をいったり無視したり、教科書や靴を隠したり……。図15

「へえそうなんですか」

——この嫌がらせのことはクラスメイトも教師も知っていた。あの校長でさえもみとめたんだ。しかし、あんたの娘に対する嫌がらせは、いまだにあったかなかったかはっきりしない。おかしいとは思わないかね。たった三人の間だけの出来事はみんなが知っていたのに、クラスぐるみだったという虐待のことを、誰も知らないというのは。

「それこそ、虐待が横行していたという証拠じゃないですか。全員が加担していた。だから全員が黙ってるんです」

——全員が？

「そう。全員がです。全員が犯人なんです。口裏をあわせているんです。虐待はなかったと。それでみんなだまされるんです。世間も警察も。

誰も信じてくれない。なにもしてくれない。警察も裁判所も。だから私は自分でやったんです。

刑事さん。私はあなたに、世間のみなさんにききたいですよ。娘の無念をはらすために、ほかにどんな方法があったというんです?」

「ほかにどんな方法があったか?」

日垣のこの叫びに対し、ふしぎな同情がおこった。正確には、おころうとしかけた。子供が日々学校で差別、嫌がらせなどを受けている親たちにとっての共通の悩みに通ずる点があったからだ。

しかし残念ながらそれは、こうした事件がおきるとすぐさまとびついてくる匿名ブロガーたちのラッシュの前に、かきけされてしまった。

「今の中学生は礼儀作法を知らない。こうでもしなきゃわかりゃしないんだ。殺せ殺せ」

「日垣さん。あなたは中学校ではなく小学校を襲うべきだった。そうすれば五人殺せたでしように」

「日垣先生。どんなお気持ちでしたか。十四歳の＊＊＊を15カ所も＊＊＊、そして＊＊＊」

図15

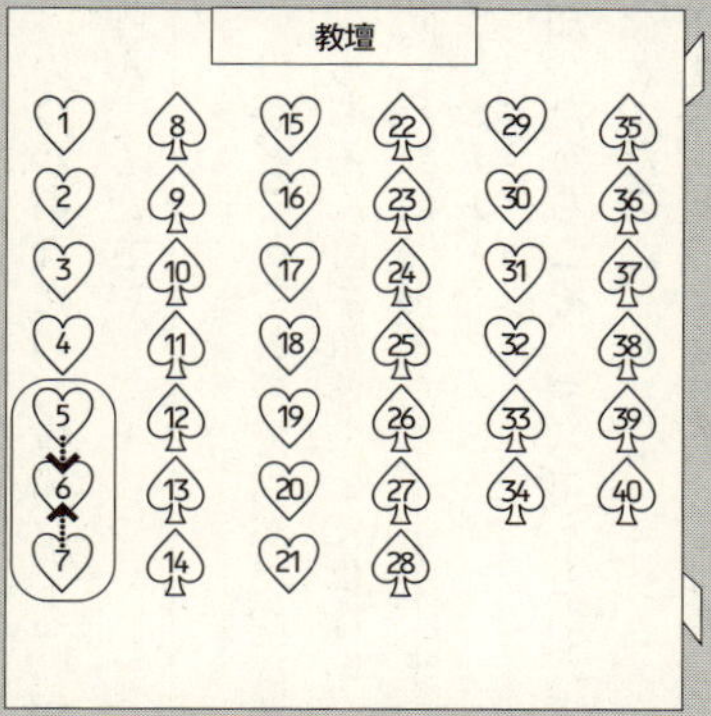
教壇
1
2
3
4
5
6
7
8
9
10
11
12
13
14
15
16
17
18
19
20
21
22
23
24
25
26
27
28
29
30
31
32
33
34
35
36
37
38
39
40

病院のベッドで、島津聡子は未知の人物からの携帯メールを読んでいた。

> 私は、あなたのいまおかれている窮状を、誰よりもよく理解しています。あなたの友人であり、庇護者です。いつかあなたのお役にたてる時がくると思います。
> 私のことはバベルと呼んでください。

今回のような事件は、いつかどこかでおきて当然だったといえる。

生徒を殺傷することは、もちろん許されることではない。しかし、犯人をここまでおいつめた学校側——教師、生徒、それに保護者たち——が、まったくお咎《とが》めなしというのは、それ以上に許されないことではないのか。

世間のこの「空気」を知ったからこそ、マスコミもあえて、事件そのものより、そこにいたる背景を強調する姿勢をとったのだ。

そして警察もまた、別の理由から、背後関係を究明する必要にせまられていた。

このような大事件がおこると、それをまねた事件、いわゆるコピーキャットが発生することが非常に多い。それだけは絶対に防がなければならないのだ。

警察はインターネット担当の専従班を設置し、ネット上の情報に目を光らせていた。

今やこの事件への関心度は「瀬尾中生徒殺傷事件」と入力しただけで五十万件がヒットする勢いだった。

警察の期待は、瀬尾中の内部事情にくわしい者が、サイトへの書き込みをしてくれないかという点にあった。

警察には話せないことでも、ネットでなら吐き出すかもしれない。しかし、どの担当者もお手あげだった。

「なにしろ量が多すぎて。大半がガセだということだけはわかるのですが」

「無能なやつらだ」ブルース・リーはゆうゆうとキーを操作しながらつぶやいた。膨大な量の情報が何段階にも選別、分類されていくのを確認しながらウイスキーのグラスをとりあげ、一口する。

「百万のガセの中から一粒の砂金をとりだしてこそプロだろうに」

2年4組の保護者たちは、この「世間の空気」をいまや敏感に察知した。そして、自分たちが今後どのように行動すべきかを知った。

一方、犯行の再現がおこなわれている地下講堂でもまた、大きな「変化」がおきていた。

昼食をはさんだ午後になって、日垣吉之がとつぜん言いだしたのだ。

「自分は記憶を回復した。今までの再現はすべて間違いである。事実のとおり再現してほしい」

9 日垣主導による再現(1)

ⓐ

この日、午前と午後をあわせ十数回にわたっておこなわれた警察再現のうち、この一回だけが、日垣自身の意向が全面的に反映されたものである。担当者にとって、これは願ってもないことのはずだった。しかし結果からいえば、時間の浪費だった。日垣はこの時点でまったく記憶を回復しておらず、同人の主張する「事実」とは、単に自分自身に対する保身の発露にすぎなかったのである。

日垣が教室にはいってくる。叫ぶ。藤村綾が出てくる。図16

日垣は「藤村は『自分を止めにきた』のではなく『自分に挨拶にきた』」と主張した。「自分にいつも敬意を表してくれていたんです。私も彼女のことは大好きでした」

この直前に叫んだ内容はおぼえていないという。

ただ日垣は、この時鞄の中に包丁を隠しもっていたことを初めて認めた。包丁は自宅からもってきたものであり、また包丁を持参したのはこの日が初めてであったことも明らかになった。凶器の包丁についていくつかの重要点を確認できたことが、今回の再現の中でただひとつの収穫だった。

また日垣によれば「殺意はなかった。実際に使用するつもりはなかった」ということだった。

（b）

日垣は、藤村にともなわれ後方ドアへむかう。図17

日垣は「自分から出ていった。藤村はそれについてきた」と主張。

「あの子は自分を慕っていました。その自分と離れたくなかったのでしょう」

図16

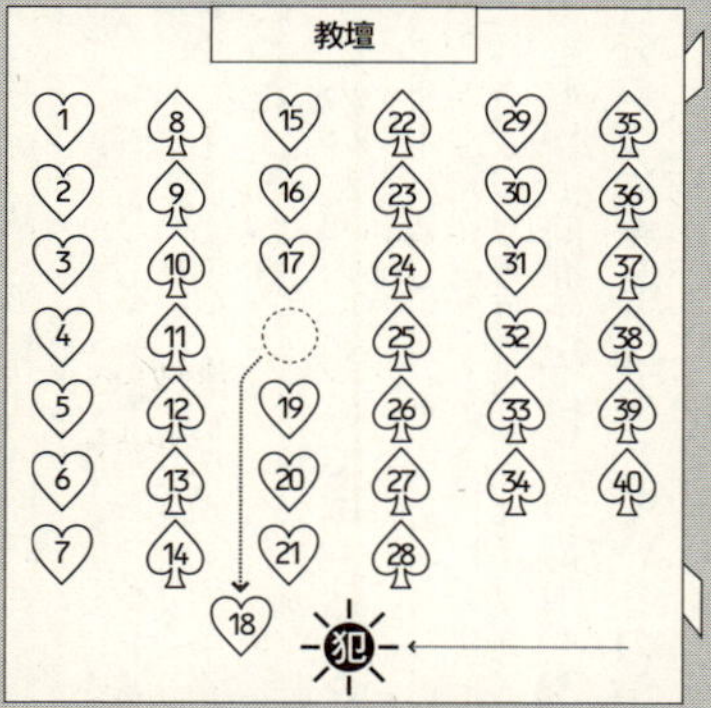
教壇
1
2
3
4
5
6
7
8
9
10
11
12
13
14
15
16
17
18
19
20
21
22
23
24
25
26
27
28
29
30
31
32
33
34
35
36
37
38
39
40
犯

図17

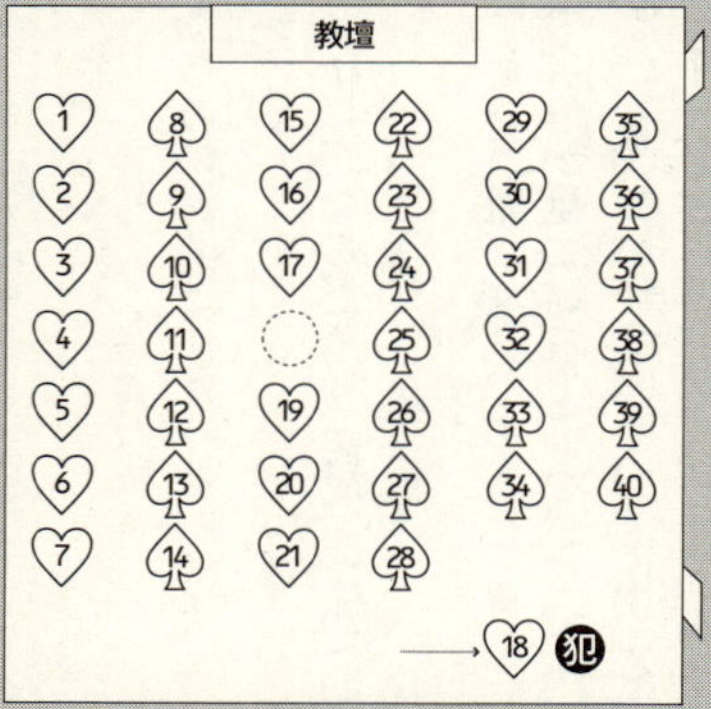
教壇
1
2
3
4
5
6
7
8
9
10
11
12
13
14
15
16
17
18
19
20
21
22
23
24
25
26
27
28
29
30
31
32
33
34
35
36
37
38
39
40
犯

(c)

図18 日垣が廊下に出ていたのは約30秒。教室にもどってくる。手には包丁がにぎられている。

日垣は「自分が出ていったとたん、教室がうるさくなるのが聞こえた。それでカッとなってもどった」という。

包丁をぬいた理由については「包丁をみせればおとなしくなるだろうと思ったから。誰かを刺すつもりはなかった」

そして、このあたりから「自分が自分でなくなった」と主張する。

「包丁をもって前進する自分の背中を、もうひとりの自分が見ているような感じです。目の前の自分がなにをしようとしているのか見当もつかないし、わかっていても、止めることなどできません。なにかしようとする自分にたいして無力なんです」

――この直前、廊下でなにかあったのでは？

「思い出せない。記憶にありません」

図18

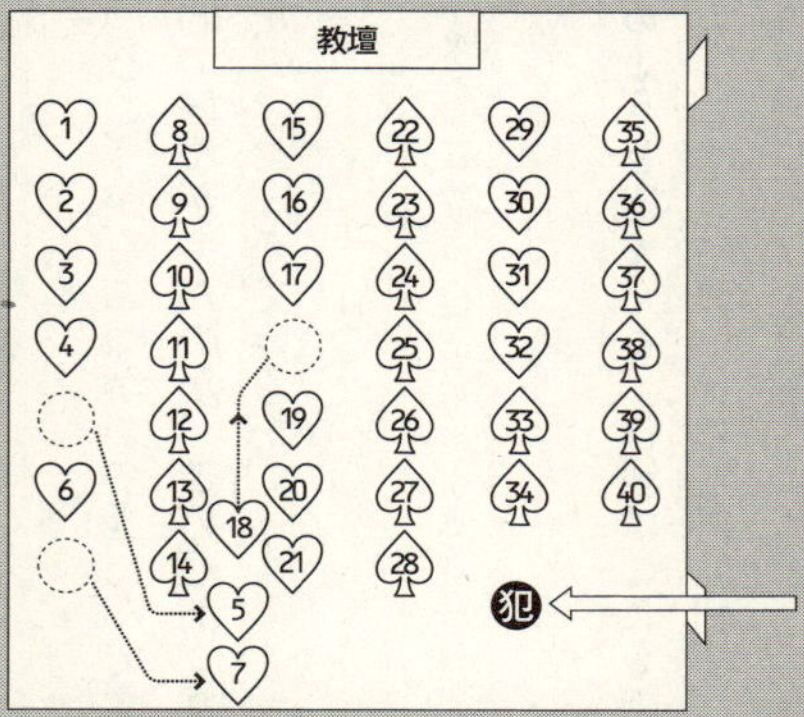
教壇
1
2
3
4
6
5
7
8
9
10
11
12
13
14
15
16
17
18
19
20
21
22
23
24
25
26
27
28
29
30
31
32
33
34
35
36
37
38
39
40
犯

(d)

生徒7番(女)とぶつかる。刺す。図19

「刺したのではなく、むこうからぶつかってきたんです。すごいいきおいでした」

——ではこの生徒は、標的ではなかったのか。この直前、女子生徒が「邪魔だよ。モン」といって、つきとばしてきたのはおぼえているか。

「…………」

(e)

藤村が日垣の凶行をとめようと出てくる。日垣はこれも刺す。

藤村が背をむけ、逃げようとする。おいかけて再度刺す。図20

「藤村さんが狂ったようになって、私の包丁をもぎとろうとしました。私は彼女をおちつかせようとしたんですが、彼女はつまずいて、はずみで自分から刺さってしまいました。私は

図19

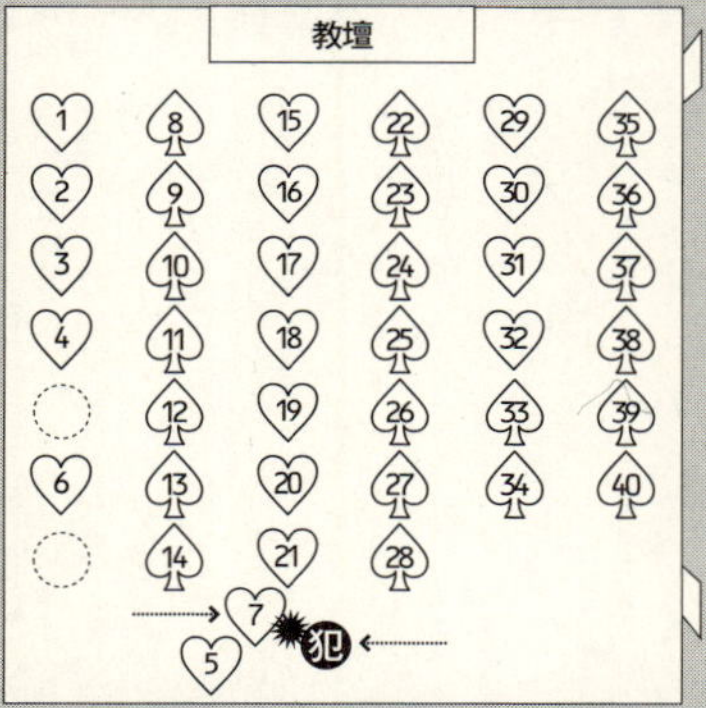
教壇
1
8
15
22
29
35
2
9
16
23
30
36
3
10
17
24
31
37
4
11
18
25
32
38
12
19
26
33
39
6
13
20
27
34
40
14
21
28
7
犯
5

図20

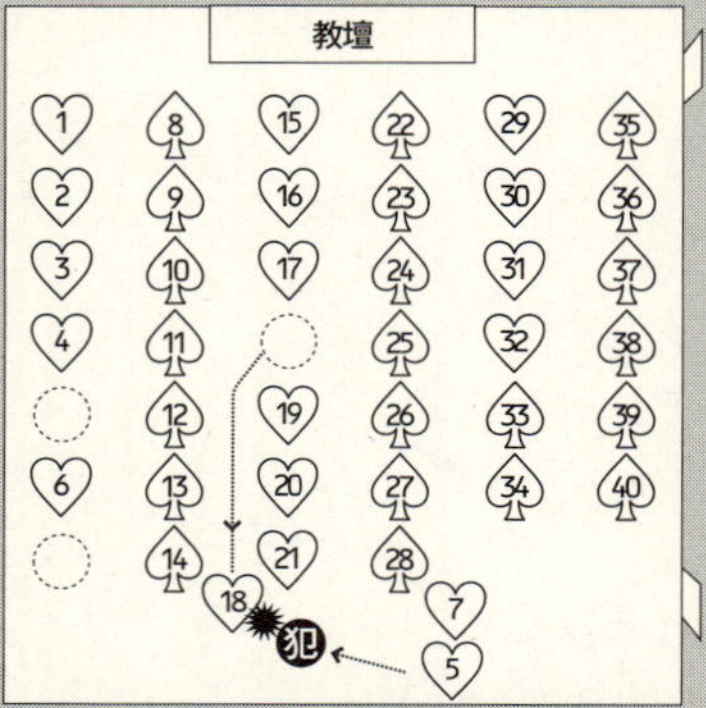
教壇
1
8
15
22
29
35
2
9
16
23
30
36
3
10
17
24
31
37
4
11
25
32
38
12
19
26
33
39
6
13
20
27
34
40
14
21
28
18
7
犯
5

驚いて、彼女を介抱しようとしました。そうしたらいきなり誰かに殴られて……」

これ以上つづけても無意味であり、この再現はここで中断された。
日垣は医者の判断により休息が必要とされた。以後の再現は、日垣不在でおこなわれることになった。

10　警察による再現（2）

（a）

藤村綾が席をたち、日垣のそばへ行く。 **図21**

藤村は日垣にこう言う。「探してみたけれど、里奈ちゃんに悪いことをしていた人はみつかりませんでした。ごめんなさい。あなたの考えていたようなことはありませんでした。もう来ないでください」

日垣はすなおに出ていく。藤村も自分の席へもどる。

冬島康子はおどろいた。この場面での藤村綾の発言内容があきらかになったのは初めてだったからだ。

「近くの席にいた生徒からの証言だ」警視庁捜査一課特捜班係長が説明した。「19番と20番だ」

それにしても、このような重要な証言を、なぜ日垣吉之本人に確認させないのだろう。前回の終了から30分おいて開始された今回の再現では、後方に日垣の姿がなかった。それはもちろん冬島にもわかっている。彼女自身、つい数時間前、日垣の「記憶」にもとづく再現の片棒をかつがされ、うんざりさせられたばかりなのだから。

しかし日垣が欠席なら、再現そのものを中止にするのが筋というものではないのか。日垣不在のまま再現を強行することに、どんな意味があるのか。冬島は違和感をおぼえた。

係長が言った。「新たな証言が数多く手にはいった。今回はそれにもとづき、今までとは大幅に再現内容を変更することになるから、そのつもりで」

（b）

30秒後、日垣がもどってくる。席にもどろうとしていた藤村綾が、ここでふりかえる。

図22

これまでは、藤村綾がふりむいたのは、生徒7番（女）が刺された直後だと思われていたが、これも新証言により、それ以前にふりむいていたことがわかった。

日垣は藤村を見る。藤村も日垣を見る。そして——

図21

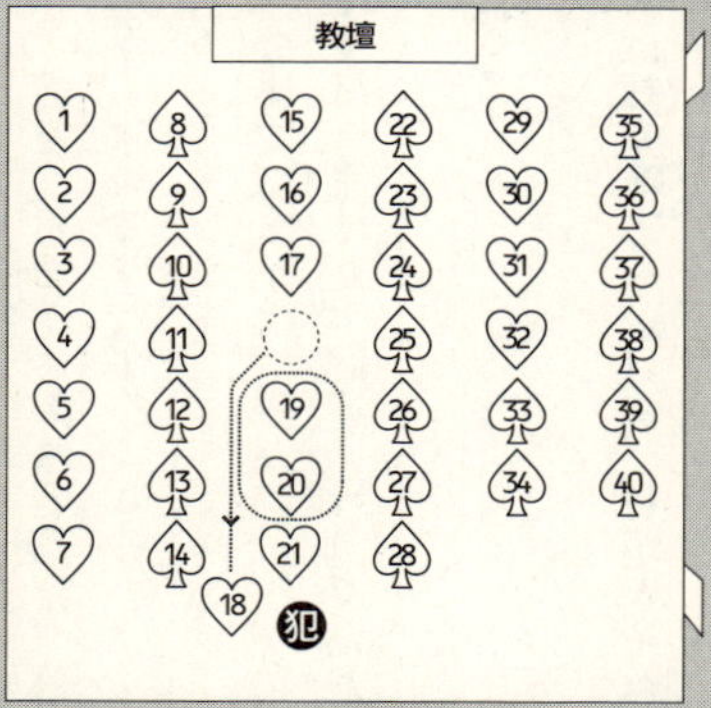
教壇
1
2
3
4
5
6
7
8
9
10
11
12
13
14
15
16
17
18
19
20
21
22
23
24
25
26
27
28
29
30
31
32
33
34
35
36
37
38
39
40
犯

図22

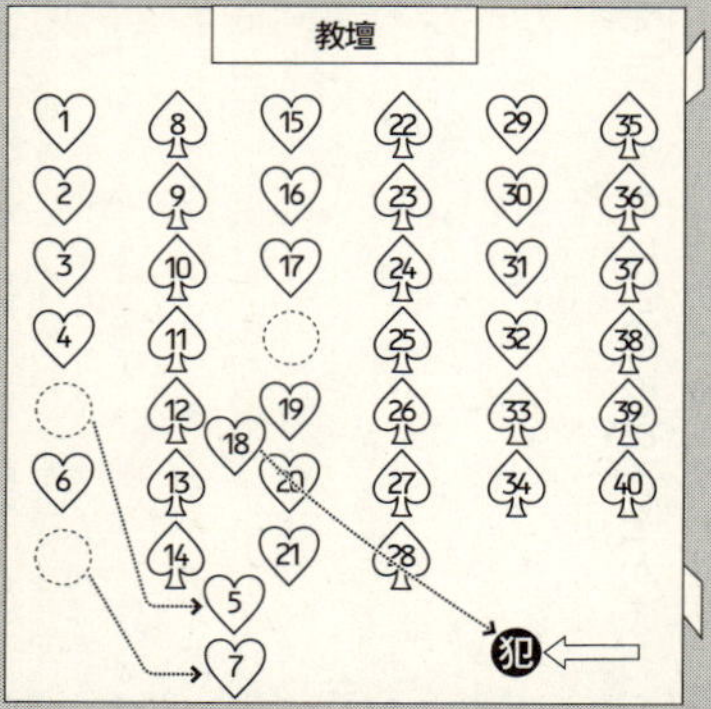
教壇
1
2
3
4
5
6
7
8
9
10
11
12
13
14
15
16
17
18
19
20
21
22
23
24
25
26
27
28
29
30
31
32
33
34
35
36
37
38
39
40
犯

冬島康子は今までそうしてきたように、日垣にむかって進もうとした。興奮している日垣をしずめてやるのだ。その時だった。

「そっちじゃない」係長から指示がとんだ。「前だ。前へいくんだ」

「えっ？」冬島は驚いて後方を見た。「前へですか？」

「そう、前だ。日垣から離れるんだ。逃げるんだ」

「日垣から逃げる？」

「そうだ」

「でも今までは――」

「今までは今までだ。間違いは刻々ただしていくんだ」

(c)

藤村は教室前方へ逃げる。日垣がそれを追おうとする。すでに凶器の包丁をかまえている。生徒5番と7番が、間にわりこむかたちになる。日垣は反射的に生徒7番を刺す。図23 生徒5番が悲鳴をあげる。日垣は藤村を追って前方へ。藤村はつまずいて倒れる。日垣が襲いかかる。図24

図23

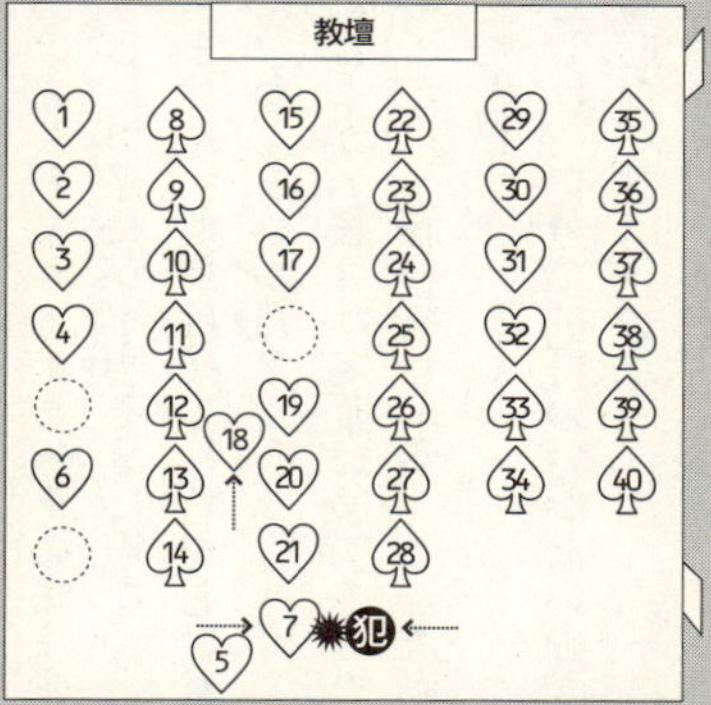
教壇
1
2
3
4
6
8
9
10
11
12
13
14
15
16
17
18
19
20
21
22
23
24
25
26
27
28
29
30
31
32
33
34
35
36
37
38
39
40
7
犯
5

図24

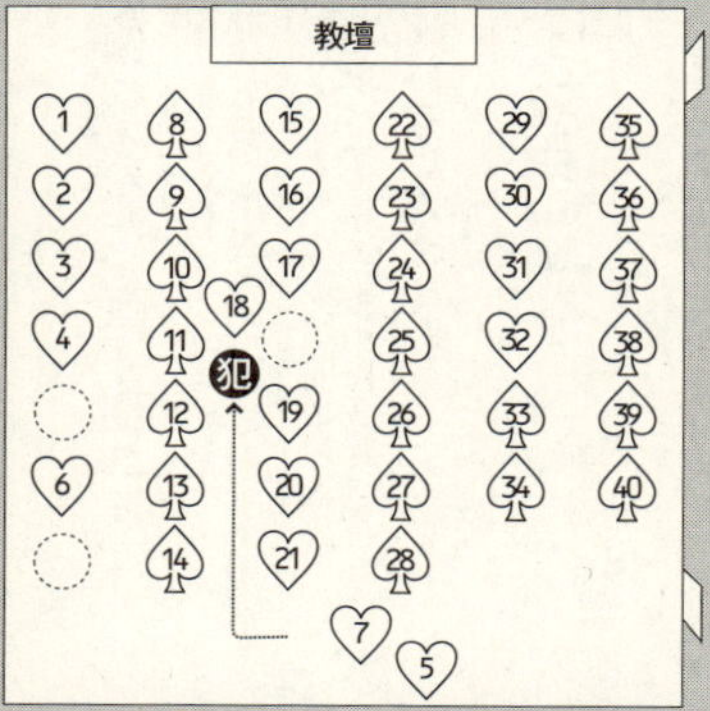
教壇
1
2
3
4
6
8
9
10
11
12
13
14
15
16
17
18
犯
19
20
21
22
23
24
25
26
27
28
29
30
31
32
33
34
35
36
37
38
39
40
7
5

「犯人」が包丁をもって迫ってくる。冬島はここで倒れなければならない。なぜか。日垣が藤村においつくためには、ここで藤村が倒れなければ時間的につじつまがあわないからだ。


冬島は立ちどまっていた。そのまま動かなかった。

「どうした」係長が不審そうに声をかけた。「そこで倒れるんだ、早く倒れて」

「できません」冬島は後方に背をむけたまま言った。

「なに。なんといった？」

「これはちがいます」冬島は後方をふりむき、大声で言った。

「この子が――藤村綾さんが、こんな動きをしたはずはないんです」

「なんだと!?」

「わたしは、自分で納得のいかない動きをすることはできません」

「冬島巡査。君はいったい――」

係長は動揺していた。この場でこのような「抵抗」をうけるとは予想していなかったのだ。

「お願いします。わたしに時間をください」

冬島は係長から視線をあげ、監視ブースのマジックミラーをみあげて叫んだ。

「説明させてください」

(d)

「藤村綾は、自分が刺されながらも、恐怖ですくんで動けずにいる生徒たちにむかって『みんな逃げて！』と叫びました。刺された場所と叫んだ場所、このふたつが問題です」

冬島は「教室」前方の黒板にチョークで図をかきながら説明した。無我夢中だった。

「教室後方から横二列目、三列目の生徒たちに注目してください。図25

もし今の再現のように、藤村が教室中央で刺され、そこで叫んだとするなら、この生徒たちは教室後方へ逃げたはずです（矢印）。

脅威となる日垣は自分たちの前方にいるのですから、それが自然です。

ところが実際には、生徒たちは前方へ逃げているのです。図26

これは事件直後に撮影された、机と椅子の倒れかたの状況からあきらかです。私も写真を見ました。

とすると生徒たちは、目の前で藤村を刺しつづけている日垣にむかって逃げたことになり、どう考えても不自然です。

それに対して今までどおり、藤村は後方で刺され、後方で叫んだのだとしたらどうでしょう。これなら生徒たちが前方へ逃げた事実と矛盾しません。図27

図25

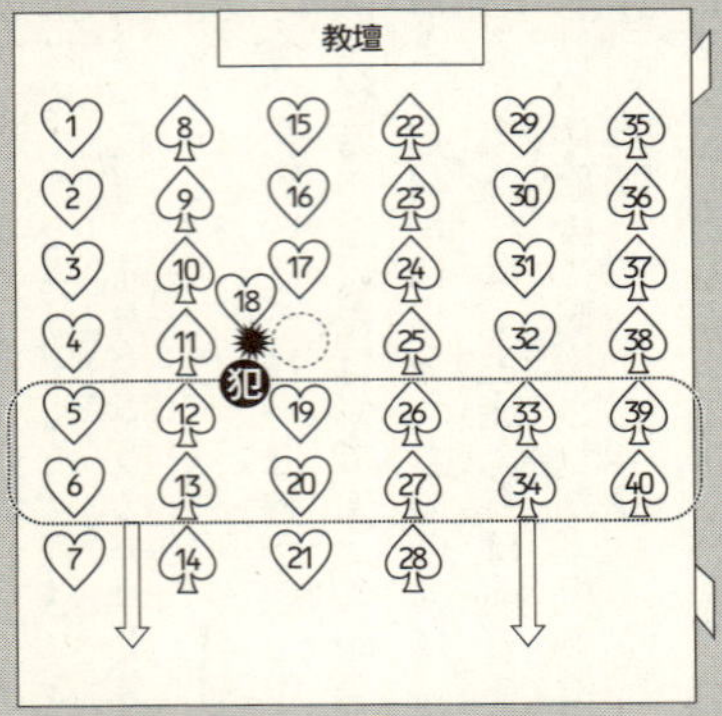
教壇
1
2
3
4
5
6
7
8
9
10
11
12
13
14
15
16
17
18
19
20
21
22
23
24
25
26
27
28
29
30
31
32
33
34
35
36
37
38
39
40
犯

図26

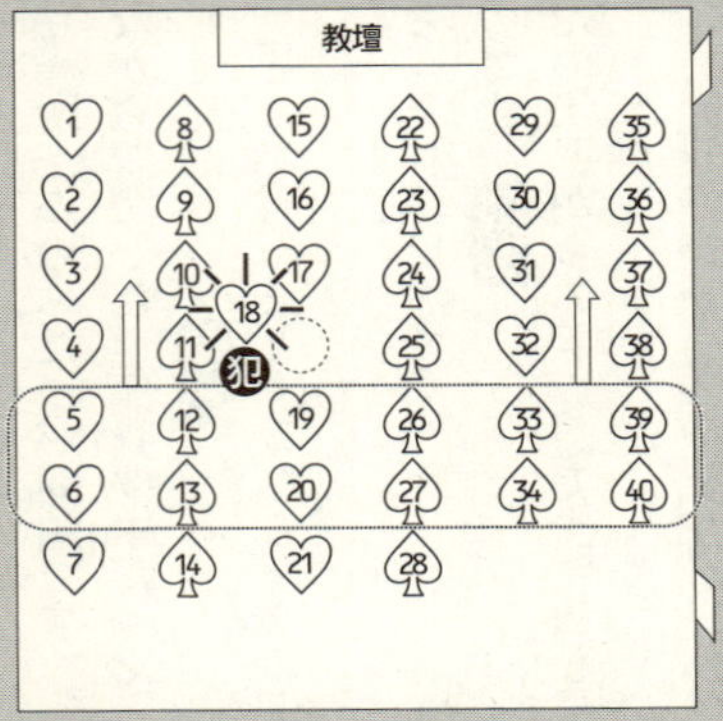
教壇
1
2
3
4
5
6
7
8
9
10
11
12
13
14
15
16
17
18
19
20
21
22
23
24
25
26
27
28
29
30
31
32
33
34
35
36
37
38
39
40
犯

図27

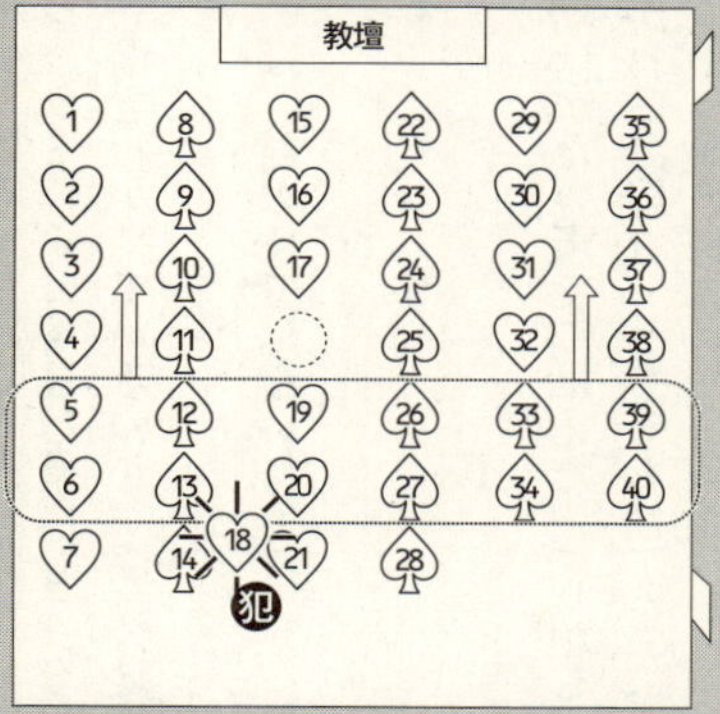
教壇
1
2
3
4
5
6
7
8
9
10
11
12
13
14
15
16
17
18
19
20
21
22
23
24
25
26
27
28
29
30
31
32
33
34
35
36
37
38
39
40
犯

藤村は日垣から逃げたりはしませんでした。逆に日垣にちかづいていったんです。みんなを守るために。彼女がむかったのは前方ではなく、後方だったんです」

冬島が必死に説明している間、係長は壁に設置された内線電話の受話器をとって話していた。

監視ブースだ。あのマジックミラー。冬島は確信していた。

「冬島巡査。君は自分の立場をわかっているのか」係長は受話器を架台にもどすと、けわしい表情で言った。

「再現の内容に意見するのは、君の任ではない」

ⓔ

「わかっております」冬島はかたい声でこたえた。「しかし――」

「しかしじゃない。いいかね冬島巡査。そもそも包丁をかまえた大人にむかって、十四歳の中学生がたちむかっていけるものだろうか」

「しかし現に、生徒たちはそう証言――」

「生徒たちは混乱していた。あのときの記憶ははっきりしないと、今になって言ってきている生徒がたくさんいる」

「……」

「事実はこういうことだ。日垣はたしかに藤村を信じていた。それを裏切られ、かっとなった」

「裏切られた？」

「そう、裏切られた。だから刺したんだ。15箇所も。

藤村はずっと以前から日垣にこう言いつづけていた。

『精神的虐待はたしかにあった。私が証拠をさがす。だから乱暴なことはしないでくれ』

藤村綾は責任感のつよい子だ。学級委員でもある。日垣の力になりたいと思った。これは本心だろう。

藤村は調査する。日垣はその返事をきくために毎日教室に通う。

そう、日垣が毎朝教室にあらわれるのはこのため、藤村からの途中報告を聞くためだったんだ。君のいうとおり、この時点でたしかにふたりの間には『信頼関係』があった。

しかし藤村は、証拠をみつけることができなかった。日垣を納得させられるだけの材料を集められなかったんだ。

犯行当日、藤村は日垣に言う『ごめんなさい』と。

藤村としては『自分としてはこれで精一杯。しかたがない』という程度の気持ちだったただろう。いくら思いやりがあるとしても、そこは子供だ。

だが日垣は、藤村の考えた以上におおきく失望した。それだけ藤村にかけた『期待』が大きかったんだ。

藤村ならかならず娘を死においやった犯人をみつけてくれるに違いない。そう信じていたところに、この返事だ。自分がこの二カ月、この教室に通いつめたのはなんのためだったのか。日垣の藤村にたいする『信頼』は一気に殺意に転化した。そして――」

「それは！」

「まあ聞きたまえ。そのくらいのことで、大人が子供に対して殺意をいだけるものか、といいたいんだろう？

日垣がアルコール依存症だったことを忘れてはならない。この時の日垣は、通常の思考ができる状態ではなかったんだ」

係長の言葉がここでおわっていれば、冬島は、自分をおさえてひきさがったかもしれない。なんといっても自分は一介の巡査にすぎないのだ。自分のような者の言い分を、係長がとにかく聞いてくれただけでもよしとしなければ。

しかし係長のつぎの言葉だけは我慢できなかった。こう言ったのだ。

「さらに言うなら、こういう事実もある。藤村綾の席は、自殺した日垣里奈の席のすぐうしろだった」図28
「どういう意味です？」

図28

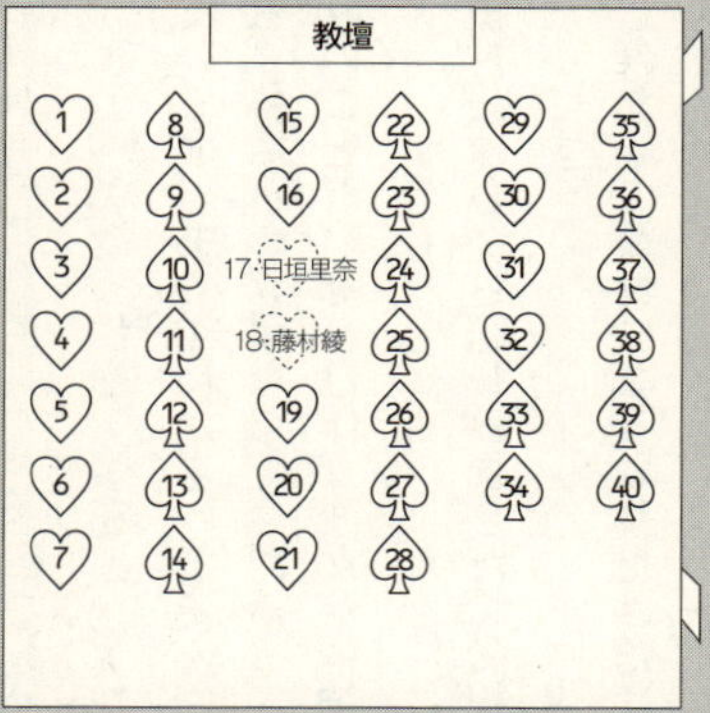
教壇
1
2
3
4
5
6
7
8
9
10
11
12
13
14
15
16
17・日垣里奈
18・藤村綾
19
20
21
22
23
24
25
26
27
28
29
30
31
32
33
34
35
36
37
38
39
40

「生徒5番と生徒7番は、間の席の生徒6番に対し、日常的に嫌がらせをしていた。となりあった生徒同士の間でこのようなことがおこるというのはよくある話だ。そのことに周囲の誰もきづかないということも」

「藤村綾が、日垣里奈を精神的に虐待していた張本人だったというのですか⁉」冬島はさけんだ。

「可能性のひとつとして、そういうこともありうるということだ」

「可能性としても馬鹿げています。あの子にかぎってそんな」

「そう。誰でもそう考える。特に君の立場ならそうだろう。まさかあの子が。まさか藤村綾が。しかしそれはそれだけのことだ。それ自体、彼女が精神的虐待をしていなかったという証拠にはならない」

「里奈が自殺したとき、藤村綾は心から悲しみました。父親の日垣のために親身になって、虐待の犯人を探そうとしたんです」

「悲しむふりだったかもしれない。親身になるふりだけだったかもしれない」

「十四歳の女の子なんですよ」

「十四歳というものは、大人が考えるよりはるかにずる賢く、悪知恵にたけているものだ」

藤村綾が日垣里奈を自殺においこんだ。そしてそのことを隠したまま、父親の日垣吉之に同情するふりをし、(いるはずのない)虐待の犯人をさがしてやるふりをした。自分自身が犯人だったことをカムフラージュするために。そして結果的に日垣の怒りを買い、刺された。そう結論づけようとしているというのか。この再現はそのためなのか。

冬島はどうしても納得できなかった。退勤申告をおえ、電車で帰宅する間もずっと考えつづけていた。

ついに決心し、途中の駅で電車をとびおりた。

「なくなられた娘さんの名誉がけがされようとしています」

冬島は藤村綾の両親宅を訪問し、これまでの経緯を話した。両親は当然のことながら仰天した。

「綾はそんな子じゃありません」

「なんてひどい。親の私たちのしらないところで、そんなことを勝手にきめつけるなんて」

「私もそう思います」冬島はうなずいた。

「だからこそ、規則と誓約を破ってここへ来たのです。言わずにはいられなかったのです」

事件以来、マスコミ数社がこの家に出入りしていた。そのうちのひとりに、両親がこのことを話した。大騒ぎになった。

「はっは。こりゃおもしろい」ブルース・リーは、手をたたいてよろこんだ。

Ⅱ

11月7日（放送前日）

11　甲田諒介

ある新聞社が「瀬尾中学生徒殺傷事件」の警察の対応についてスクープした。殺された藤村綾が日垣の娘に精神的苦痛をあたえつづけていた、と警察が結論づけているという内容の記事が翌日の朝刊にのった。

マスコミはいっせいに「事実の捏造《ねつぞう》」をした警察を非難した。

警視庁はただちに会見をひらいた。再現をおこなった事実はみとめつつ、「捏造」という言いかたについては強く否定した。

「報道されている内容については、多くの可能性のひとつとしてこころみたまでのことでありまして、被疑者である男の娘に対する精神的虐待についても、実際にあったかどうかまだわかっておりません。今回の内部告発は誤解、ないしは先走りによるものです」

――その告発者である警察官の処分については？

「さきほど、本人から退職願いが出されました」

――退職しなければ懲戒免職でしたか？

「……」

――今後、犯行の再現を公開する予定は？

「今後再現はおこないません。したがって公開もしません」

――告発されたから中止するということですか？

「捜査上の問題です。お答えできません」


冬島康子に、あるテレビ局が接触してきた。

冬島は即座にことわった。「告発」以降、多くの新聞やテレビ局から取材の申し込みがあったが、そのすべてをことわってきたのだ。

いかなる経緯があったにせよ、今まで勤務してきた職場を告発する結果になった以上、この上表立って発言することはしてはならない。それが冬島なりの、警察に対する「仁義」だった。

しかし、そのテレビ局員は執拗《しつよう》だった。名刺には石持貴士《いしもちたかし》とあった。

「私たちはあなたの勇気ある告発におおきな感銘を受けるとともに、警察のやりかたに怒りをおぼえました。これは日本国民すべてがそうであるはずです。私たちは考えているのです。警察以上に正確で公正な犯行の再現を、われわれの手でやってやろうじゃないか、と」

「あなたがたの手で再現を？」冬島は意表をつかれた。

「この三日間、私たちも独自に事件の真相をさぐっていたのです。これはまたとない好機です。ニュース番組内で特集を組むのです。再現をおこない、その結果を全国に放送する。そのために、『警察版再現』の参加者であるあなたに、協力をお願いしたいのです」

「ですが私は……」

「わかっています。あなたは正義感の強いかただ。警察をクビになった――もとい、お辞めになったすぐあとで、こんなことに協力するというのは、あなた自身の矜持《きょうじ》が許さないのでしょう。しかしですね」石持はぐいと膝をのりだしてきた。

「あなたにとっていちばん大切なことは、藤村綾さんにかかわる真実をあきらかにすることではないのですか。警察はああ言ったけれど、あなたがあのまま黙っていたなら、警察はきっとすべてを藤村綾のせいにしていたはずです。あそこで藤村綾は前へ逃げたのだと」

「ちがいます」冬島は思わず叫んだ。「あの子はうしろへ行ったんです。それだけはまちがいありません」

「もちろん、われわれもそう思っています。そのことの証明もふくめての、今回の特番なのです。どうか、ご協力願えませんか」

「………」

「とりあえず、担当のディレクターに会うだけでも会っていただけませんか。甲田《こうだ》諒介《りょうすけ》という男なんですが、ちょっとおもしろいやつでしてね」

「ちょっとおもしろい」どころではなかった。甲田ディレクターは、早めのランチに注文した中華丼を嵐のようないきおいでかきこみながら初対面の冬島を前に、一方的にしゃべりつづけたのである。

「『日本の新聞はインテリが作ってヤクザが売る』というが、それを言うなら『日本のテレビはヤクザが取材してインテリが放送する』だよな。もちろんヤクザというのは、このおれもふくめてのことだがね。あれを見てみろ」

甲田は箸でテレビをさした。ちょうど美人キャスターが、瀬尾中生徒殺傷事件の続報を報じているところだった。

〝私ども＊＊テレビが取材したところでは――〟

「あの女がなにを『取材』しているものか」甲田は唾を吐かんばかりの顔で言った。

「やつらは取材の現場など何ひとつ知らん。わたされた原稿をただ読んでるだけだ。その原稿ができあがるまでに現場でどれだけの血と汗がながされたか、考えたこともない。なんの思い入れも感動もない。だから、中東のテロで三十人が死んだというニュースの次に、千葉の動物園でコアラが双子の赤ちゃんを産んだというニュースを報じることが平気でできるんだ。

あんたたちはニュースキャスターといえば良識のかたまりと思ってるかもしれんが、とんでもない話だ。あいつらほど常識もなければ倫理観もないやつらはいないんだぜ。『環境問題は私たちひとりひとりの問題です』などと言いながら、あいつら電車にもバスにも乗りゃしない。50メートル移動するにもタクシーを使うんだ。局のタクシー券をつかってな。さらにまた――」

(さっきからずっとこの調子だ。ひとりでしゃべってひとりでハイになっている)冬島はうんざりしていた。

「――同級生を救うため、すすんで犠牲になった藤村綾さん。その最後の言葉が、日本中の涙をさそっています」

モザイクをかけられた瀬尾中の校舎をバックに、事件直後の取材テープの声がながされていた。

〝声〟

〝そう。犯人の声〟

〝いや、モンじゃなくて〟

〝えっ?〟

〝あんた何やってるんです! こんなときに生徒にインタビューするなんて、非常識じゃないですか〟

〝本当なんだね。あの子が〟

〝出ろって言ってるだろ！〟

〝わたしをかわりに――そう言ったんだね。刺されながら〟

「これはおれの声だ」甲田がにやりとした。

「えっ？」

「このインタビューをやったのはおれなんだ。もう一押しってところで、学校関係者につまみだされたがね。

非常識だってことはわかってたさ。でもだからといって遠慮してたら、取材にはならないわけで。因果な稼業だよな。で、本題に入るとだ――。

あんたのとった行動は最高だよ。藤村綾が、あのクソだめみたいなクラスの中で唯一といっていい善良な生徒だったことは、今や誰もがわかってるはずだ。ああおれはクソと言ったよ。あそこはクソ教室さ。今の日本の中学校のクラスのほとんどがクソであるようにな。そのクソだめの中で天使みたいな存在だった藤村を『悪玉』に仕立て上げることで事件の収束をはかろうとした警察のやりかたは、老獪《ろうかい》といえば老獪だがね。ところでだ。あんた、いま時間ある？」

「はあ？」

「これから藤村綾の両親の家へ行こうと思うんだ」

「藤村さんの家へ？」

「あんた、一度会ってるんだろ。あんたからおれを両親に紹介してくれないかな。そうすれば話が早い」

5分後、冬島は甲田の運転する車の助手席にすわっていた。

「話って、なにを話しに行くんです？」冬島は言った。

「暴いてやるのさ。あの両親が隠していること、いや、すべての学校関係者が隠しつづけていることを」

「隠していること？」

「警察も、このことは隠しつづけていた。だから当然あんたは知らないだろう。だが、おれたちのネタ元はたしかだ。ここそが事件の本当の核心なんだ」

「本当の核心――」

冬島が甲田に言いかけたとき、携帯が鳴った。

冬島は「失礼。メールだわ」と甲田にことわり、携帯をひらいた。

「………」ずいぶん長い間、冬島はなにも言わなかった。

甲田は横目で冬島を見た。じっと携帯をみつめている。

「どうした」あまりの沈黙の長さに甲田がたずねると、冬島ははっとした顔で甲田を見、あわてて携帯をとじた。

「ごめんなさい。なんでもないです」

冬島の顔は青ざめていた。その後、藤村邸につくまで、なにも言わなかった。


「娘さんが、犯人の手にかからなければならなかった本当の理由を、あなたがたはご存じですね？」甲田は開口一番、藤村綾の両親にむかっていった。

「それは……」父親は母親と顔をみあわせた。

「なぜ黙ってるんです。なにがこわいんです。学校ですか。それとも『あの方』ですか？」

甲田は謎めいた呼び名を口にした。

「この上まだ『あの方』がこわいんですか。あなたがたがそういう態度をとりつづけるかぎり、綾さんは永久に救われないんですよ」

「……」

「言いたくないというなら僕が言いましょう。日垣の狙いは綾さんではなく、別の生徒だった。綾さんはその生徒をかばおうとして、日垣に刺された。いや正確には」

甲田は両親の顔をかわるがわる見つめながら言った。

「その生徒が綾さんを盾にとったんです。自分の身を守るために」

12　ニュース特集用再現（1）

ⓐ

凶行前後の、この生徒（生徒13番・男）の行動に注目してみる。日垣吉之が教室に侵入。後方を徘徊しはじめる。

この時は生徒8番（男）が、生徒13番の席まできて、おしゃべりをしていた。8番は13番と仲がよく、いつも話をしていた。この時もそうだった。図29

しかしこの日の13番の動きは、いつもとちがっていた。日垣がはいってきたのを見た瞬間の13番は――

甲田はパソコン上で、CGにより事件の状況を再現させていた。

教室のセットを作ることも生身の人間をつかうこともなかった。パソコンのモニター上では、生徒たちをしめす番号つきのマークがつねにゆらゆらと動いていた。男子生徒は青、女子生徒は赤。すべての「生徒」は微妙に動いていた。活発にうごきまわるマーク、のその動くマーク、じっと動かないマーク。

「四十四の金魚をいれた水槽を、上からながめているみたいだろう」甲田が笑いながら冬島に言った。「みんなそう言うんだ」

「……」冬島は答えなかった。何事かずっと考えつづけている。

（b）

生徒13番は、8番をともなって、教室前方にある8番の席まで移動をはじめたのだ。

図30

13番の席にちかい生徒の証言――

「13番が急に立って、8番に『おまえの席へ行こう』と言うのを聞いた。8番が『モンがこわいのか？』と聞くと、13番は怒って8番の肩をこづいた」

「日垣にモンという仇名をつけたのは、13番らしいよ」甲田は言った。

「モンとはどういう意味なのか、13番本人に聞いてみないとわからないがね。もうずーっと

図29

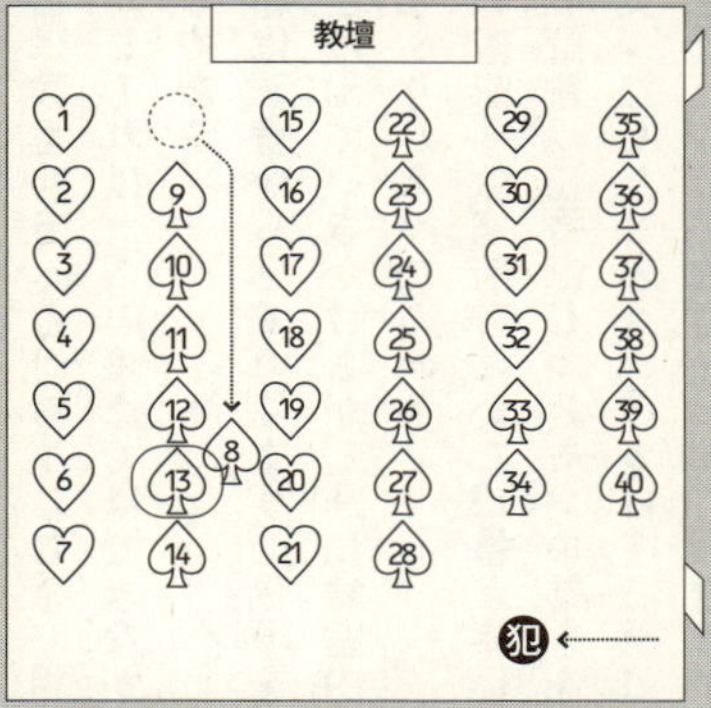
教壇
1 2 3 4 5 6 7
9 10 11 12 13 14
8
15 16 17 18 19 20 21
22 23 24 25 26 27 28
29 30 31 32 33 34
35 36 37 38 39 40
犯

図30

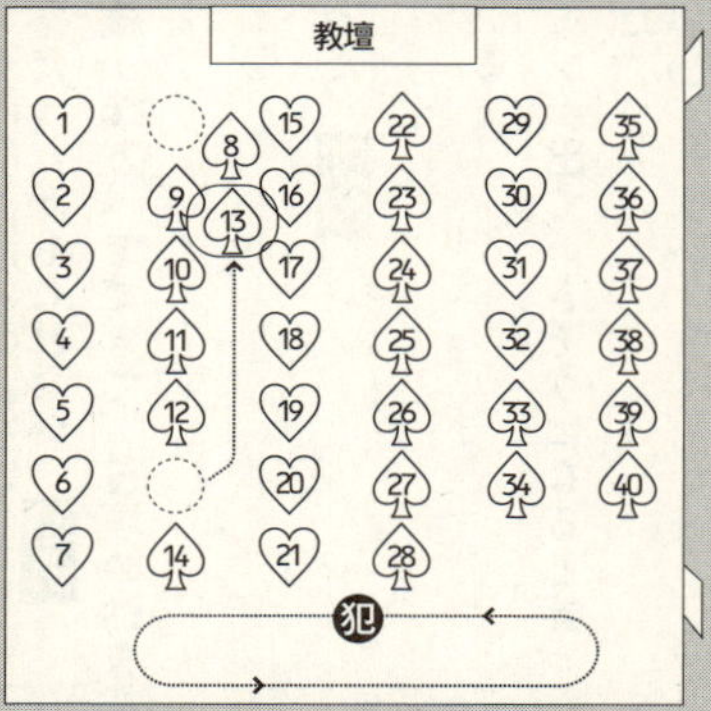
教壇
1 2 3 4 5 6 7
8
9 10 11 12 14
13
15 16 17 18 19 20 21
22 23 24 25 26 27 28
29 30 31 32 33 34
35 36 37 38 39 40
犯

インタビューを申しこみつづけているのに、『あの方』は返事をよこさないんだ」

（c）

日垣は教室前方へむかおうとした。狙いは生徒13番だったかもしれない。図31
しかしそれは、この時点ではできなかった。藤村綾が後方へでてきて、日垣の動きを止めたからである。
藤村は教室から出ていくよう、日垣を説得する。
日垣は出ていきかけるが、急に教室内をふりかえった。図32
なぜふりかえったのか？
この直前、教室前方にいた13番が笑い声をあげている。
生徒証言「13番はじっとモンの動きを見ていた。モンが出ていきそうになると笑った。モンを笑ったんだと思う。バカにする感じの笑いだった」
日垣がいったん教室を出る。藤村綾が席にもどる。
これといれかわりのように、13番も自分の席へもどる。図33
8番もいっしょについていきたそうにしたが、13番は「こなくていい」と言った。

図31

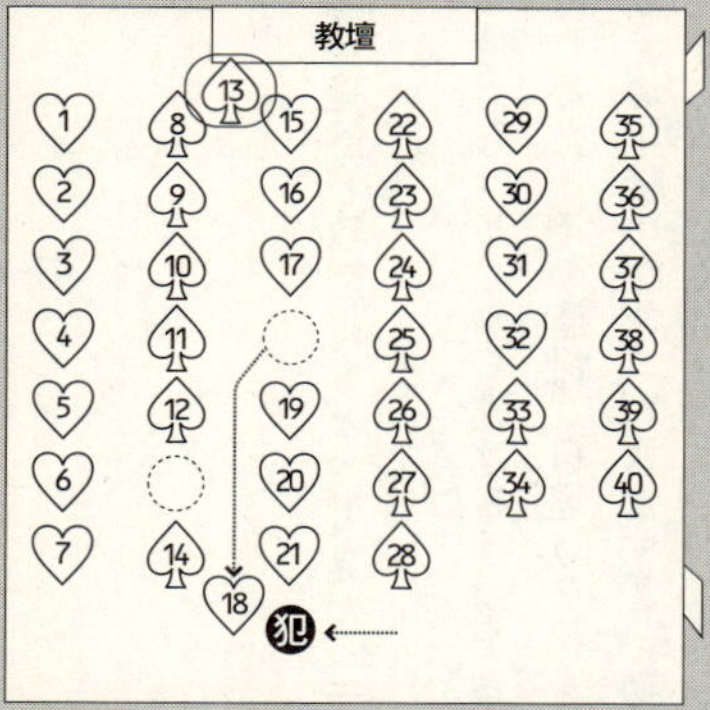
教壇
1
2
3
4
5
6
7
8
9
10
11
12
14
13
15
16
17
19
20
21
18
22
23
24
25
26
27
28
29
30
31
32
33
34
35
36
37
38
39
40
犯

図32

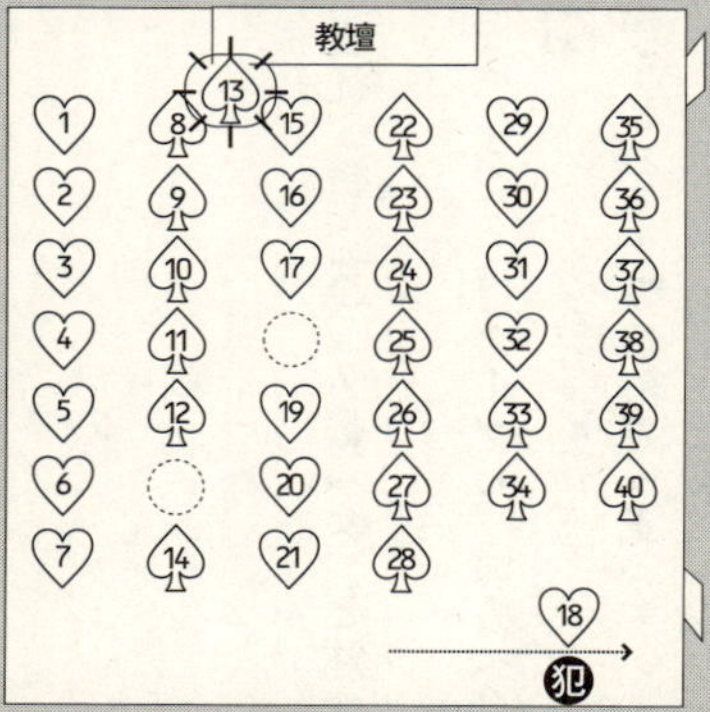
教壇
1
2
3
4
5
6
7
8
9
10
11
12
14
13
15
16
17
19
20
21
22
23
24
25
26
27
28
29
30
31
32
33
34
35
36
37
38
39
40
18
犯

「この13番というのが、どういう生徒か気になるだろう。警察の再現ではまったく問題にされない、いないも同然の存在だったからな」甲田はとなりの冬島をちらちら見ながらキーを操作した。

「こいつこそが今回の核心なんだが、しかしその説明はあとだ。ここからが大事なところだ」

(d)

日垣が猛然と教室にもどってきた。手には包丁。生徒5番(女)、7番(女)と鉢合わせになりかかる。

この時、もっとも早く逃げる行動をおこしたのが13番だった。Uターンし、前方へひきかえしはじめた。その直後、日垣は7番を刺した。図34

ちかくの生徒の証言「13番がすごい勢いで自分の横をとおって教室前方へ走っていこうとした。何人かの机にぶつかってころびそうになった。その直後に5番の悲鳴がきこえた。ふりかえると7番が刺されていた」

「13番が逃げだしたのは、まだ7番が刺される前だ。このことはじつに重大だ」甲田は言った。

図33

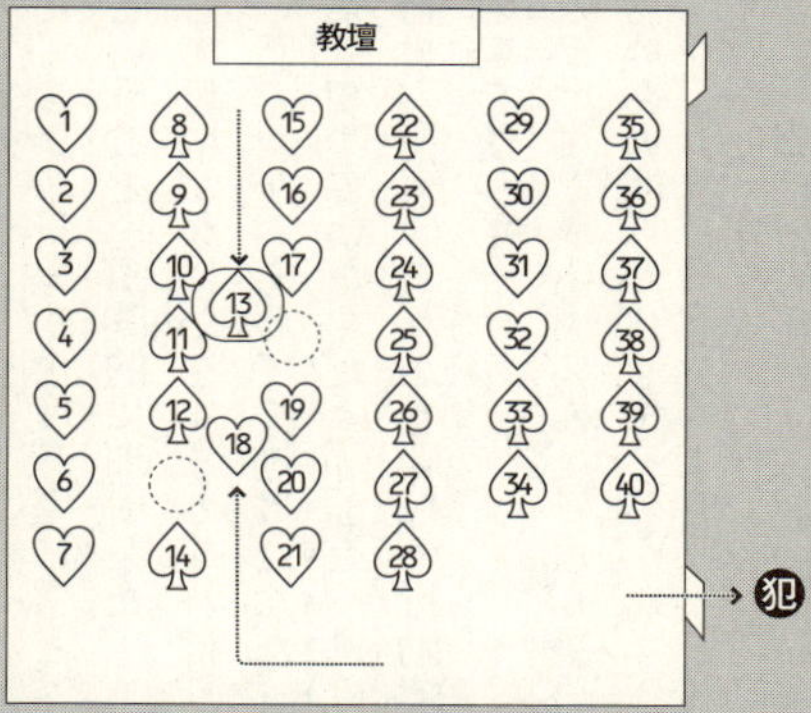
教壇
1
2
3
4
5
6
7
8
9
10
11
12
13
14
15
16
17
18
19
20
21
22
23
24
25
26
27
28
29
30
31
32
33
34
35
36
37
38
39
40
犯

図34

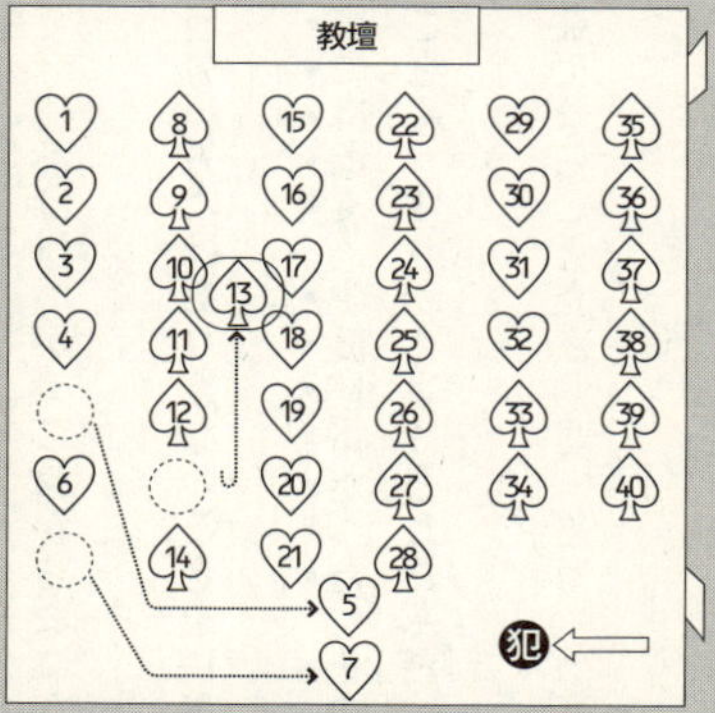
教壇
1
2
3
4
5
6
7
8
9
10
11
12
13
14
15
16
17
18
19
20
21
22
23
24
25
26
27
28
29
30
31
32
33
34
35
36
37
38
39
40
犯

「13番は、日垣が最初に教室に入ってきた時点で、日垣が『なにかをおこすかもしれない』ことを予測していたと考えられる。だから前方へエスケープした。あくまでなにげないふりをよそおって。この時はまだこうするだけの余裕があったんだろう。

日垣が藤村の説得に応じて一度は教室を出ていったことで、13番は安堵し、自分の席にもどった。しかし日垣が再度教室にもどってきたことで、13番は日垣が『これからなにかをする』ということを瞬間的に理解した。

そして日垣がなにかをするとすれば、その標的は自分以外にはありえないことを13番は知っていた。だからあわてて逃げたんだ。

警察は知っていたんだよ。前方へ逃げたのは藤村綾ではなく、生徒13番だった。その13番の行動を、警察はあたかも藤村の行動であったかのごとく、すりかえようとしたんだ。あの再現の場を使って。

なぜかって？　もちろん、それが警察にとって利益になることだからさ。どういう利益かは、おいおい明らかにしてやるがね」

(e)

生徒13番は逃げる。日垣がこれを追う。

藤村が止めようとして出てくる。逃げる13番をかばう形になった。すでに一人を刺し、逆上している日垣は、やみくもに藤村を刺してしまう。図35

画面が真っ暗になった。甲田がスイッチを切ったのだ。

「あとはもう、誰にでもわかりきったことだ」甲田は言った。

「泥酔したうえに極度の興奮状態となった日垣には、もはや誰が本来の標的か、自分がなにをしているのかもわからない。ただ狂った鬼となって目の前の獲物を刺しつづけるだけだ。合計15箇所も。なにか納得のいかない点があるかね？」

「いえ……」冬島はぼんやりと言った。

「どうしたんだ。さっきからようすが変だぜ。気分でも悪いのか？」

「……」

「あんたには、なんでも遠慮なく言ってほしいんだ。そもそものはじまりがあんただったんだから。あんたの勇気ある告発がなければ、この企画だって――」

「勇気ある告発？」冬島はおうむがえしに言った。

「そうとも。日本中のみんながあんたの――」

冬島は笑いをもらした。ヒヒッという笑い声だった。

「なんだ。なぜ笑う？」

「これを見て」冬島は携帯をさしだした。「さっき来たメールよ。車の中で」

甲田はメールを見た。まず眉をひそめ、それからふっと息をついた。「こんなこと、本当かどうか――」

「本当だとしたら。ここに書いてあるとおりだとしたら？」

「まあ、そんなこともあるかもな。それだけのことだ」

「それだけのこと、これが⁉」冬島は驚いて言った。

「この事件は、思った以上に根が深いってことさ。これから先、こういうことはいくらでもおこるだろう。まだまだ序の口なんだ」

甲田は冬島の肩を軽くたたいた。

「気にするな。たとえ何があろうと、あんたのしたことの価値に変わりはない」

メール画面には、こうあった。

図35

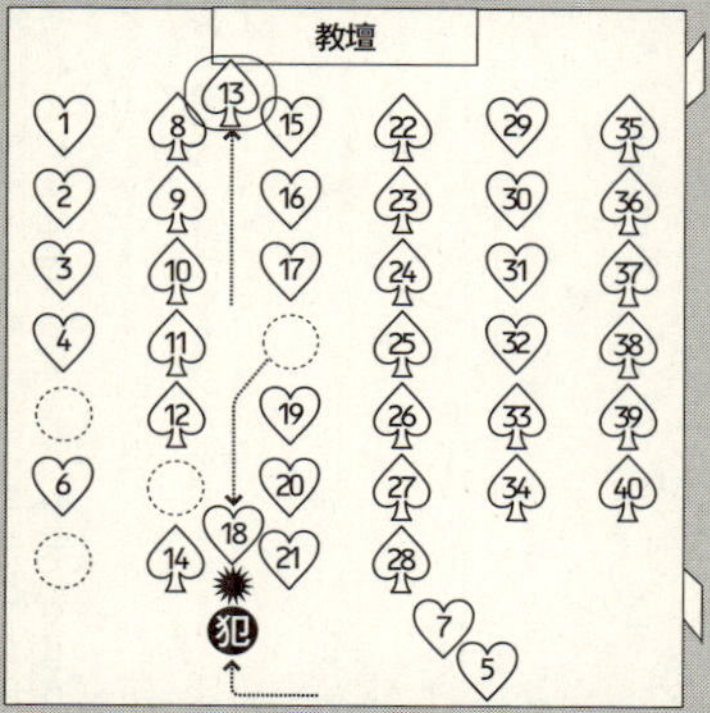
教壇
1
2
3
4
6
8
9
10
11
12
13
14
15
16
17
18
19
20
21
22
23
24
25
26
27
28
29
30
31
32
33
34
35
36
37
38
39
40
7
5
犯

冬島康子殿
すべて最初から予定されていたことでした。貴女《あなた》が再現内容の変更に反発することも、内部告発をするだろうということも。
そのためにわれわれは、貴女を選んだのです。
地下講堂監視ブースにいた者より

「生徒13番はなぜいちはやく反応したのでしょう。いや、反応することができたのでしょう？」

甲田はふたたび、藤村綾の両親を問いつめていた。自宅から事務所にひっぱってきて、無理矢理に今の再現を見せていたのだ。

「理由は簡単です。日垣はあきらかにこの生徒を狙っていた。そしてこの生徒自身そのことを知っていたからです。

そこで、ご両親におたずねしたい。この生徒13番はどのような生徒です?」

「それは……」

「あなたがたはもちろん知っている。学校関係者全員が知っている。

いちばんよく知っていたのは、日垣里奈です。自殺する直前、彼女は書きのこしました。

いいなりになる　みんなあのこの

『あのこ』とは誰のことです?」

「そんなこと……もうあなたのほうが、よくわかっているんでしょう?」父親は力のない声で言った。

「もちろんそうですが、あなたがたの口からお聞きしたいのです。何者ですか?」

「ボスですよ。クラスのボスです」

「なるほど。クラスのボス。そのボスである13番がクラスをしきっていたというんですね」

「そうです」

「日垣里奈が自殺する前、彼女にたいして精神的虐待を加えていたのは、その13番なんですね?」

「………」両親の顔があおざめた。ここで自分たちが「そうです」と答えることがなにを意味するか、よくわかっているのだ。

「ではあの当時、やはり虐待はあったのですね」甲田はたたみかけた。「そのことをあなたがたは知っていたのですね。しかもあなたがたは——あなたがただけでなく、ほかのすべての親御さんたちが、あの時のマスコミの取材に対して『虐待があったとは思えない』と答えているんですよ」

「ああ。ああ」藤村綾の母親が、両手で耳をふさいで首をふった。

「嘘だったのですか。嘘をついたのですか？」

「嘘というか——」父親がしぼりだすようにつぶやいた。

「あったかもしれないという気持ちはありました。しかし——」

「しかし、そう口に出しては言えなかった。なぜか？　タブーに触れるからです。この学校の生徒、そして親たちすべての上におおいかぶさるタブーに。そうですね」

「あんた」父親が涙をうかべながら甲田に言った。

「どこまでつかんでいるか知らないけどね。誰にだって、いつの時代だって、そういうものはついてまわるんじゃないですか。そういうものは、もうしょうがないわけで——」

「しょうがない。しょうがない。子供が死んでもしょうがないわけですか。日垣里奈が飛降り自殺しても、綾さんが刺し殺されてもしょうがないんですか」

「出ていけ」父親は顔色をかえて叫んだ。「たのむ。出てってくれ」

「あなたがたのそういう態度が、娘さんを殺したんですよ。いまのあなたがたの姿を天国の綾さんが見たらどう思うでしょうね。

綾さんは自分の命とひきかえに同級生たちを守った。僕は涙が出ます。ほんとうに頭がさがりますよ。ところが親のあなたがたの態度ときたらどうです。綾さんに対して恥ずかしいとは思わないんですか?」

甲田の言葉には容赦がなかった。一言一言が刃物となって、両親の心をきりきざむかのようだった。

「日垣里奈が不審死をとげた時、たとえ校長がどう言いくるめようとしたとしても、あなたがた保護者が声をそろえて『虐待はあった。日垣里奈をいじめていたのは生徒13番だ』と本当のことを言っていたなら、父親の日垣をあそこまで追い詰めることにはならなかったかもしれない。綾さんは殺されずにすんでいたかもしれないのですよ。そのことが、あなたがたにはまだ——」

「やめてください」母親が泣きだした。「綾。ごめんなさい。綾!」

「本当に娘さんにあやまる気持ちがあったら、今からでも遅くありません。真実を言ってください。

虐待はあった。ボスの13番が日垣里奈に対して無視する、悪口を言いふらす、差別行動をとるなどの虐待行為をしていた。そのことを、あなたがた全員が知っていたにもかかわらず、対外的には嘘をついた。

13番を守るために。すなわちその父親であり、あなたがたの支配者である瀬尾伸彦《のぶひこ》を守るために」

藤村綾の両親は、絶望的な表情で甲田を見た。

それから、ふたりそろってがっくりと、全身でうなずいた。

13 瀬尾伸彦

「瀬尾学園」現理事長の瀬尾伸彦（55歳）は、大手電機メーカー「瀬尾電機」社長・瀬尾統《つぐ》彦《ひこ》の長男として生まれた。

瀬尾家は男児にめぐまれない血統で、伸彦の母親は統彦の四人の愛人のうちのひとりだった。伸彦は統彦にとってただひとりの男児だった。

この四十年の間に瀬尾電機は二十以上もの関連会社を持つ一大グループに成長をとげていた。伸彦は大学卒業後、形だけの本社勤務を経験したのち、三十五歳で「瀬尾学園」理事長に就任。

同学園は、社会奉仕精神に篤《あつ》い統彦が「小中高一貫教育をとおして、学力と礼節をあわせもった若者を育成する」という理念のもと、三十年前に設立された。

歴史は浅いが、有名国立大学に多くの合格者をだす進学校として全国区の知名度をもっている。また統彦が地元の名士的存在であることから、父兄にとってわが子をここに入学させることは、一種のステイタスとなっている。

一方、偉大な父親の息子がおおむねそうであるように、仲彦も人間存在としては凡庸だった。統彦の長男にして唯一の男児であるにもかかわらず、瀬尾電機本体への経営参加をゆるされていない。役員としての地位も形式だけで、瀬尾グループにとっていわば余技にすぎない学校法人の理事長職にとどめられていることがそのあらわれである。

そんな仲彦でも、現在八十歳の統彦が死ねば、瀬尾グループの二代目会長となることは事実上確定的である。

そして統彦・仲彦父子はいま現在、まさにそういう状態にあるのである。

統彦は厚生労働省が呼ぶところの悪性新生物——癌におかされている。転移がすすんでいるため、どのような治療をしたとしても余命は一年半が限度である。

統彦は遺書を書いた。「もし自分が人事不省の状態におちいったなら、その時点で会長職を仲彦にゆずる」。

幹部たちは戦慄した。瀬尾統彦みずからの手で、瀬尾グループ破滅へのレールが敷かれてしまったのだ。

いつの世も親バカは不滅である。バカ息子に家督をゆずれば会社がつぶれるとわかっていながら、親としては子にゆずらずにはいられないのだ。しかしそれでは社員たちはたまったものではない。

仲彦の二代目就任だけはなんとしても阻止しなければならない。これが瀬尾グループ社員とその家族数万人の本音だった。

統彦が伸彦を溺愛するのと同様、伸彦も息子を溺愛している。彼は息子が生まれた時から、いずれ自分の学校に入学させることを決めていたらしく、息子の誕生と同時に校舎の改築をさせている。四十一歳にしてはじめてさずかった男児だった。

事件の第一報を、瀬尾伸彦は筆頭秘書から電話で聞いた。

〝職員から連絡をうけました。いま学校へむかっています〟

車を運転しながら話しているらしく、筆頭秘書の声はあわただしかった。

〝生徒が何人か刺されたそうです。犯人はどうも日垣吉之のようです〟

日垣吉之！　伸彦の顔から血の気がひいた。それからあわててたずねた。

「将《しょう》は、将は大丈夫か？」

〝無事らしいですが、まだはっきりしません。状況がわかりしだい報告します。いったん電話を切ってお待ちください〟

瀬尾伸彦は当然のことだが、衝撃をうけていた。

日垣がやったのか。

あの男が本当に——

電話が鳴った。伸彦はあわてて応答したが、相手は秘書ではなく、べつの人物だった。

〝えらいことになりましたな〟伸彦にとって聞きなれた声だった。

「高橋《たかはし》——君か」瀬尾伸彦は複雑な気持ちで対応した。

本来なら、どのツラさげて電話してきたと怒鳴りつけなければならないところだが、相手へのなつかしさが上回っていた。すくなくとも数カ月前までは、自分が全幅の信頼をおいていた男なのだ。周囲の自分を見る目は、奥底に侮蔑をかくしたへつらいがほとんどだった。高橋だけは、本社からの出向組でありながら、自分に対し公正に、人間的に接してくれた——はずだったのだ。

〝さぞ驚かれたことでしょう。まさかあの日垣に、こんなことをやる度胸があったとはねえ〟

伸彦はおどろいた。「なぜ事件のことを知っている?」

〝そりゃ、今でも連絡網くらいありますよ。まして、これほどの事件となりますとね〟

伸彦はたちまち相手のペースにまきこまれてしまった。

「なぜだ。なぜこんなことに!」

〝決まってるでしょう。あなたの息子の将君のせいですよ。

将君が日垣の娘を精神的に虐待して自殺においこんだためです。日垣は本当は将君を殺したかったが、まちがって別の女の子を刺してしまった。あのやられ具合だと、おそらく死ぬでしょうな。

将君があのクラスのボスだったこと、あなたが校長に金をわたして虐待を黙認させていたことは、今までは学校の中だけの秘密だった。これが、今回の事件をきっかけに全国に知れわたることになります。

ただではすみませんよ。なんといっても子供が殺されたんです。そりゃ、あなたの息子とはちがって一般庶民の娘ですが、そうはいっても、いやそうだからこそ、今のあなたにとっては命とりです。ちがいますか？

ふるえていますね。わかりますよ。

あなたはすべての父親がそうであるように、将君を愛している。いやそれ以上だ。あなたが望んでやまなかった、たったひとりの男の子なんですからね。

心配はいりません。あなたも将君も、私が助けてあげます。まず——

なんですって？　秘書の飯沢《いいざわ》と相談させてくれ？

そんなことを言うなら、この話はこれきりです。せっかくあなたのためにこうして電話してあげたのに、私よりあんな若造をたよるとは。気分を害しました。失礼します。

……本当ですね。もう二度と今のような馬鹿なことはいわないと約束しますね？　では説明しましょう。

幸いなことに、日垣はたいへんな興奮状態にあり、記憶をうしなっているそうです。ええそうなんです。自分が誰をねらったのか、おぼえていないらしいんですよ。

こういうことをあなたに教えてあげられるのは私しかいないんですよ。他の誰が、こんなパイプを警察との間に持ってると思います？

これはこっちにとって有利な材料です。警察に、犯行の再現をさせるんです。

捜査の一環として犯行現場の模型をつくり、その中で犯人役と生徒役を動かして、犯行を再現させる。この過程で、犯人の標的が将君ではない、ほかの誰かだったという結果が出れば、いや出るようにすれば、将君はこの事件とは無関係ということになる。あなたもスキャンダルからまぬがれる。あなたたち父子が救われる方法はこれ以外にはないのです。

私は警察に特別なパイプをもっています。今回の場合、さしあたり用意していただく金額としては……〟

「五億円。五億円をふりこんだんですか⁉」数時間後、瀬尾伸彦の前に立った筆頭秘書・飯沢哲春《てつはる》は、あきれかえって叫んだ。

「しかたないだろう」瀬尾伸彦はぼそぼそと言った。将と自分が助かるにはそれしかないと、高橋が言うんだから。

「なにをいってるんです。あいつの口車にだけはのらないでくださいと、あれほど言っておいたのに。それでなくても大変なこの時に、こんな馬鹿げた振り込め詐欺にひっかかるなんて……」

飯沢は瀬尾伸彦の、あまりの脳天気さ、無防備さがなさけなかった。

「警察を買収できるなんて、本気で信じたんですか。高橋は五億円タダ取りですよ。それだけじゃありません。やつは確実にあなたとの取引の会話を録音しています。これが公表されれば、なにもかも終わりです」

ようやく事態を理解したらしい伸彦は、ガタガタふるえはじめた。

「どうしよう。どうすればいい？」

知りませんね、と言いたくなるのをこらえて飯沢は言った。

「相手の出方を待ちましょう。それから、将君は無事でしたよ」

これが事件発生・11月4日のことだった。以来三日間、飯沢は生きた心地もしなかった。報道を見るかぎり、警察は本当に犯行再現をおこなったらしい。しかしそれは、参加者の一人である警官の内部告発により中止された。

飯沢としては、どうしてもたしかめておきたいことがあった。そのためには高橋友雄《ともお》――電話一本で五億円をだましとった男と話す必要があった。いやでいやでたまらないが、しかたがない。高橋の携帯へダイヤルした。

〝飯沢君か。ひさしぶりだな〟高橋のじつに屈託のない声がした。

「高橋さん」飯沢はつとめて冷静に言った。「あなた今、どこにいるんです。そこはどこです？」

〝さあ。どこだろうな〟答えまでに数秒のタイムラグがあった。海外かもしれない。瀬尾からだましとった金を持ってすでに逃亡しているのかもしれない。

「ひとつだけおしえてください」飯沢は言った。「あなたは警察と本当に接触したんですか。金を渡した相手は誰です？」

〝おれを学園から追放したときは、さぞいい気分だったろうな〟高橋は質問に答えるかわりに言った。

「追放されて当然でしょう」飯沢はつい興奮した。「あなたは瀬尾伸彦の側近である立場を利用し、父親の統彦氏を言いくるめ、三十年にわたってグループの金を着服しつづけていたんですから」

〝あれで勝ったと、おまえは思ったんだよな。ところがとんでもない話だ。おまえは何にもわかっちゃいなかったんだ。おまえは入社して数年の若造だが、おれは伸彦とは三十年のつきあいだ。伸彦が中学生だったころから勉強を教え、友達がひとりもいなかったあいつの話し相手になってやった。伸彦は誰にも心をひらかない男だが、おれにだけは違う。おれたちは、心と心で通じあっているんだ〟

「あなたが今回、金だけ騙《だま》しとって逃げたのなら、それはそれでいいんです」飯沢は言った。

「警察が再現をおこなったのは、まったく警察独自の考えであり、警察の誰も、あなたなど知らないし会ったこともない。こういうことなら、われわれとしてもありがたいのです。あなたがこれまで何百回もやってきた詐欺と同じことなのですから。

しかしもし、あなたが実際に警視庁の誰かに金を渡したというのなら、今後の展開次第で、それが明らかにならないとも限らない。そうすれば瀬尾伸彦は破滅です。伸彦だけじゃない、瀬尾グループ全体に被害がおよびます。

どうなんです高橋さん。警視庁に接触したんですか。しなかったんですか?」

〝どっちみち、伸彦はもう終わりだよ〟高橋は言った。〝あんたもさっさと金目のものをもって逃げ出すことだな。おれの最後の忠告だよ〟

「高橋さん。なぜです」率直な疑問を飯沢は口にした。

「金が目的。それはわかります。しかしこの上、瀬尾伸彦個人を破滅させたところで、一円にもならないじゃありませんか。なぜここまでやらなければならないんです。伸彦に恨みでもあるんですか?」

〝恨みだって? そんな馬鹿な感情はおれは持たんよ。ただ、正当な取り分をのぞんでいるだけさ〟

「正当な取り分? どういう意味です——もしもし。もしもし?」

14 番組コンセプト

「瀬尾伸彦はむろん知っていた。日垣の標的が自分の息子だったことを。そして、本来殺されるべき息子の身代わりになって藤村綾が殺されたことを」

事務所にもどった甲田は番組制作スタッフを前に言った。

「二カ月前の日垣里奈の自殺は、伸彦の息子が原因だった。息子と仲間たち数人が日垣里奈に対する精神的虐待をおこなっていたんだ。

他の生徒も教師も、見て見ぬふりだった。助けの手をさしのべる者はひとりもいなかった。日垣は、家が資産家だったころには学園に多額の寄付をしていた。瀬尾伸彦とも何度も食事をするほどの仲だった。しかし日垣が没落してからの瀬尾の態度は、まったくつめたいものだったらしい。

日垣は『娘が精神的虐待を受けているから何とかしてくれ』と、何度も伸彦に泣きついたが、まったくとりあってもらえなかったそうだ。伸彦がすこしでも誠意ある対応をしていたなら、里奈は自殺せずにすんだはずだ。

里奈が自殺したあと、伸彦はあわてふためいて、学校にもみ消しを命じた。もちろん、自殺の原因が自分の息子だということをよく知っていたんだ。もみ消し工作は成功した。このときは。

そして今回、同じようにもみ消し工作をおこなおうとした。ただし今回は、ことがことだけに、学校レベルだけでは無理だ。警察を抱きこむ必要がある。

『日垣の標的は息子ではなく、他の誰かだったということにしてくれ』と、伸彦は注文をつけた。

警察は、その『誰か』を藤村綾であることにしようとした。

藤村綾は死んでいる。死人に口なしだ。しかも犯人の記憶は不明瞭。この二点があれば、事実の捏造は十分に可能と踏んだんだろうな。

しかしそうなる前に、再現は中止になった。勇気あるひとりの警察官の内部告発という、不可抗力によって」

「なにが不可抗力なもんですか」冬島康子はつぶやいた。

「さっきも言ったとおり、すべて最初から予定どおりだったのよ。

警察は藤村綾を日垣里奈を自殺においやった犯人にしたてあげようとした。したてあげるふりをした。そんなのが無理なことは最初からわかっていながらそうしたのよ。なぜだと思う？　中止になることが最初から予定されていたからよ。誰かが我慢しきれず内部告発することによって。その誰かというのは、つまりわたしのことだけど……」

「さすがは警察だよな」甲田はうなずいた。

「予測しようのない、防ぎようもない不可抗力というわけだ。で、バレてしまったからには、もうこんな再現をつづけるわけにはいかない。最初からやりたくもなかったことなんだからちょうどいい。

うまくできてるよ。瀬尾伸彦の頼みを聞いてやるという『義理』は十分に果たした上に、捜査上はなんの支障もない。瀬尾からの金はまるまる警察上層部のポケットに——おっとあぶない！」

冬島が倒れそうになったのだ。甲田があわてて支えた。

「ひどい熱だ。医務室へはこぼう」


テレビCMにつづいて、番組の告知が出た。

「ニュース番組『報道ジェノサイド9pm』にて、緊急特集『瀬尾中生徒殺傷事件の真相』明日11月8日午後9時より放送」

「ほー。出たか」ブルース・リーはつぶやいた。

「問題はだ」冬島が医務室に送られたのを確認してから、甲田はスタッフたちに言った。

「瀬尾伸彦の息子の実名を公表するか否かということだ。『生徒13番』の本名は瀬尾将という。将軍の将だ。おれはこの名前を番組中で出そうと思う。もちろん、ぼかしなしの顔写真といっしょにだ。いいよな?」

「いいわけないだろ!」スタッフ全員が叫んだ。

「局側が承知しない。それ以前に子供の人権に――」

「言われなくてもわかってる。だが瀬尾の息子が事件の核心だということは学校関係者ならみんなが知ってるんだ。それを日本全国にひろげて何が悪い?」

「相手は十四歳の子供だぞ。プライバシーが――」

「人を殺しておいてなにがプライバシーだ! 将は日垣里奈を精神的に虐待し、自殺においやった。自分の身代わりに藤村綾を死なせた。ふたりの人間を殺してる。それなのに罪悪感のかけらもない。人を傷つけても、人を殺しても、全部父親がもみ消してくれる。そう信じこんでいるんだ。人間の心なんか持たない、悪魔の落とし子だ」

「おい。言いすぎだぞ」

「おれはな。今回の事件のそもそもの根源が、瀬尾将があのクラスを支配していた事実にあるということを、視聴者にはっきりつたえたいんだ。

将が生徒たちの何人かを手駒にして、日垣里奈に虐待をくわえていた。里奈はそれを苦に自殺した。学校側は『瀬尾支配』の事実も虐待の事実も隠した。瀬尾将の父親が瀬尾伸彦だからだ。里奈の父親日垣吉之の訴えに誰も耳を貸さなかったのも、瀬尾伸彦の威光におそれをなしたからだ。

おいつめられた日垣は、もうこれ以上どうしようもない、最後の手段として、瀬尾将をみずからの手で葬るべく、包丁を手に突入した。しかし不幸にして、将のかわりに殺されたのは藤村綾だった。

あの子は、瀬尾将をかばって死んだんだぞ。あんないい子が、将のようなやつをかばうために……。

そして、ここに至ってもまだ、学校側は『瀬尾支配』をみとめようとしない。

瀬尾将は今でもクラスのボスとして君臨しつづけている。父親が瀬尾伸彦だからだ。保護者も教師も校長も、瀬尾父子の下僕だ。こんなことが許されると思うか？　この現実を日本中の人々に知ってもらうんだ。

そのための放送でだな、瀬尾将のことを『生徒13番（男）』ですませられるか？　それで、死んだ日垣里奈と藤村綾が納得すると思うか？　このふたりは瀬尾将のせいで死んだんだぞ。このことは日本中の人が知ってる。一般報道で伏せられていることでもネットではたれ流しだからな。その日陰の情報を、テレビという『日なた』に出してやるだけのことだ。どこが悪い？」

それでもスタッフたちは、実名公表にだけは頑強に反対した。

結局、本放送のテロップでは『生徒13番（男）』『13番支配』とすることになった。甲田としてはおもしろくないが、これぱかりはどうしようもなかった。

「ところで、瀬尾将のインタビューの約束はまだとれないのか」甲田は言った。「やつの言い分も、とりあえずというか、ぜひ聞いておかないとな」

「局のほうで交渉してるが、てこずってるみたいだ」スタッフが言った。「瀬尾伸彦の秘書が、取材をシャットアウトしてるんだ」

「ふん。秘書か」

「飯沢という男で、かなりの切れ者だ。

電機業界じゃ有名な話だが、つい最近まで瀬尾伸彦の腹心だった学校法人幹部を、この飯沢が追放した。その幹部は瀬尾学園の金を長年にわたって横領しつづけていたんだ。

そいつがそんなことをするなんて、誰ひとり想像もしなかった。なにしろその幹部自身が、法人内経理の実態整理のための監査班を立ちあげた当人だったんだからな」

飯沢哲春は、瀬尾将の部屋へとむかっていた。学校は当面、臨時休校がつづいていた。気がすすまなかった。将とは今まで、会話らしい会話をかわしたことがない。本来彼の役割は瀬尾伸彦の補佐であって、息子の将の教育係ではないのだから当然のことである。

教育係はちゃんと別にいる。将の小学校時代から八年間、家庭教師をつとめてきた人物が。今回の場合、飯沢と綿密に協議し、対応を検討すべき立場のはずである。しかしその家庭教師は、事件発生と同時に、まきこまれるのはごめんだとばかり、行方不明になってしまったのだ。

「自分たち父子を守れ」瀬尾伸彦はそう飯沢に命令した。「自分と将を、世間の非難から守るんだ」

「もちろんそのつもりです」飯沢は深くうなずいてみせた。

「しかし私たちはすでに、高橋に五億円を渡すという大きなミスをしでかしてしまっているのです。これを挽回するためには慎重の上にも慎重を期さなくてはなりません。今後、本件についての対応はすべて私ひとりにまかせていただきます。たとえ理事長といえども、私の許可なしに行動したり、誰かと接触したりすることは厳禁です。よろしいですね」

「そう怒るな」伸彦は言った。

「自分でも、あれについてはもうしわけないと思っているんだ。うまくやれたら、北朝鮮産の松茸をごちそうしてやるよ」

「はあ？」

「松茸は北朝鮮が一番なんだ」伸彦は舌なめずりせんばかりの顔で言った。

結局、この程度の現状認識なのだった。


飯沢としては、将本人の口からたしかめておきたいことが、ひとつだけあった。

将の部屋のドアの前にたった。ノックする。「将君。おとうさんの秘書の飯沢です」

すくなくとも、自分の名前くらいは知ってくれているはずだ。

「話があるんです。はいってもいいかな」

すこしの間ののち、ドアごしに将の声がした。「ああ」

飯沢は中へはいった。将は回転椅子にすわり、こちらに背をむけていた。飯沢は、将の右手が机の引き出しにかかっているのを見た。

つい今まで、なにかを手にとって見ていた。飯沢が来たので、引き出しにしまったのだ。

将が椅子を回転させ、こちらにむきなおった。身長165センチ、体重85キロ。中学2年としては今時めずらしくもない体格だが、それにしても肥満体だ。椅子がぎしりときしむ音をたてた。

分厚いレンズの眼鏡の奥で、細い目がこちらをじっと見ている。飯沢は、なんと声をかけていいかわからなかった。

「関《せき》先生は、逃げたわけ？」将のほうからいきなり聞いてきた。行方不明になった家庭教師の名だ。

「将君。僕は君の味方だ」飯沢はそう言った。

「今まではあまり話をする機会がなかったけど、これからはずっと君のそばにいてあげる。だから――」

飯沢が言いかけたとき、将はこう言ったのだ。

「あんたも信じてるわけ、僕がクラスのボスだったなんてでたらめを?」

15 危機感

2年4組生徒の保護者たちは、犯人の日垣吉之に世間の「同情」が集まりだしていること、そしてそれと反比例するように、自分たちへの非難が高まりつつあるのを知って動揺した。

2年4組は「生徒13番」によって支配されていた。13番がボスになれたのは、父親が実力者だったからである。生徒たちは13番に屈服して精神的虐待に加担し、保護者たちも、父親の威勢をおそれて、この現状を知りながら見て見ぬふりをしていた——というのが今や「定説」になりつつあった。

このクラスの保護者たちは、親戚たちから詰問された。

「なぜあんなひどい中学に子供を通わせたのか」

「なぜおとなしく支配に屈服したのか」

保護者たちがけんめいに、

「うちの子は世間で言われているようなこととは無関係。すべての生徒が13番の言いなりだったわけではない。われわれ保護者の大半は虐待の事実を知らなかったし、まして、13番の父親に支配されていたなどということはまったくない」と訴えても、誰にも聞いてはもらえなかった。

「何人かの生徒が瀬尾将の奴隷であり、何人かの保護者が瀬尾伸彦の奴隷だった」という事実がいつのまにか、「すべての生徒、すべての保護者は瀬尾家の配下だった」ということに置きかえられてしまっていたのだ。

日垣里奈を自殺においこんだ、さらには藤村綾が殺された原因が、生徒ぐるみ、保護者ぐるみの虐待を容認する体質にあった——という内容の記事がいくつもの週刊誌に掲載された。保護者たちはあわてた。自分たちが加害者にされるなどとは、思ってもみないことだった。それだけは何としても回避しなければならない。事件の直後から何度も、緊急の会合をひらいた。ほとんどの保護者が参加したが、欠席が二組だけあった。藤村綾と、そして瀬尾将の保護者である。

藤村綾の両親は、いまだショックから立ち直れないため、出席をことわってきた。そして瀬尾将の父親・伸彦は、返答自体をよこさなかった。

保護者たちは「明確に瀬尾将の配下であった生徒の氏名を特定することにより、『親瀬尾派』『反瀬尾派』の差別化をはかる」という合意に達した。

「親瀬尾派」の生徒の最先鋒が誰であったのかということ自体は、すでに誰もが知っていた。進行中の「甲田版再現」の中で、瀬尾将の「腰巾着」と位置づけられている、生徒8番であ

る。図36
あわてたのは、生徒8番の父親だった。血相をかえて、保護者たちにわめきたてた。

「あんたたちは――おれの息子ひとりをスケープゴートにしたてるつもりなのか!?　おれの息子はあいつの家来なんかじゃない!」

「今さらそんなこと言っても、とおらないよ」出席者のひとりが唇をゆがめて言った。

「あんた自身、瀬尾さんから多額の借金をしてるじゃないか。あんたたちが親子ぐるみのつきあいだったことは、ここにいるみんなが――」

「きさま!」父親は顔色をかえてとびかかろうとした。

みんながあわててとりおさえた。「まあまあおちついて。本当に悪いのは、瀬尾将のクラスの支配を黙認した学校側なんだから」

「そうだ。攻撃の矛先をまちがえちゃいかん!」生徒8番の父親はとびあがって叫んだ。

「全校規模の保護者集会をひらこう。瀬尾父子と、学校当局を徹底的に糾弾し、謝罪させるんだ」

「しかしそんな集会をひらいたって、瀬尾や学校側が出席するわけないだろう」別の参加者が言ったが、

「欠席なら欠席でもかまわん。みずからの非をみとめたということなんだからな。当人がそこにいようがいまいが関係ない。本当に悪いやつが誰なのか、満天下にしめしてやるんだ」

保護者集会は午後5時。会場は瀬尾中体育館と決まった。

体育館の使用許可については、秋葉校長が回答しようとしなかったため、副校長が独断で出した。

甲田のもとに、瀬尾伸彦の秘書である飯沢からようやく「瀬尾将を取材してもよい」との返事がきた。

「ただし」飯沢は言った。「条件があります。くわしくはお会いした上で」

「瀬尾中生徒殺傷事件の真相」放送まであと31時間12分

図36

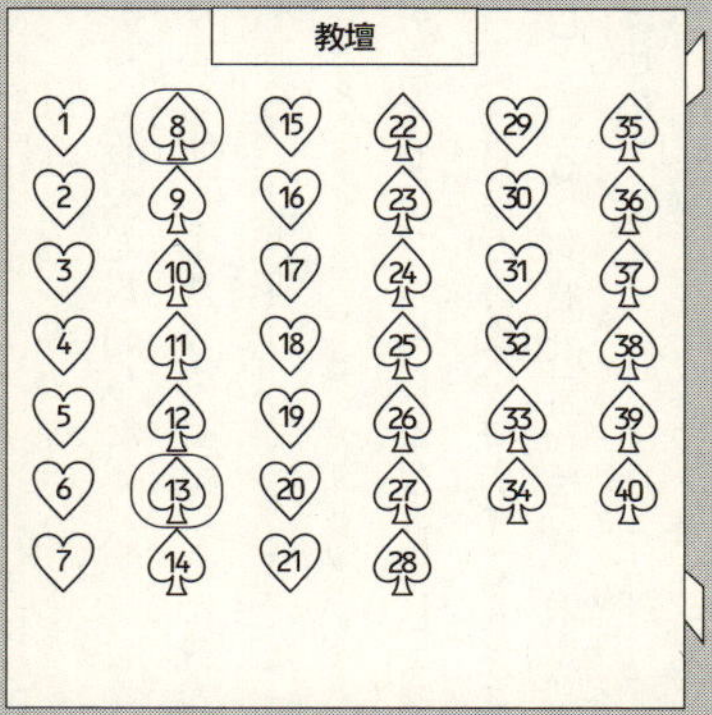
教壇
1
2
3
4
5
6
7
8
9
10
11
12
13
14
15
16
17
18
19
20
21
22
23
24
25
26
27
28
29
30
31
32
33
34
35
36
37
38
39
40

16 ラガド

甲田は、テレビ局の応接室で飯沢と対面した。おたがい初対面にもかかわらず、ふたりの会話はのっけからヒートアップした。

「これは、おれとあんたの勝負だよ」甲田は言った。

「勝負？」飯沢は首をかしげた。

「おれは瀬尾将が2年4組を支配していたことを証明しようとしている。あんたはそれを阻止しなきゃならない。そう瀬尾伸彦から命令されてるんだろう？」

「あなたはなにか誤解をしている」飯沢は言った。「第一に、将君がクラスの支配者であったなどという事実はありません」

「その根拠は？」

「私が将君から直接聞いてたしかめました」

「ほーお」甲田はわざと、露骨に馬鹿にする顔をしてみせた。

「本当です」飯沢は一瞬大声になりかけたが、すぐおちついた口調に戻って言った。「将君には自分がボスだったという自覚も、クラスを支配していたという自覚もなかった。まわりが勝手にそう思っていただけのことです。将君は私にそう言いました」

「あんた、それを信じたのか？」

「相手は十四歳です。まだ子供です。信じてあげなくてどうします」

「かわいそうに」

「なんですって？」

「かわいそうだと言ったんだ。本心では将の言うことがすべて嘘だとわかっているのに、対外的には信じたふりをしなければならない、あんたの立場がな」

「私はなにも――」

「あんたの考えなどどうでもいい」甲田は手をあげてさえぎった。

「おれは瀬尾将にインタビューしたい。あんたはその許可をくれればいいんだ」

「あなたは」飯沢はあきれて相手をみつめた。「いつもそういう強引なやり方で番組をつくっているんですか」

「許可を出すのか、出さないのか？」

「それについて話し合うつもりで、ここへ来ました。しかし――」

「おれの態度を見て気がかわったか。しかしいずれ、あんたは許可を出さざるをえなくなる。というより、あんたの方からおれの前に土下座してたのむことになるんだ。どうか将を取材してくれ、そのかわり、どうか手心をくわえてくれと言ってな。おれにはわかっている。かならずそうなるんだ」

「……」

「誤解しないでほしいんだが、おれの本心は瀬尾将をおいつめることじゃない。ただ、事実を知りたいだけなんだ。おれだけじゃない。小さな子供を持つ日本中の親が同じ気持ちのはずだ。

すべての親にとって、この事件は他人事《ひとごと》じゃない。子供を安心して学校に行かせられるかどうか、その瀬戸際なんだ。場合によっちゃ、この事件をきっかけに、親たちが自分の子供を転校させたり、登校させせなくなる事態があいつぐかもしれない。

オーバーに言ってるんじゃないぜ。日本中どこの教室でも精神的虐待はあるし、そのため自殺する生徒はあとをたたない。子供に自殺された親が、包丁もって教室にのりこんでくるという事態が、今後続発することになったらどうする？

親としちゃ、とても子供を学校になんか通わせられないということになる。そういう事態が現実になるかもしれないんだ。いや賭けてもいいが、きっとなるだろうぜ。このままほっておけばな。

それを防ぐためには、今回の事件の徹底究明以外にはない。すべてを明らかにする。隠されていた事実すべてを明るみに出すんだ。あのクラスがどういう状態にあったか、あの瞬間あそこでおきていたことは何だったのか」

甲田はにやりと飯沢に笑ってみせた。

「あんたのとるべき態度はふたつにひとつだ。おれの番組制作に全面協力するか、それとも全面妨害にまわるか。おれはどっちでもかまわない。

すでに妨害やいやがらせは始まってる。いくつもの脅迫メールや電話をうけている。しかしおれたちはやめないぜ。この番組はかならず放送する」

飯沢は脅威を感じた。

この男はなにかを明らかにし、それを日本中に放送するだろう。その内容が真実であるかどうかは問題ではない。それを見た何百万人という視聴者がどう思うかだ。

「わかりました」飯沢は甲田の目をまっすぐ見て言った。「あなたに協力します」

「本当か」

「本当です。そのかわり、番組制作のプロセスをすべて私に見せてください。そしてもし新たな事実がわかったら、すぐに内容の変更に応じてください」

「それは、おれの方から言おうと思ってたことだ。おれはすべてをあんたに見せる。そのかわり、あんたもおれにすべてを見せるんだ。聞かれたことにはすべて答える。おたがい隠し事はなしだ。どうだこれで?」

「けっこうです」飯沢はうなずいた。

「よし。男と男の約束だ」甲田は飯沢に右手をさしだした。飯沢はすこしためらったが、その手をにぎった。

甲田の携帯電話が鳴った。「ちょっと失礼」

少しだけ話してすぐ電話を切り、にやっと飯沢に笑いかけた。「担任の島津先生の取材許可が出た。これから病院に行くが、あんたもいっしょに来るかね？」

「よろしいんですか⁉」

「約束したばかりじゃないか。もっともその前に、ちょっと寄るところがあるがね」


「年貢の納め時ですよ。校長先生」甲田は秋葉忠良校長の自宅を急襲した。

「あなたのしてきたことはすべて明らかになった。『瀬尾支配』をささえつづけてきた最大の後ろ盾は校長、あなただったんだ」

「知らない。私は知らない」秋葉校長は真っ青になってかぶりをふった。

「あなたは瀬尾伸彦から毎月送金を受けていた。伸彦から命じられていたんだ。『瀬尾支配』をサポートしろと」

「なんなんです、その『瀬尾支配』というのは⁉」秋葉は悲鳴のように叫んだ。「あんたがたマスコミが勝手に作った呼び名じゃないか。私は関係ない」

「あなたは瀬尾将が日垣里奈の心を何カ月にもわたっていためつけつづけていたことを知っ

ていた。その結果、里奈が自殺したことも知っていた。

瀬尾伸彦はあなたに命令した。『虐待の事実を否定しろ。すべてに優先して息子の将を守れ』

あなたはそれに従った。その結果、日垣吉之の乱入事件がおこり、藤村綾が殺された。瀬尾伸彦は、それでもあなたに命令した。息子を守れと。あなたは従った。

警察による事件の再現によって、瀬尾将は無罪潔白だという結果が出される。それが出さえすれば、瀬尾家も校長のあなたも安泰だ。そう瀬尾から告げられていたからだ。

しかしそのもくろみは崩れた。最初からうまくいくはずのない、砂上の楼閣だったんですよ。校長先生」

「………」秋葉校長は反駁《はんばく》の言葉をもたなかった。顔色だけがめまぐるしく、赤くなったり青くなったりした。

「みとめるんですね。『瀬尾支配』に関係していたことを」

「いいや」秋葉校長は、急になにかを思いついたように首を振った。「私は無関係です。関係があったとすれば、それは担任の島津です」

「またしても責任転嫁ですか」甲田は鼻で笑った。「島津聡子先生が、ショックで入院中なのをいいことに」

「あんなやつがどうして校長になれたのか、ふしぎだよ」病院へむかう車を運転しながら甲田は言った。

「それとも逆に、校長になるにはああでないとだめなのかね……。ああくそ、気分が悪くなってきた。あんた、なにかおもしろい話でもしてくれよ」

「噂話でもいいですか？」勝手なことをいう男だなと思いつつ、飯沢は言った。

「噂は大好きだ。たのむたのむ」

「ラガドってご存じですか？」

「ラガド？　怪獣映画か？」

「『ガリバー旅行記』に出てくる都市の名前です。何百人という科学者たちがこのラガド市で研究をしているんですが、そのすべてが空理空論で、具体的な成果はなにひとつあがらないんです。膨大な研究費だけが、まったくむだについやされ続けるんです」

「ふーん」

「これと同じ名前の情報取扱機関が、最近日本でつくられつつあるそうなんです。つまりラガドというのは、この機関の仮称で」

「情報機関か。いやな話だ。治安維持法の再現か」

「情報機関ではありません。情報取扱機関です。情報を国家固有の資源と位置づけ、他国と売買、あるいはバーター取引するビジネス機関です。このラガド機関が画期的な点は、『システムの超越性』にあります」

「システムの超越性？　なんだそりゃ」

「必要に応じて司法、立法、行政、さらには警察、軍、マスコミ、あらゆる分野の命令系統のいかなる箇所にも自由に干渉できる権限をもつということです。

『ラガド』の命令とあれば、どの権力のどの部署でも無条件でしたがわざるをえない。日本の権力機構の場合絶対ありえないような、横断的な協力関係もとらなければならないのです。これほど高い自由度と干渉力を持つ国家機関が作られたのは、日本政府はじまって以来です。実は外国ではすでにこういう機関は作られているのです。おくればせながらわが国もその必要性にきづいたということでしょうね」

「そうまでして、何をしようとしてるんだ。そのラガド機関は？」

「情報の収集、分類、さらには培養です」

「情報の培養？」

「すべての生体資源がそうであるように、情報もまた人工的に育成することが可能だし、またしなければなりません。商業目的の情報培養です。必要な時、必要な場所にそれを送り出すための」

「……もっと別の話はないのか？　頭が痛くなってきたぜ」

頭が痛いのは、ブルース・リーも同じだった。さっきから、ひとつの「謎」を前に顔をしかめていた。

これが何かの手掛かりなのか、あるいは無意味なノイズにすぎないのか、その判断に迷っているのだった。


群れの中に一匹だけ、緑色の個体がいる。

群れのすべてが緑色である。

群れのすべてが非緑色である。

この三条件を同時にみたすことのできる生き物は何か？


「あんたも、変な噂にくわしいんだな」甲田は飯沢を横目で見て言った。

「ひょっとしてあんた自身、そっち方面の——おっと！」甲田はあわててブレーキをふんだ。

前方の道路に、十人ほどの若者たちがすわりこんだり、寝ころんだりしているのが見えたのだ。道がふさがれ、路上に酒瓶やスナックの袋が散乱している。

若者たちは全員がからだのどこかにタトゥーを入れていた。そろって、じろりとこちらをにらんできた。

「まずいな」甲田は舌うちした。「しかたない。引き返して別の道を行こう」

「それだと回り道になります。ちょっと言って、どいてもらいましょう」飯沢はシートベルトをはずすと、甲田が止めようとするより早く、さっさと外に出てしまった。

甲田は息をつめて飯沢の動きを目で追った。飯沢はすたすたと若者たちにちかづいていく。若者たちが反応した。いっせいに立ちあがり、飯沢をとりかこんだ。

飯沢は平静な顔で、若者たちに何か話しかけている。頬にタトゥーを入れた若者が、ねじるように首を動かしながら、飯沢に顔を接近させていく。

(あの馬鹿。どうなっても知らんぞ)甲田はハンドルを握りしめた。手が汗でぬるぬるした。

次の瞬間、目をうたがった。飯沢が若者のひとりと握手している。若者たちは笑いながら路上の酒瓶や袋をひろい集め、道路脇へひきあげていった。行く手に障害物はなくなった。

飯沢がこちらへもどってきた。

「もう大丈夫です」シートベルトをしめ、甲田に言った。「さあ行きましょう。――どうしたんですか?」

「おれのことを」甲田の顔は真っ青だった。「おれのことを臆病者だと思っているんだろう。天下国家を声高に論じるくせに、目の前のチンピラにはなにひとつできない、役立たずだと、そう思っているんだろう!」

「そんなこと思ってやしませんよ。さあ早く病院へ――」

「おれはな」甲田は叫びつづけた。

「おれにとって、ああいうミクロの暴力はどうでもいいんだ。おれが相手にするのはマクロの暴力なんだ。いいわけだと思うか？　とんでもない。おれのいってるのは――」

まったく意味のないことを大声で、運転しながらしゃべりつづけた。そのうち気をとりなおしたのか、口調がおちついてきた。飯沢を横目で見て、

「このことは誰にも話さないでくれるか。おれの借りにしてもいい」

「もちろん、誰にも言いませんよ。貸しもなにもなしです」飯沢は苦笑して言った。

「あんた、やるなあ」甲田はぽつりといった。「瀬尾伸彦の秘書というから、どんなゲス野郎かと思っていたのに。あんたほどの男が、どうしてあんなやつの下で働いてるんだ？」

「まあ、いろいろありまして」

「敵味方という関係では会いたくなかったな。しかしあんたには悪いが、この勝負、あんたに勝ち目はないよ。今回のスキャンダルは、瀬尾伸彦にとって致命的だ。おれがあんたの立場なら、さっさと伸彦のそばを逃げだすがね」

「同じ忠告を、いろいろな人からうけましたよ。しかし私は、逃げだす気はありません」

「なぜだ」甲田は本心からふしぎそうだった。「勝ち目がないとわかってるゲームを、なぜ続ける？」

「勝ち目がなくても、いや勝ち目がないからこそ全力をつくすというのが、わりと好きでして」

「変なやつだな」

「みんなそう言います」

「ほんとに変なやつだよ。あんた」

「瀬尾中生徒殺傷事件の真相」放送まであと29時間51分

17 沈黙

「………」ベッドに半身をおこした島津聡子は、青ざめた顔で、なにも言わなかった。

「もう一度うかがいます」甲田は言った。「あなたは瀬尾将がクラスを支配していた事実を知っていましたね」

飯沢も、息をつめるようにして、島津の返事を待っている。

「警察の人からも、何度も何度も同じことを聞かれましたが」島津はやっと口をひらいた。「知りませんでした。本当です。知っていたら、とっくにそう言っています」

「質問をかえましょう。日垣里奈が自殺した時の、瀬尾将のようすはどうでした。『もしかしたら自分のせいで』というような、動揺したようすは見られませんでしたか」

「動揺って……生徒全員が動揺していましたから」

「そうでしょうか。藤村綾以外は全員、里奈の死に対して平然としていたという証言がありますが。全員というのは先生、あなたもふくめてですがね」

病人になんという言い方をするのだ、と飯沢は思った。甲田はさっきの一件で一瞬自信をうしなったかに見えたが、今や完全に自分のペースをとりもどしていた。

「………」

「島津先生。この段階にきてもまだ、瀬尾将をかばうつもりなんですか」

「………」

「あなたは二年にわたって瀬尾将のクラス支配をサポートしつづけた。将が仲間をふやし、立場の弱い生徒に対して精神的虐待をおこなっていることを知りながら、黙認しつづけた。違いますか？　僕の言うことが間違っていたら、どうかそう言ってください」

「………」

「だんまりですか。黙っていれば、嵐がとおりすぎてくれると思っているんですか。島津先生。秋葉校長は言いましたよ。あなたと瀬尾将の、一対一の関係がすべての元凶だと」

島津がはじめて、はっとしたように顔をあげ、甲田を見た。

「校長はあなたひとりに全責任をおしつけようとしてるんです。あなた、それでもいいんですか？　あなたが本当のことを話さなければ、あなたの立場は悪くなるばかりなんですよ」

「………」

「島津聡子さん。あなたには、教師の資格はありませんね」

「………」

「勘違いしないでほしいんですが、僕は、あなたがあの日授業に遅刻して、惨劇を止めることができなかった、そのことを責めてるわけじゃない。世間はみなこの一点だけをとりあげて、あなたのことを教師失格だと言っている。あなた自身もそう思っているかもしれない。だが僕の考えはちがう。あなたは授業をよりよくするための準備をしていた。このために授業に出るのが数分だけ遅れた。何ひとつまちがってはいません。まちがっているのは」

甲田はぐっと、島津の方へ身をのりだした。

「今あなたのとっている、この態度です。なぜ沈黙するのです。なぜ、事実をあきらかにしようとする作業に協力してくださらないのです。あなたにもし、自分が教師であるという自覚がすこしでもあるなら、生徒たちのため、保護者のため、学校のため、そしてこの事件のなりゆきを息をつめて見守っている日本中の何千万人という人々のために、教師として自分ができることが何なのか、おわかりになるはずだ。もしわからないなどと言うんだったら、あなたは教師としてのみならず、人間としても失格ということになる」

「………」

「どうです島津さん。みずからのつとめを果たそうというお気持ちにはなれませんか」

「………」

「あなたのことは調べさせていただきました。あなたのお父さんは瀬尾グループ系列の会社員でしたが、あなたが十歳のときご両親は交通事故にあい、二人ともなくなられた。瀬尾伸彦は、ひとり残されたあなたを気の毒に思い、養女としてひきとった。表向きは島津の名前をのこし、この事実はごく身近な人にしかわからないようにした上で。美談です。たしかに。

……だからやったんですか？　伸彦の恩にむくいるために、息子の将を――」

「……………」

「島津先生！」甲田は島津の肩に手をかけてゆさぶろうとした。

飯沢があわてて止めた。「やめてください。先生は病人なんですよ」

「甲田さん、とおっしゃいましたね」島津は上目づかいをして言った。「私が黙っているのは、なぜだと思います？」

「保身のためでしょう。ほかになにがあります？」

島津はどうにもならないという表情で首をふった。

「その程度の考えでいるかぎり……あなたには決してできないでしょうね。この事件の真相をつきとめることなど」

甲田は笑った。「さて。それはどうですかね」

島津先生が正しいかもしれない、と飯沢は思った。この事件は誰もが考える以上に根の深いものなのかもしれない。

「どうです先生、すこしは協力する気になっていただけませんか」

甲田が言ったが、島津は答えなかった。だんまりをつづけながら、思っていた。このうるさい男が帰ったら、バベルにメールしてみよう。何者なのか、本当にいざというとき頼れる存在なのか、たしかめておかなくては。次の行動のときのために。


「瀬尾中生徒殺傷事件の真相」放送まであと28時間20分

18　ニュース特集用再現（2）

ⓐ

日垣が教室に侵入する。瀬尾将は生徒8番をともない、8番の席へ移動する。つまり逃走する。図37

日垣が叫ぶ。「逃げるな」という意味だったと思われる。

瀬尾将はむろん理解していた。今日のモンはいつもと違う。本気だ。娘のかたきをうつもりだ。標的は自分だ。

とりあえず教室前方へのがれた瀬尾将は、そこでようすを見ることにする。

ここで重要なのは、瀬尾将の方は「日垣は本気だ」と思っていたが、日垣のほうには、すくなくともこの時点では、そこまでの決意ではなかったのかもしれない——ということである。

しかし将が自分を見て逃げたことで、日垣はかっとなった。いわば「点火の第一段階」である。

事務所にもどった甲田は、モニター画面を操作しながら、飯沢に再現内容を説明していた。飯沢は息をつめる思いで、CGの動きを注視している。

（b）

日垣は将を追うべく、前方へむかおうとする。ここで藤村綾が出てくる。図38

藤村はこのクラスのことを誰よりもよく理解していた。生徒たちも教師たちも日垣にたいしてよそよそしい中、誠意をもって接していた唯一の生徒だった。

彼女は予想していた。いつか日垣の怒りが爆発するだろうということを。そのときは自分が止めなければならないということを。

「彼女の最後の言葉をおぼえているか」甲田は飯沢に言った。

「『私をかわりに……』だ。『あなたの怒りはよくわかる。でもどうか人殺しだけはやめてください。どうしてもというのなら、この私をかわりに』と藤村綾は言ったんだ。それだけの

図37

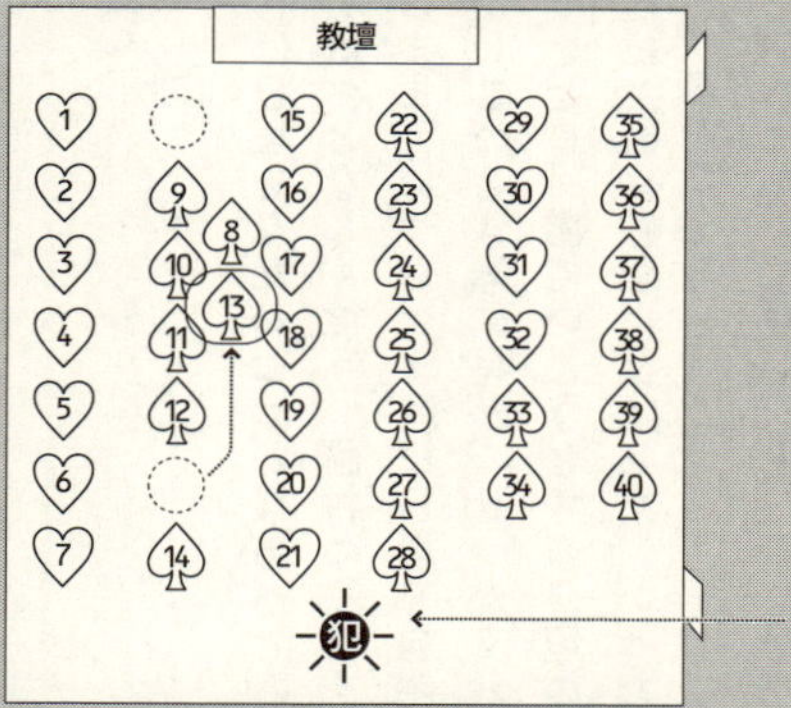

図38

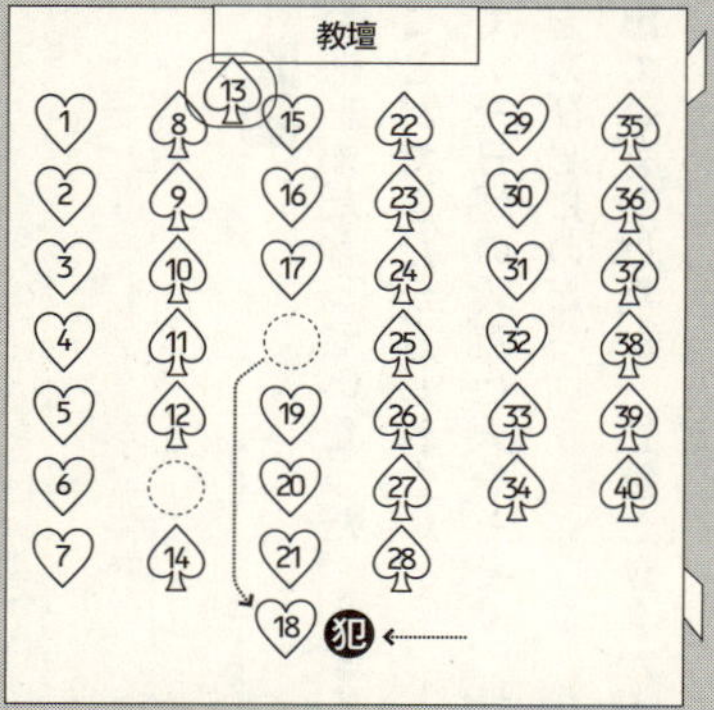

覚悟を決めていたんだ。

とても子供とは思えない。いや、いまどきの大人の中でさえ、これだけの責任感をもったやつがどれだけいると思う?」

「………」飯沢はなにもいわなかった。

(c)

藤村は日垣をなだめつつ、後方へともなっていく。図39

日垣はおとなしく従う。藤村の説得をきくだけの余裕をまだもっていたのだ。うまくすればこのまま、いつものように日垣を自宅へ帰らせることができたかもしれない。

しかしこのとき瀬尾将が、せっかくおさまりかけていた日垣の殺意に火をそそぐ、挑発的な態度をとる。出ていこうとする日垣の背に、嘲笑をあびせたのだ。

日垣はこれに敏感に反応した。いったん教室から出ていきかけたが、猛然とひきかえそうとした。図40

藤村がそれをすばやく制止。ふたたび説得する。

飯沢は反論した。「このとき本当に笑ったのかどうか、私は将君に直接きいてみました。

図39

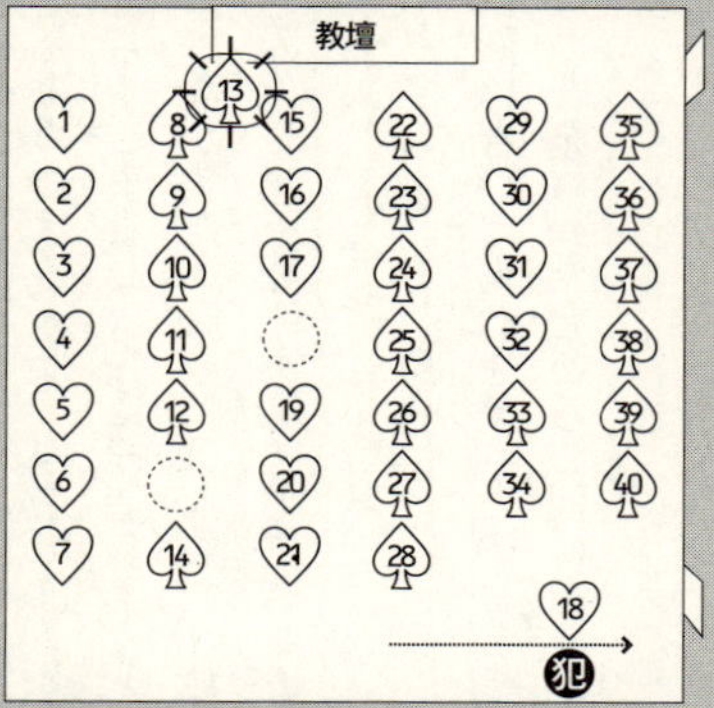
教壇
13
1
8
15
22
29
35
2
9
16
23
30
36
3
10
17
24
31
37
4
11
25
32
38
5
12
19
26
33
39
6
20
27
34
40
7
14
21
28
18
犯

図40

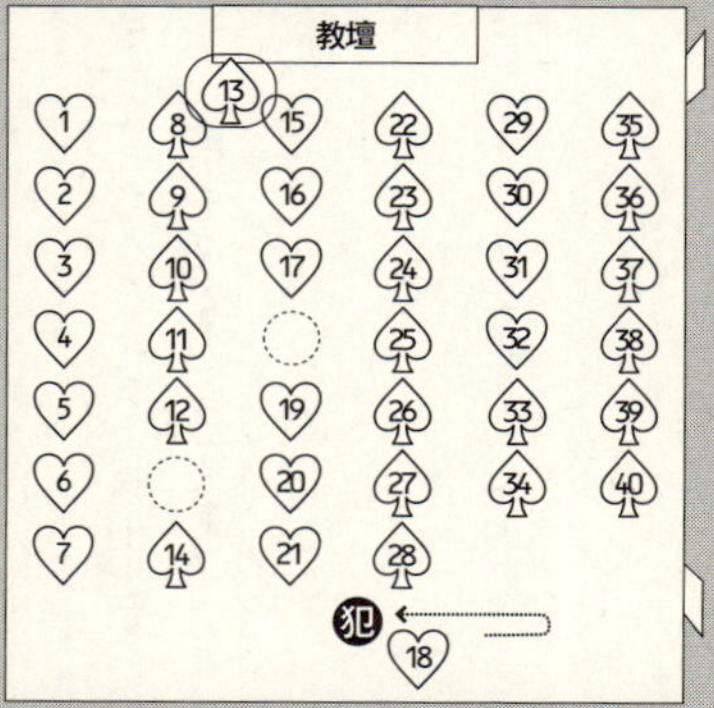
教壇
13
1
8
15
22
29
35
2
9
16
23
30
36
3
10
17
24
31
37
4
11
25
32
38
5
12
19
26
33
39
6
20
27
34
40
7
14
21
28
犯
18

本人はおぼえてないと言ってます」

「本人がなんと言おうと周囲が覚えている。他の生徒が何人も、笑っていたと証言してるんだから」

「単なるおしゃべりの中での、意味のない笑いだったのかもしれない。それを日垣を笑ったものだと決めつけるのは、捏造ではありませんか」

「忘れちゃこまるな。先に捏造しようとしたのは、あんたたちなんだぜ。日垣里奈への精神的虐待はなかった。瀬尾将は無実だ。嘘に嘘をかさね、世間をあざむこうとしてきたのは、飯沢さんよ、あんたたちの方じゃないか」

「私は――」

「なんだ？」

私は関係ない、あれをやったのは高橋友雄です、と言いたいのを飯沢はこらえた。今さらそんなことを言ったところで何になるだろう。

（d）

日垣が去ったので、瀬尾将は安心して自分の席へもどろうとする。この途中、藤村綾とすれちがう。図41

図41

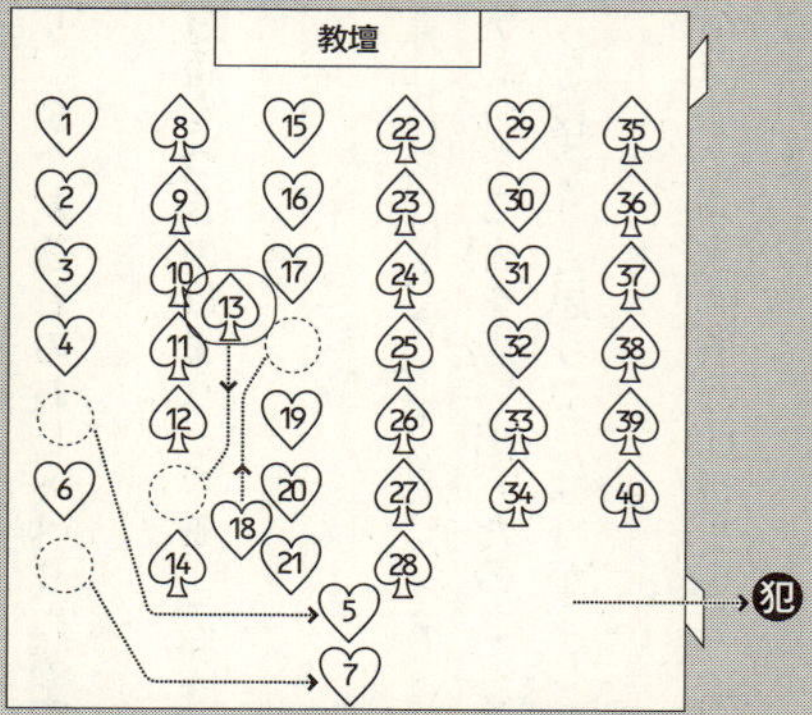
教壇
1
2
3
4
5
6
7
8
9
10
11
12
13
14
15
16
17
18
19
20
21
22
23
24
25
26
27
28
29
30
31
32
33
34
35
36
37
38
39
40
犯

後方では、生徒5番（女）と7番（女）が移動をはじめる。

日垣が猛然と教室にもどってきた。手には包丁がにぎられている。図42

このことに気づいたのは、後方にむかってあるいていた瀬尾将ひとりだけだった。ほとんどの生徒は前をむいており、また友達とのおしゃべりに夢中になっていた。生徒5番と7番も同様だった。

7番はいつものように日垣をつきのけようとする。「邪魔だよ。モン」

日垣は7番を刺す。

飯沢が疑問をのべた。「なぜ日垣はもどってきたのでしょう」

「廊下に出てから、将に笑われたことを思い出したのさ。それでムラムラと――」

「そんなことくらいで、人を殺そうと思うでしょうか。しつこいようですが、相手は中学2年の子供なんですよ」

「その中2の瀬尾将が日垣里奈に非人間的な仕打ちをし、殺した。中2ってのは、もうりっぱに人殺しのできる年齢なんだよ」

「甲田さん。あなたの言い方は――」

「それにくわえて、日垣は泥酔していた。普通の精神状態じゃなかったんだ」

図42

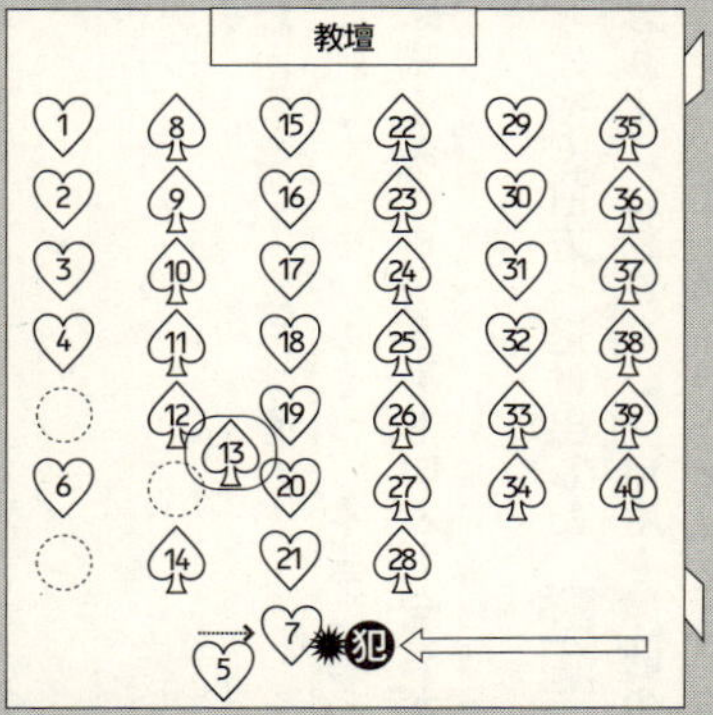
教壇
1
2
3
4
6
8
9
10
11
12
13
14
15
16
17
18
19
20
21
22
23
24
25
26
27
28
29
30
31
32
33
34
35
36
37
38
39
40
7
5
犯

「お酒のせいだけでしょうか。ほかにもっと何かあったんじゃないでしょうか。廊下に出ていた数秒の間に」

「そこまではわからんさ。日垣が記憶をとりもどさないかぎりはな。しかしおそらく、おれの考えどおりのはずだ」

(e)

7番は刺されたことがわからない。立ちすくむ。

瀬尾将もすくんでいる。刺した。モンのやつ、本当に刺した。

7番、激痛におそわれ悲鳴をあげる。5番も叫ぶ。全員がふりむく。しかし誰もまだ事態がのみこめない。

将だけはちがった。いちはやく前方へ逃げ出した。図43

しかし恐怖のため足が思うように動かない。何度も周囲の机にぶつかってころびそうになる。

藤村綾は見る。刺された7番を、日垣の殺気立った顔を。瞬間彼女は「しまった」と思ったにちがいない。

おそれていたことが、現実になってしまった。

図43

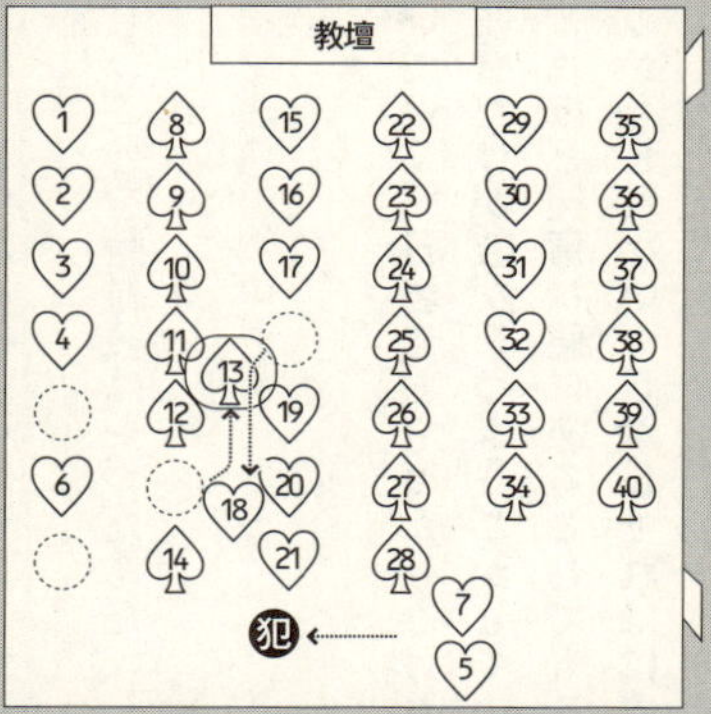
教壇
1
2
3
4
6
8
9
10
11
12
13
14
15
16
17
18
19
20
21
22
23
24
25
26
27
28
29
30
31
32
33
34
35
36
37
38
39
40
7
5
犯

「瀬尾将が、自分ひとりだけ逃げようとせず、『みんな逃げろ』と叫んでいたら、このあとの展開は多少かわっていたかもしれない」甲田は言った。

「それは大人でもむずかしいことですよ」飯沢は言った。「このような場合、他人のことまで思いやるというのは」

「その、大人でもむずかしいことを藤村綾はやったんだ」

（f）

藤村綾は日垣にちかづいていく。日垣をおちつかせなければ。夢中だった。生来の責任感だけが彼女をつきうごかしていた。

藤村とすれば、日垣がどれほど興奮状態にあるとしても、自分の言うことは聞きわけてくれるという目算があったのかもしれない。しかしそれははずれた。日垣は藤村の腕を刺した。

図44

藤村はやっと、日垣が制御不能の状態にあることをさとったが、もう遅かった。方向を転じ、逃げようとするが、すぐおいつかれた。

日垣はふたりの生徒を刺したことで逆上し、本来の標的を忘れた。藤村綾に馬乗りになり、

図44

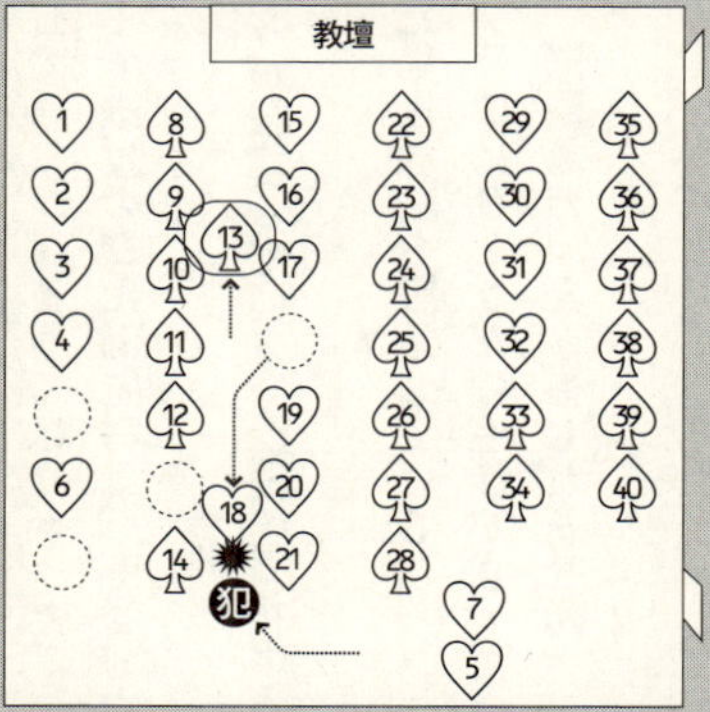
教壇
1
2
3
4
6
8
9
10
11
12
13
14
15
16
17
18
19
20
21
22
23
24
25
26
27
28
29
30
31
32
33
34
35
36
37
38
39
40
7
5
犯

めった刺しにした。

刺されながら藤村は叫ぶ。「みんな逃げて!」図45
生徒たちがいっせいに逃げだす。このとき瀬尾将はどこにいたか。

真っ先に廊下に逃げだしていたか。そうではなかった。

安全圏である教室前方まで逃げのびた瀬尾将は、そこで立ち止まり、なりゆきを見物していたのだ。図46
逃げようとする生徒たちが証言している。「瀬尾君が出入口のところにいた。瀬尾君にぶつかった」

隣の教室から駆けつけた男性教諭も証言している。

「教室にとびこんだとき、戸口にひとりだけ生徒が立っていて、その背中にぶつかりそうになりました。いま思えば、瀬尾君だったかもしれません」

「瀬尾将は、いちはやく廊下にのがれ、隣に助けをもとめることのできる立場にいたんだ」

甲田は言った。

「男性教諭がかけつけるのがあと10秒早ければ、藤村綾は致命傷を受けずにすんだかもしれない。しかし将はそうしなかった。見ていたんだ。藤村綾が殺されるのを」

図45

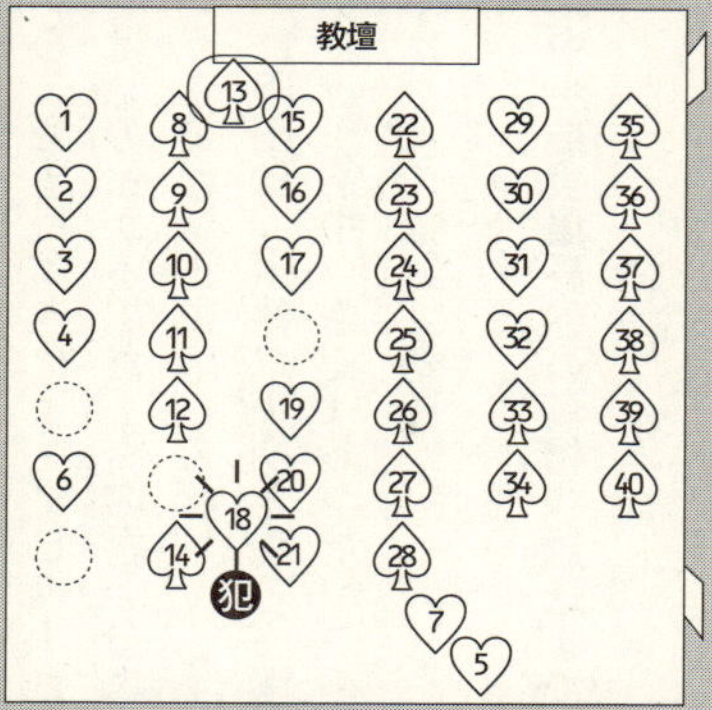
教壇
13
1
8
15
22
29
35
2
9
16
23
30
36
3
10
17
24
31
37
4
11
25
32
38
12
19
26
33
39
6
20
27
34
40
18
14
21
28
犯
7
5

図46

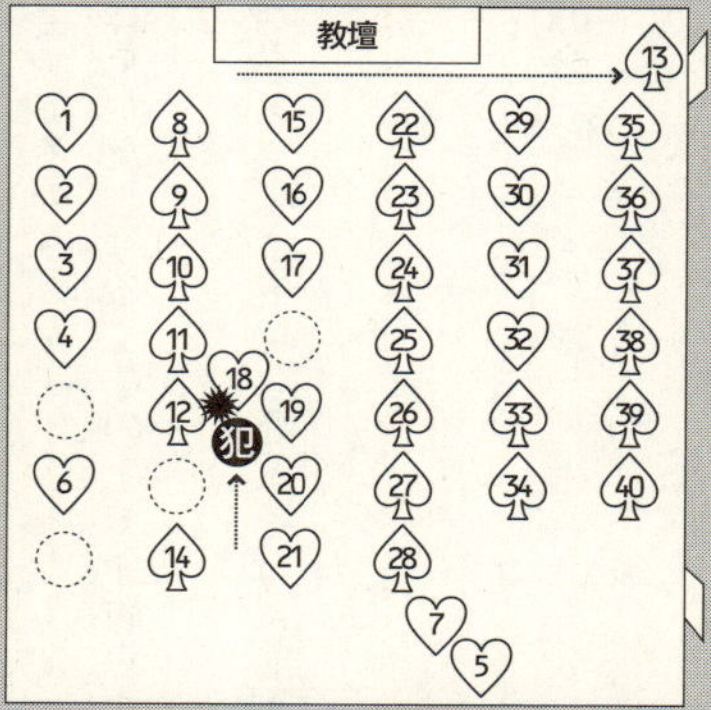
教壇
13
1
8
15
22
29
35
2
9
16
23
30
36
3
10
17
24
31
37
4
11
25
32
38
18
12
19
26
33
39
犯
6
20
27
34
40
14
21
28
7
5

「まさか」飯沢の顔は真っ青だった。「まさかこれを、このまま放送するつもりじゃないでしょうね」

「そうしちゃわるいか?」甲田はにやりと笑った。

「名誉棄損だ!」飯沢は叫んだ。「ひどすぎる。なんの証拠もないのに、こんなこと」

「だから、瀬尾将本人にインタビューさせてくれと言ってるのさ。おれは話のわかる男だ。将の言い分にもしっかり耳をかたむける。その上で矛盾点があれば、いくらでも修正に応じるぜ」

ついに甲田は、事件以来初となる、瀬尾将へのインタビューに成功した(そばに飯沢がつきそうという条件つきではあったが)。

以下は、その採録である。


「瀬尾中生徒殺傷事件の真相」放送まであと26時間05分

19　瀬尾将

――瀬尾将君だね。君は2年4組のボスか？

「そんなこと言われたのは初めて。ボスだなどと、思ったこともない」

――君は君自身をどんな生徒だと思う？

「どんなって、普通」

――ふだんから父親の七光りを意識していたか？

（飯沢が『誘導的な質問はやめてください』と口をはさむが、甲田はかまわず）

――日垣里奈さんのことを聞く。里奈さんが自殺したとき君は……。

「ボスだなんて……」

――なに？

「クラスのボスだなんて、ドラマの中だけの話。そんなもの今どこにもいない」

――どういう意味かな。

「クラスというものは、ひとりのボスでどうこうできるものじゃない。すくなくとも自分のクラスはそうだ」

――では、クラスを「どうこう」するものとは？

「空気」

――空気？

「どこの学校だって、大人の世界だって、そうだと思う」

――空気ねえ。

「空気には誰もさからえない」

――その空気をつくっていたのは、ほかならぬ君と、君のお父さんだ。

「（笑）」

――何がおかしい？

「空気をつくるなんて……（笑）」

――そんなにおかしいかな。

「そんなこと誰にもできない。もしできたらすごいと思うけど、できるわけがない。ただ、みんなが自分のいうことをよくきいてくれたとは思う。どうしてだかわからないけど。自分からみんなにそう頼んだり、まして強要したりしたことなどは一度もない」

――質問を戻そう。日垣里奈さんが死んだとき、君はどう思った？

「かわいそうだと思った」

――なぜ？

「死んだから」

――死んだのはなぜだと思う？

「知らない」

――いや、君は知ってる。他の生徒たちも、先生たちもみんな知ってる。知ってて言わないだけじゃないのかな。

「言ってる意味がわからない」

――あの時のことを聞かせてくれ。日垣里奈さんのお父さんが……。

（飯沢が「その質問には気をつけてください」と口をはさむ）

――日垣吉之にモンという仇名をつけたのは君か？

「さあ」

――モンの意味は？

「忘れた……あっ……」

——どうした？

「あいつ、キレたみたいになって……」

——あいつって誰だ。日垣吉之のことか？

「ちがう、藤村のこと。彼女はわけのわからないことを叫びながら、モンにむかっていった。自分は止めようとしたけど、まにあわなかった」

——君は藤村さんを止めようとしたというのか。

「馬鹿なことはやめろって言いたかった。かなうわけないんだから」

——君自身はどう行動した？

「よくおぼえていないが、みんなを助けたと思う」

——みんなを助けた？

「みんなショックで動けなかったが、自分は冷静だったので。自分の救助行動がなかったら、犠牲者はもっと多かったと思う」


ここで早くも甲田の堪忍袋の緒が切れた。机をばん！　とたたきつけ、ノートパソコンをひらいた。

「君の言うことは嘘、嘘、嘘ばかりだ。君が本当はどう行動したかおしえてやろう」

甲田は図37から図46までの再現を、逐一説明した。将の顔は真っ青になった。

「君は誰よりも先に逃げた。その君を藤村綾はかばって死んだ。この事実を君はわかっているか？　もしわかっていないのなら、何度でもおれが言ってやろう。

本当なら、このとき殺されているのは君のはずだったんだ。藤村綾が身代わりになった。彼女にすまないという気持ちが、君にはすこしでもあるか？　それとも一般庶民の生徒が自分を守って死ぬのは当然だと思っているのか？　庶民どもが何人死のうと——」

「やめてください」飯沢が割ってはいった。「いくらなんでもひどすぎる」

「ちがう……」将が小声で言った。

「なに？」

「これはちがう」

「ああそうだろう。当然そうだろうとも」甲田は大きくうなずいてみせた。「それを待っていたんだ。君の言い分をな。どこがちがう？　言ってみたまえ」

甲田は将の反論内容を予測していた。どうせさっきと同様、ありもしない自分の美談をでっちあげるつもりだろう。だがそうではなかった。

「これ」将はおずおずと、**図46**をさして言ったのだ。

「廊下へ逃げたのではない。いったん教室前方に逃げ、それから出入口とは逆の窓側へ逃げた」図47

——なんだそりゃ。なぜ窓側へ逃げる？　窓からとびおりようとでもしたのか。この教室は三階なんだぞ。

「わかってる」

——わかってるなら、なぜ？

「あの時は混乱していたから、なぜそうしたのかわからない。ただ、そうしたことだけは覚えている。自分がむかったのは廊下ではなかった。窓側だった」

——じゃ、藤村さんが刺されたとき、それを戸口に立って見ていたというのは？

「そんな覚えはない。自分は窓側にいた」

——思い違いだろう？

「思い違いではない」

——記憶が混乱してると、自分で言ったじゃないか。

「でも、ここは絶対にたしか。廊下ではなく窓側」

——だからどうだっていうんだ。廊下ではなく窓側。そのことにどんな意味があるんだ？

「意味とかはわからないけど、でもたしか」

——わからんな。君の立場として、訂正したい点はほかにいくらでもあるだろうに。なぜこんなどうでもいいような点にこだわるんだ？

図47

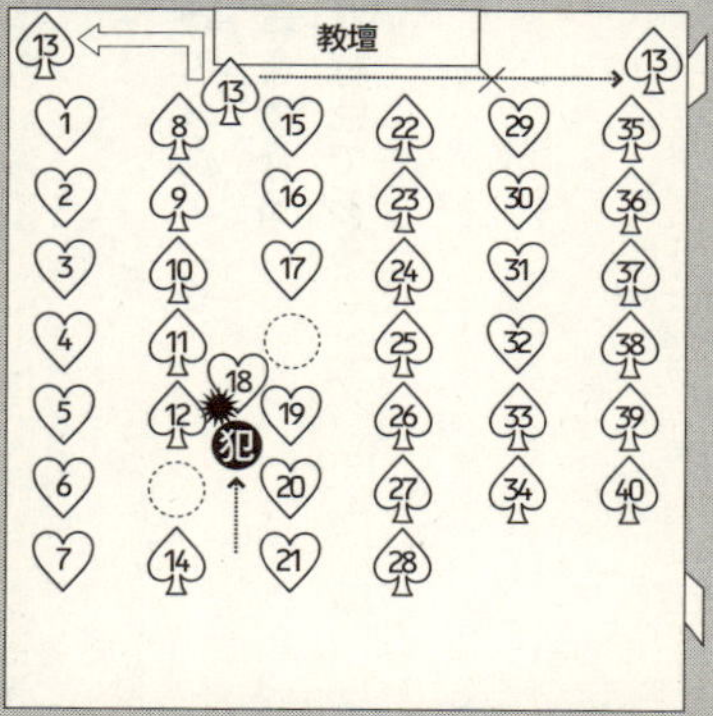
教壇
13
13
13
1
2
3
4
5
6
7
8
9
10
11
12
14
15
16
17
18
19
20
21
22
23
24
25
26
27
28
29
30
31
32
33
34
35
36
37
38
39
40
犯

「決まってるだろう。それが重要な点だからさ」ブルース・リーはつぶやいた。「どれほど重要なのか、まだ誰も気がついていないがな」

パソコンの短文は変化していた。やっとここまでこぎつけたのだ。

その生き物とは鹿である。
群れの中に一頭だけ、緑色の鹿がいる。
同時に、すべての鹿は緑色である。
同時に、すべての鹿は非緑色である。

20　保護者集会

午後5時、瀬尾中体育館で緊急保護者集会がひらかれた。

出席したのは2年4組の保護者だけではなく、全校生徒の保護者の大半だった。

保護者たちにとって最大の関心事は、事件そのものより、いま自分たちにむけられている「世間の空気」だった。

「あの中学の生徒」「その保護者」というだけで、世間から偏見の目でみられてしまうほどに、事態は深刻化していたのだ。

当日、体育館へのマスコミの出入りはシャットアウトされた。甲田たちも例外ではなかった。

以下は、会の終了後、保護者のひとりから甲田が聞きとった集会の概要である。

私がすこし遅れて会場にはいったとき、壇上ではHさん（生徒8番の父親）が大声で演説していました。

「マスコミは、われわれ保護者が2年4組の虐待を支援していたなどと、事実無根の記事を書きたてています。この誤解はなんとしてでも解かなくてはなりません。諸悪の根源は瀬尾親子と秋葉校長、そして担任の島津聡子です。生徒たちに罪はありません。むろんわれわれ保護者にもです」

槍玉にあげられている人たち——瀬尾伸彦、秋葉校長、担任の島津先生——は全員欠席でした。まあ当然ですが。

あとになって甲田は飯沢にたずねた。「なぜあんた、瀬尾の代理で出席しなかったんだ?」

飯沢は答えた。「Hのことはよく知っていますからね。何度瀬尾の自宅に金の無心にきたかわかりませんよ。それがこういうことになると、とたんに弾劾の急先鋒に転じる。無節操を絵にかいたような人物です。そんな男の仕切る集会に出たところで、得るものは何もありませんから」

壇上で、Hさんひとりが叫んでいます。

「われわれはみな被害者です。かれらに命令され、強要され、仕方なくしたがっていたのです。かれらこそ加害者であり首謀者です。こうしてこの集会を欠席したことで、そのことをみとめたも同然ではありませんか」

あの人を知っている者は、私も、周囲の保護者たちもみんな白けていました。彼が家族ぐるみで瀬尾家にいろいろな面で世話になっていたことを知っていたからです。

でもそれを知らない他のクラスや他の学年の保護者たちは、みんなあの人の言うことに賛成しているようでした。そんな空気でした。私はなにか非常に危険なものを感じました。

藤村綾さんのご両親は、欠席されていました。

それをいいことに、Hは今回の最大の被害者である藤村親子と、自分たち親子とを同列のものとして言いたてていました。

「私は藤村綾さんのことをよく知っています。彼女と私の息子とは大の仲良しでした。息子のことをなにかと頼りにして、相談相手として慕ってくれていたのです。そんな藤村さんがあのようなことになってしまい、私も息子も、どれほど悲しんだかしれません。

あのいまわしい『瀬尾支配』さえなければ。それを思うと、私は……」

そう言いながらハンカチをだして目元をぬぐいました。私はいやな気分でした。

自分の責任を棚にあげて、すべての責任を瀬尾親子におしつけようとする態度には賛成できませんでした。しかしそのことを発言できるような空気ではありませんでした。場内はあきらかにH寄りの空気になっていました。あの人にはアジテーターの才能があるとみとめざるをえませんでした。

「みなさん。今こそわれわれは一致団結して、瀬尾親子の悪行を——」

とつぜん言葉をきって、壇上の袖のほうを見ました。私もそちらを見て、あっと思いました。場内全体がどよめきました。

島津先生です。担任の島津先生が、袖からあらわれたんです。

「島津先生が？」甲田はおもわず口をはさんだ。

病院からぬけだして、この場に来たというのか。

「たしかに島津先生本人でしたか？」

「まちがいありません」

島津先生は真っ青な顔でした。ふらふらと歩いて、壇上にならべてあった席にすわりました。場内はざわざわしていました。

どういうつもりなんだろうと、私は思いました。島津先生が入院中だということは知っていましたが、それだけではありません、今この場に、たったひとりで出てくるのがどういうことなのか、この人にはわかっているんだろうか。

「きさまよく来たな！」Hが叫びました。そうです。島津先生のことをきさまと呼んだんです。

「われわれは今まで黙ってあんたたちの〝圧政〟に耐えてきたが、もう終わりだ。あんたたちは裁きの場に立たされるんだ。

しかしわれわれは、あんたとちがって常識をわきまえている。あんたの言い分を聞いてやるよ。あんたは瀬尾伸彦とぐるになって、息子の将がクラスを支配するのを助けていた。そうだな？」

島津先生はうつむいたまま、なにも言いませんでした。あの人は島津先生の肩をつかみました。

「立って話せよ。さあ」

無理やりマイクの前に立たせました。

島津先生はふるえていました。先生も苦しんでいる。そのことがつたわってきました。先生が口をひらくまでの時間がとても長く感じられました。

「みなさん」やっと先生が言いました。

「2年4組の、そして全校生徒の保護者のみなさん。もうしわけありません。みなさんからお預かりした大切なお子さんたちを、命がけで守らなければならない立場である私が、経緯はどうあれ、この二カ月の間に、お子さんの何人かを死なせることになってしまったのです。いくらあやまってもあやまりきれるものではありませんが——本当に、もうしわけありませんでした」先生はふかぶかと頭をさげました。

「そんな、ありきたりの謝罪なんか聞きたくない」Hは叫びました。「『瀬尾支配』をみとめるのか。みとめないのか？」

島津先生がそれをみとめれば、自分たち親子が無実であるとの「お墨付き」が得られるのですから、懸命だったのでしょう。

「………」島津先生はなにも言いません。問いかけに答えようとしないのです。

「校長と瀬尾伸彦をここへつれてこい！　あんたみたいな下っ端に話したって仕方ない」

島津先生はHを相手にしませんでした。マイクにむかい、私たちにむかって、もう一度言いました。「もうしわけありませんでした」

「そんなあやまりかたですむと思うのか！」自分の存在を無視されたことでカッとなったのでしょう。島津先生の肩をつかむと、強く下におしつけて、土下座させようとしました。

「なにをするんです」島津先生は抵抗しました。

「『なにをするんです』だと？」Hは会場にむかって叫びました。「おおいみんな、てつだってくれ。この人殺しを土下座させるんだ！」

驚いたことに、その声に応じて壇上にむかう親たちが何人かいました。父親だけでなく、母親もいました。

私はもう我慢できませんでした。いくらなんでもやりすぎだ。席を立って、壇上へむかいました。島津先生に覆いかぶさろうとしている保護者たちをおしのけて、島津先生を助けおこしました。

Hが私に言いました。「おい。真相究明の邪魔をするな」

「なにが真相究明だ。これじゃリンチじゃないですか」私は言いかえしました。「島津先生はあやまっているんですよ。あやまっている者に対してもっとあやまれと強要するのは、礼儀に反する」

「礼儀より大切なものがある。正義だ。『瀬尾支配』の犠牲になった藤村綾の無念を晴らしてやるんだ」

「あんたが言うことかよ、それは！」こう叫んだのは私ではなく、そばにいた保護者のひとりでした。

さいわいこの時には、私のほかにも何人かの保護者がそばにいてくれたんです。みんな、明らかにこの一連の行為をやりすぎだと思っていたようです。口々に言いました。

「島津先生を責める資格が、あんたにあるのか」

「まずあんた自身と瀬尾親子との関係をみんなの前で清算してから、ものを言ったらどうなんだ」

一瞬ひるんだあの人は、別人のように顔つきを変え、声をひそめて言いました。「チャンスなんですよ、みなさん。私についてきてください。ここでこの教師を犯人にしておけば、私たちの汚名はそそがれるんですから」

「……あなたたち親子の汚名がでしょう？」私は言いました。「この集会はここまでです。島津先生を保健室へつれていきます。通してください」

「何度でも集会はやる」Hは大声で言いました。「瀬尾伸彦をひっぱりだすまでな」

「勝手にやったらどうです。あんな『雲の上の人』が、こんなところに出てくるわけがないでしょう」

「ところが出てくるんだ。切り札があるからな」

「切り札？」

「テープだよ。おれの息子が、瀬尾将とのおしゃべりを、たまたまテープに録《と》っていたんだ。このことを知ったのは最近だ。この中で瀬尾将は、人間として許されないようなことをしゃべっているんだ。これが公表されれば終わりだぜ。息子も父親もな」

「島津先生が、あの場に出ていたとは驚きました」甲田は言った。

「それで、その『人間として許されないこと』というのは、具体的にどういうことなんです？」

「それは聞いていません。本人が言いませんでしたから」

甲田はこのことを電話で飯沢につたえた。

飯沢にとっても、はじめて聞くことだった。すぐに瀬尾将本人に、このことについてただしてみた。

「将君の顔が、一瞬青ざめました」一時間後、甲田の前にやってきた飯沢は言った。時刻は午後9時半をまわっていた。

「私は問いつめました。『何を言ったの。どうか正直に話してくれ。とぼけてもむだなんだ。向こうはテープを持ってるんだから』」

「で、将はなんと言った?」甲田は答えをせかした。

「それが」飯沢は言いよどんだ。

「なんだ。あんたまで隠すのか」

「いや、そうじゃなくて……」飯沢はどう言っていいのか迷っているようだった。「その……○○だっていうんです」

「○○?」

「クラスの中に○○がいる。そう言ったことがある。そのことはたしかに覚えていると、将君は言うんです」

飯沢が言い、甲田がおうむ返しに言った○○とは、まさかこの時この場面で出てくるとは、誰も思ってもみなかった言葉であり、同時に、日本の現状では活字にすることのできない言葉でもあった。

21 クラスに〇〇がいる

「で、誰なんだ。その〇〇らしい生徒というのは？」

「生徒17番じゃないか——ということらしいです」

生徒17番（女）は転校生である。9月30日付けで、親の転勤にともない転入してきた。編入先であたえられたのは、日垣里奈が自殺する前の日まですわっていた、まさにその席だった。図48
生徒17番本人も保護者も、事前にこのことを学校側から知らされていなかった。秋葉校長が意図的にそうしたのだ。

校長の腹はおそらくこんなところだったろう。

「そう、私はこのことを黙っていました。悪かったですね。で、あなたどうします？　そこが自殺した生徒の席と知って、転入をとりやめますか？

かまいませんよ。あなたのほかに転入希望者はいくらでもいるんですから。あの事件のお

図48

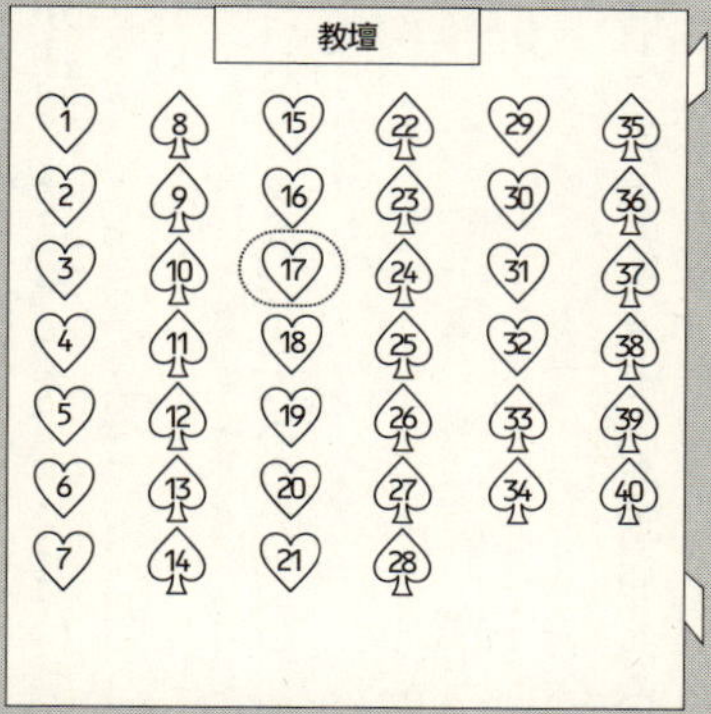
教壇
1
2
3
4
5
6
7
8
9
10
11
12
13
14
15
16
17
18
19
20
21
22
23
24
25
26
27
28
29
30
31
32
33
34
35
36
37
38
39
40

かげでわが校のイメージは多少ダウンしたとはいえ、それでも名門校であることにかわりはないのですからね」

生徒17番が周囲の生徒から初めて「このこと」を聞かされたときの反応を、生徒たちは今でもよくおぼえている。

転校生ゆえ、クラス中が注目していたのだ。あそこがどんな席か知ったとき、あいつどんな顔するかな。ところが――

「びっくりするかと思ってたら、それほどでもなかった」

「『あらそうなの』なんて笑ったりして」

「変な子だと思った」

「何なのこいつって感じで」

生徒17番は親思いの生徒だったのだろう。内心動揺しつつも、けんめいに考えをめぐらせていたにちがいない。

（おちついて。みんなに注目されている今この場でわたしが騒いだりゴネたりしたら、せっかくわたしをここに転入させてくれた両親に迷惑がかかる。

ここが自殺した子の席だからって何なの？　何でもないこと。そう、何でもないことなのよ）

しかしその気丈さが逆に、瀬尾将をはじめとする生徒たちに「疑惑」をいだかせる結果となった。

あいつなんで平気なんだ？　ひょっとしたら……。

（飯沢哲春と瀬尾将の会話）

――彼女が○○だと、誰から聞いたんですか。

「みんながそう言ってたから」

――みんな？

「そう」

――クラスの全員が、転校してきたばかりの生徒17番を、○○ではないかと疑っていたのですか。どういう理由で？

「だって、いかにもそれっぽかったから」

――それだけのことで、彼女が○○だと決めつけたんですか？

「自分が言いだしたわけじゃない。みんなが言った」

（生徒数人からの聞きとり）

――なぜ彼女を○○だと思ったのか？

「だって身体《からだ》のあそこがそんな感じだし」

「もの食べるときもそう」

「ときどき鏡にうつらないことがあると、人から聞いた」

「トイレに行くのを見たことがないと、みんな言ってる」

あきれたことに、この噂は生徒だけでなく教職員の間にもひろまっていた。

「日本よりも外国に○○は多いと聞いた」

「親戚にも○○がいるらしい」

「転校時の健康診断書に○○と書いてあったらしい」

『と聞いた』『らしい』『ようだ』のオンパレードだ」甲田は首をふりながら言った。

「これでわかった。生徒たちも教師たちも、○○を実際に見たこともないし、○○がどういうものかも知らない。ただ、○○についての不確かな共有イメージだけがあった。

その不確かな根拠にしたがって、生徒17番を○○だと思った。ただ単に彼女が転校生だから、ストレンジャーだからという、それだけの理由で」

「それにしても、いまどき○○とはね」同僚のひとりがあきれた顔で言った。「とても二十一世紀の話とはおもえないよ」

「これは本筋とは関係ないことだ」局から出向の形でスタッフにくわわっている石持が言った。

「この生徒は現在の瀬尾支配とも、二カ月前の日垣里奈の自殺とも関係ない。九月に転校してきたばかりなんだから」

(飯沢から将への聞き取り)

——Hさん(生徒8番の父親)は、君が生徒17番についてひどいことを言った、それをテープに録ったと言っている。どんなことを言ったかおぼえてる?

「休み時間とかに。おもにしゃべったのは生徒8番のほうで、自分はそれに相槌をうっていただけ」

——君自身がそういう噂をひろめたということはないか?

「そんなことはない。やったとすれば8番だと思う」

——それが本当だと言いきれる? 生徒8番のテープが出てきても?

「………」

——将君。さっきから、君の言うことを聞いていると……。

「22番だ!」

——えっ?

「あいつが最初にそう言いだしたんだ。17番が○○だって。たしかそうだったと思う」図49

甲田はさっそく生徒22番（男）の自宅へ電話してみた。さいわい、親も本人も協力的で、すぐに返事がかえってきた。

生徒22番によると「17番が○○かもしれないという噂は、生徒26番から聞いた」ということだった。

「生徒26番？」甲田は意表をつかれた。「あのひきこもり生徒か？」

生徒26番（男）は、あの事件の当日欠席していた、ただひとりの生徒である。図50

彼が欠席していたのはこの日だけではない。およそ二カ月近くにもおよぶ、長期欠席生徒なのだ。自宅の部屋にこもったまま、まったく外には出ていないという、典型的なひきこもり中学生である。そのため、あの事件の被害からまぬがれるという「幸運」にめぐまれたわけではあるが。

甲田をはじめとするスタッフたちは、他のすべてのマスコミと同様、この長欠生徒についてはまったくノーマークだった。その名前がここにきて、いきなり登場してきた。

あらためてこの生徒について調べた結果、意外なことがわかった。

生徒26番が最初に欠席した日（結果的に長期欠席を開始した日）は、10月1日——転校生

図49

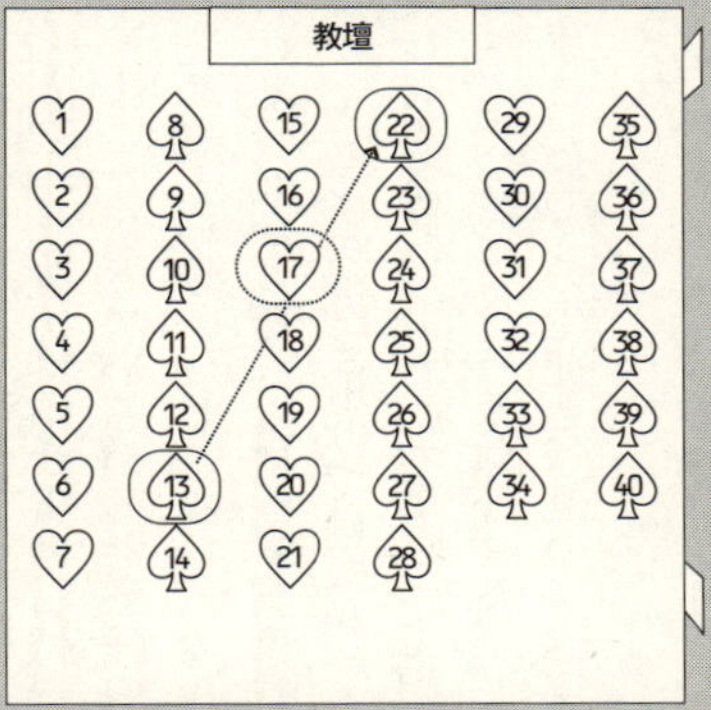
教壇
1
8
15
22
29
35
2
9
16
23
30
36
3
10
17
24
31
37
4
11
18
25
32
38
5
12
19
26
33
39
6
13
20
27
34
40
7
14
21
28

図50

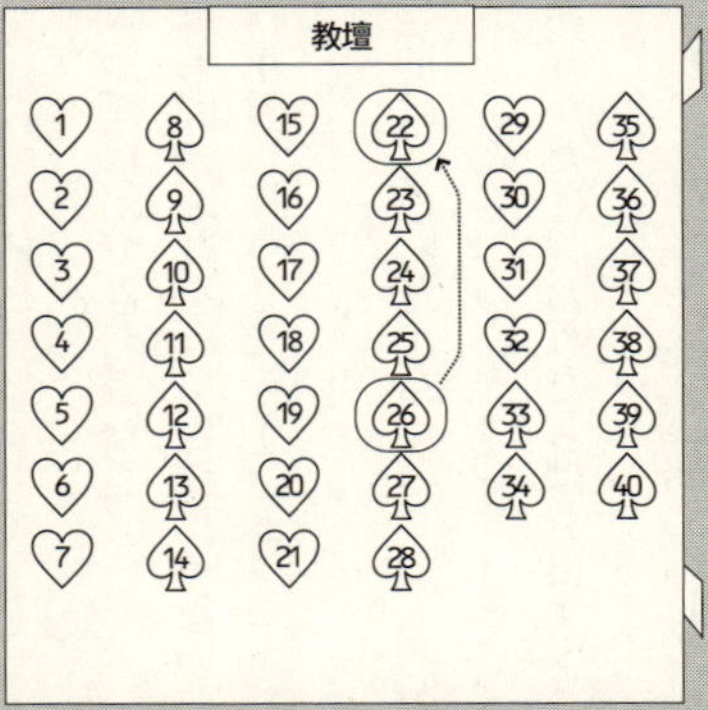
教壇
1
8
15
22
29
35
2
9
16
23
30
36
3
10
17
24
31
37
4
11
18
25
32
38
5
12
19
26
33
39
6
13
20
27
34
40
7
14
21
28

がやってきた次の日なのだ。

転校生といれかわりに、彼は部屋にとじこもりはじめたのだ。

「………」甲田は何事かじっと考えこんでいた。

「どうした？」プロデューサーの石持がたずねた。

「いや……ここにきていろいろな生徒の名前が、つぎつぎに出てきたよな」

「別に初めてというわけじゃない。今までだって何度も聞き取りをしてきたじゃないか」

「それはそうだが、それは単なる証言者、目撃者という形であって、もうひとつふみこんだ『当事者』としての聞き取りではなかったような気がする。

今までのところ、おれたちにとって瀬尾将以外の生徒は、なんだかんだ言って『その他大勢』にすぎなかったような気がする。しかしそれはちがうんじゃないか？

もうすこし個々の生徒と、その『総体』としてのありかたに、おれたちは着目すべきじゃないのか」

「おいおい、今からそんな手間のかかることはじめたって、とてもオンエアには間に合わんぜ」

「オンエアを遅らせることはできないか？」甲田は真剣な表情になって言った。「二日、いや一日でもいい」

「契約プロダクションが、局の番組編成に注文つけられると思っているのか？　蟷螂《とうろう》の斧もいいとこだ」

それを聞いて甲田は思わず笑った。

「なにがおかしい？」

「おれたちは、局という大権力にはさからえない。あの生徒たちも瀬尾将という大権力にはさからえなかった。大人も子供も同じなんだよな。

ええと――それでだ。整理すると、こういうことか。

最初に生徒17番が○○ではないかと思ったのは生徒26番らしい。生徒26番はそのことを生徒22番にメールか何かでつたえ、生徒22番が瀬尾将（生徒13番）につたえた。図51
それで将は――くそ、なんだかややこしくなってきたな」

「それにしても○○とはね。あらためて驚くよ」石持が首をふって言った。「この二十一世紀に、東京の中学校で、そんな噂がひろまるとは」

「なあに。いつの時代だろうが、どんな都会だろうが、そういうものが消えることはないさ」甲田は言った。

「その根っことなる現実が存在しつづける限りはな。それよりも問題は、さっきも言ったが、どの学校でも、○○について正確な知識を子供たちにつたえていないことだ。教科書にはもちろん載ってないし、教師たちもこの話題にふれようとしない。だから子供たちは、自分なりのイメージだけで○○というものをとらえ、解釈するしかない。そしてそのまま大人になっていく。これはかなり危険なことじゃないだろうか」

「それはそれとして、このことは『瀬尾支配』と関係があるのかないのか？」石持が少しイライラしながら言った。

「余計なことにいつまでもかかずらってはいられない。そろそろ編集作業にかからないと、局への納品まで、あと数時間なんだぞ」

「待て待て。あわてるな」甲田も内心あわててはいたが、つとめて冷静に言った。「瀬尾将が言ったことはたしかなんだ。生徒17番（女）が○○だと」

「雑談のついでに言っただけかもしれん」

「ついでだとしても、言ったことはたしかだ。そして将がそう言ったことによって、クラスの多くがそれを信じた。クラスの『空気』がかたまった。将の一言にはそれだけの力があったんだ。

しかし本当の問題はもっと以前にある——そう、日垣里奈の自殺だ。日垣里奈の自殺直後に、生徒26番は長期欠席した。ひきこもった。なぜだ？」

「同級生の自殺にショックをうけたんだろう。あるいはそれは偶然で、彼のひきこもりと日垣里奈の自殺とはまったく無関係なのかも」

「生徒26番についてもっと知りたいな。当日欠席、しかもひきこもりということで、あの事

図51

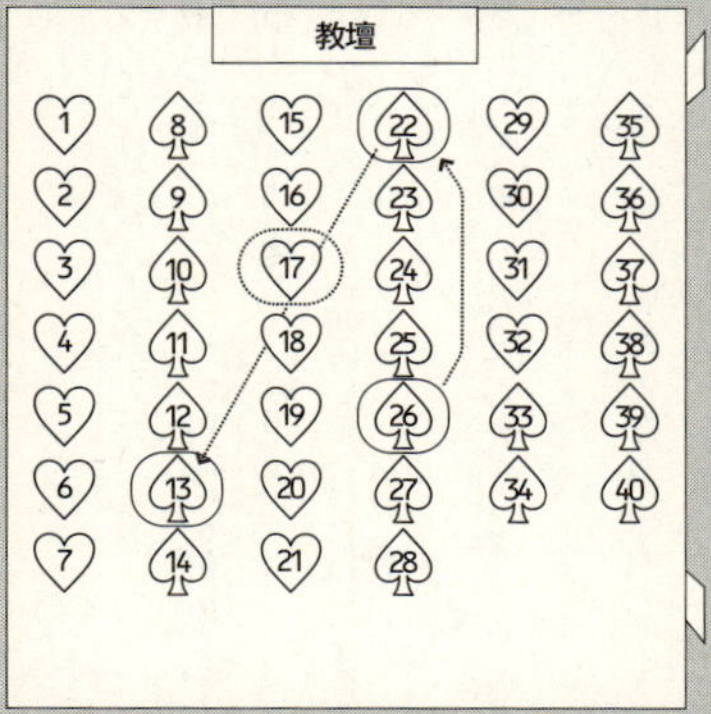
教壇
1
2
3
4
5
6
7
8
9
10
11
12
13
14
15
16
17
18
19
20
21
22
23
24
25
26
27
28
29
30
31
32
33
34
35
36
37
38
39
40

件からはもっとも遠い生徒だとばかり思っていた」

「その、ひきこもりの原因についてだがな」さっきから資料をかきまわしていた同僚の一人が言った。

「生徒26番はひきこもりになる前、何度も担任の島津先生に相談している。その中でこう言っている。

『転校したい。このクラスから逃げだしたい』

島津は当然、なぜ逃げ出したいのか、その理由を何度もたずねたにちがいない。しかし生徒26番はそれについては何も言おうとしなかった。

押し問答に閉口した島津がぽろっと漏らした。『お父さんが転勤してくれれば、いちばんいいんでしょうけどねえ』

すると生徒26番はとびあがって叫んだそうだ。『そうだ転勤だ。パパが転勤してくれれば、すべてうまくいくんだ！』」

「26番はクラスで精神的虐待をうけていたのか？」

「そういうわけでもない。本人の思い込みがきつすぎたようだ」

「いや。思い込みというが、気持ちはわかるよ。おれも中学のとき虐待にちかい扱いを受けていたから」石持が言った。

「何度も思ったよ。親父が転勤さえしてくれれば、この苦しみから逃れられるのにって」

「馬鹿を言うな。いくら子供のためだって、そう簡単に転勤なんか――」甲田はつぶやき、タバコに火をつけようとした。その手が中途でとまった。一時停止画像のように、そのまま動かなかった。

「どうした?」

「……………なぜ転勤してくれないの?」甲田の口がつぶやいた。「たしか、日垣里奈の遺書にあった文句だ」

全員があっとなった。「里奈の遺書のコピーをもってこい!」

はなしちゃった　いつかばれる　こわい　いいなりになる　てんきんしてくれたらいいのに　みんなあのこの　こわい

「里奈が転勤してほしかったのは、自分の父親じゃない。生徒26番の父親だったんだ。図52 26番に、この学校から出ていってほしかった。だからその親の転勤を願ったと考えられないか」甲田は興奮して言った。

「里奈の文章は主語と述語が不分明で意味がとりにくい。だから今までわからなかったんだ。里奈と26番との間にはなにかがあった。そのなにかが解決できなかったために、里奈は自殺した。26番もそのことをわかっていた。だから、おそろしくなって学校に出てこなくなったんだ。26番に会って話を聞かなければ！」

甲田はたちあがった。

「しかし、相手はひきこもりだぜ」

「かまうもんか。ドアをぶちやぶってやる！」


「瀬尾中生徒殺傷事件の真相」放送まであと22時間31分

図52

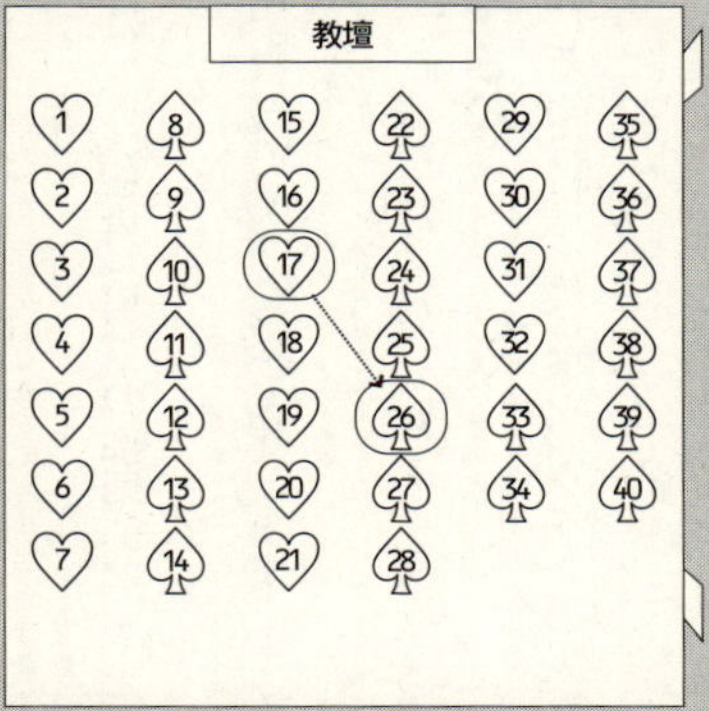
教壇
1
2
3
4
5
6
7
8
9
10
11
12
13
14
15
16
17
18
19
20
21
22
23
24
25
26
27
28
29
30
31
32
33
34
35
36
37
38
39
40

22　長期欠席生徒

一時間後、甲田は本当に生徒26番（男）の部屋のドアを拳でがんがん叩いていた。「あけろ。ここをあけろ！」

「やめてください。真夜中なんです。警察を呼びますよ」26番の両親が泣かんばかりにして甲田の背にすがりついている。

「甲田さん。逆効果だよ」石持が言った。「もう二カ月も部屋から出てきていない子を、そんなにおどしつけてどうするんだ」

「さっきから何度も言ってるように、僕はあのクラスの実態をあばきたいだけなんだ」甲田はつとめてしずかに、ドアにむかって語りかけた。

「君だって瀬尾将のクラス支配にはうんざりしてたんだろう？　君にかわって『瀬尾支配』を打破してやる。君がもういちど安心して学校へ行けるようにしてあげる。そのためには君の協力が必要なんだ。だから——ええくそ、何でもいいからここをあけろって言ってるんだ。ガキが！」

また、がんがんとドアをたたきはじめた。

「しょうがねえな」石持が舌打ちして、両親のほうをふりかえった。「こいつ、言いだしたら聞かないんですよ。もう警察呼んじゃってください。かまいませんから」

その時母親が言った。「あの。メール打ってみたらどうでしょう」

「メール？」甲田と石持が同時に言った。

「顔をあわせることがないので、ときどきあの子とメールで話すんです。私のほうが打ってばかりで、返事がくることはめったにないんですけど」

「本人がドアのすぐむこうにいるというのに、メールで話すんですか？」甲田は首をひねった。

「まあいいじゃないか」石持はそう言って、母親にうなずきかけた。「やってみてください」

母親は携帯電話を操作し、メールをうった。わりとすぐに、返信がきた。

甲田は母親から携帯をかりうけ、ドアのむこうの26番とメールで会話をはじめた。相当まだるっこしく、簡単な問答をするだけでかなりの時間を要した。以下はその抜粋である。

——君の学校でおきた事件のことを、知ってる？

〈ニュースをみて、大体のことは〉

——事件のことを知って、どう思った？

〈学校行ってなくてよかったと思った。学校なんか行くからあんな目にあう〉

――二カ月前に自殺した日垣里奈さんと君は、友達だったの？

〈友達というほどではない。ときどき話をしただけ〉

――里奈さん以外に、話をする子はクラスの中にいた？

〈いない〉

――なぜ里奈さんとだけは話をしたの？

〈むこうから話しかけてきた。僕のほうから返事をしなくても、いつもむこうから近寄ってきて、話しかけてきた〉

――里奈さんは、君のことが好きだったのかな。

〈わからない。そういうのに興味がない〉

――興味がないというのは？

〈人を好きになったりとか、好かれたりとか、どこがおもしろいのかわからない〉

――親御さんから愛された経験はあるだろ？

〈親は、自分たちが年とったとき、子供に介護されたいと思ってる。それだけ〉

――人間がきらいなのかな？

〈匂いが〉

――匂い？

〈バスや電車の中。そして教室の中。他人のなまぐささ。思い出しただけで吐きそうになる。よく今までがまんできたと思う〉

――日垣里奈さんのことについて聞かせてほしい。これは僕の想像だ。まちがってたらそう言ってくれ。里奈さんはある生徒について重要なことを、君に話したんじゃないかな。君にだけ。

〈………〉

――その里奈さんは死んでしまった。今、その生徒の名を知ってるのは君だけだ。

〈………〉

返信はなかった。

「くそっ!」甲田は携帯電話を床にたたきつけた。ドアにむかって大声で、数メートル先にいる生徒26番にむかって叫んだ。

「その生徒は生徒17番ということになってる。君が生徒22番にそう話したということになっている。しかしそうじゃない。

君が生徒17番の名前を出したのは、22番から問いつめられて、誰かの名を出さなければならなかったからだ。困った君は、いちばん無難な名前をと思って、17番の名を出した。しかし本当は彼女じゃなかった。本当は――」

甲田は一息おき、そしてハッタリをかました。

「本当は、藤村綾さんだ。ちがうか？」

石持、そして両親が、はっとした表情で甲田を見た。ドアのむこうからはなんの反応もなかった。

「日垣里奈は、なぜかはわからないが、藤村綾について、ほかの誰も知らない秘密を知っていた。その秘密を君にだけ話した。

だが里奈は、すぐにそのことを後悔した。君を信用していたから、君を好きだから秘密を話したのに、君のほうは里奈さんのことをなんとも思っていなかったからだ。そのことが里奈にはわかったからだ。

それがすべての原因だと決めつけるつもりはないが、里奈さんは自殺した。君は急におそろしくなり、学校へ行くことができなくなった。君は——」

その時だった。ドアをとおして「声」がつたわってきた。

錆《さ》びついた水道栓をペンチで無理やりねじあけるのにも似た、異様な「きしみ」にみちみちた叫び声だった。

「あの子の声だわ」母親がうれしいような、とまどったような口調で言った。

「ああ」父親も、何ともいえない表情でうなずいた。

この二カ月、おそらく誰とも会話をしなかった生徒26番の発した「叫び」だった。その叫びが発されたこと自体が、甲田の言ったことに対するなによりの肯定だった。

「やったな」石持が甲田の肩をたたいた。「名推理だ」

「まずい……」甲田はつぶやいた。

「なに。なにがまずいんだ？」

「日垣里奈の自殺の原因が、瀬尾将の精神的虐待によるものではない。少なくともそれだけではないということが、わかっちまったじゃないか。ヤブ蛇とはこのことだ」

「なあ」石持がドアのほうにむきなおり、生徒26番によびかけた。

「君にもいろいろ事情があるだろうけど、いい加減で部屋から出てこいよ。ひきこもりなんてつまらないぜ」

「よせよせ。そんなありきたりな、手垢のついたことを言って何になる」甲田は、もうドアのむこうにはすっかり興味をなくした顔つきで言った。

「かまわんさ。いつまでもそこにひきこもっているがいい。案外それが正解なのかもな。今の世の中、わざわざ出てくるほどの値打ちなどありゃしないよ」


「瀬尾中生徒殺傷事件の真相」放送まで20時間02分

23 報告書

「日垣里奈の自殺を生徒26番だけのせいにしたのは、酷だったかもしれんな」あれだけ決めつけたくせに、事務所に帰ってきて早々甲田はそう言い、夜食のラーメンをすすっている同僚たちをあきれさせた。

「だってそうだろ。日垣里奈から26番へのコンタクト以前に、藤村綾から日垣里奈へ直接のコンタクトがあったにちがいないんだから。

日垣里奈はひょんなことから、藤村綾のなにかを知った。それを知った藤村綾はどうする？」

「口外しないでくれと頼むだろうな。あるいは、おどかすか」

「いずれにしても、日垣里奈にとって相当のプレッシャーだったことに間違いはない。父親の日垣吉之の証言を思いだしてみろ」

「あの子は隠し事をしない子。というより、生来的に隠し事ができない子なんです。

口外してはいけない、いけないと思うほど口外してしまうんです」

「一種の病気らしい。里奈のこの病気を、父親以上に気にしていたのは、じつは母親のほうだった。母親は里奈が五歳のとき、里奈を病院に通わせている。治療は効果があり、かなり改善のきざしをみせていた。

ところがその後両親が離婚し、里奈を父親の吉之が強引にひきとったことで、里奈の治療は中断してしまう。里奈の病気はふたたび悪化した。まさにそういう時に、里奈は藤村綾の秘密を知ってしまったんだ。

藤村綾は里奈に頼む。あるいは命令する。絶対にこのことは口外するなと。これが里奈にとってどれほどのストレスであり、苦痛だったことか。

誰にも言ってはならない。しかし誰かに言いたくてたまらない。ついに生徒26番には話してしまった。里奈自身、自分が話してしまったことで動揺した。

このことを藤村綾に知られたらどうしよう！　それで里奈は――」

「自殺したというのか」石持があきれて言った。「そんなことで自殺したりするかね」

「自殺ってのは、たいがいそんなもんだ。他人から見たら『どうしてそんなことで』という些細《ささい》な理由で、人は死ぬんだ」

「しかし十四歳の子供が――」

「子供だからこそさ」

「しかし、だ」べつの同僚がぼそっと言った。「もしそうだとすると、日垣里奈の自殺は、瀬尾将とはまったく無関係ということに――」

「問題はそこだ」甲田は苦渋の表情だった。「最初は絶対確実だと思われた『瀬尾支配』が、調べれば調べるほど根拠薄弱になっていく」

「ここにきてそんな弱気はこまるぜ」石持が言った。

「おれたちの作る番組の根本にかかわることじゃないか。すでに視聴者は、番組で『瀬尾支配』を見ることを期待しているんだ」

「しかし、事実は事実だ」

「あんたまさか、今になって路線を変更しようなんていうつもりじゃないだろうな」

「捏造だけはしたくないんだ」甲田はしぼりだすように言った。

「おれたちがこの番組を作ることを決めたのは、警察が捏造をしようとしたことに反発したからだ。それがおれたちまで捏造をしたのでは、警察と同列ということになってしまう」

「捏造がなんだってんだよ。みんなやってることじゃないか。あんたひとりがきれい事いったところで誰も感動しないし、感謝もしない。状況はなにひとつ変わりゃしないんだ」

「なに……」甲田は顔色をかえた。「もう一度言ってみろ」

「おれたちの作るものなんて、霞みたいなもんだ。オンエアしたそばから消えていくんだ。

日付がかわるころには、誰もおぼえちゃいないさ」

「きさま！」

「まあまあ」同僚たちがあわてて、双方を止めた。

「いまは仲間うちであらそってる時じゃない。番組の軌道修正をするならするで、方向性を決めなければ。放送まで20時間を切ってるんだから」

「しかし、そうなると」石持が言った。「日垣吉之のやったことは正しかったのかな」

「なに？」

「だってそうだろ。藤村綾のせいで日垣里奈が自殺したのなら、偶然とはいえその藤村を刺したことで、日垣吉之は結果的に娘のかたきを正確にうったことになる」

「！」全員が顔をひっぱたかれたようになった。

「待て。待て。そうじゃない」甲田は懸命の表情で言った。

「なにが、そうじゃないんだ。そもそもあんた自身が言ったことじゃないか」

「まだそう断定しちゃいけない。藤村が日垣里奈に知られた秘密とはどんなものだったのか、その内容を知るまでは」

「藤村綾のことになると、急に熱心になるな」石持が、からかうような口調で言った。「彼女は今や日本中から愛されている聖少女だが、あんたも彼女の信者になったのか？」

甲田は聞いていなかった。頭の中で考えていた。

(このことを飯沢に知らせるべきだろうか。瀬尾将無実の可能性が出てきたことを)

午前3時。その飯沢は、高橋友雄と対座していた。

瀬尾伸彦を甘言でたらしこみ、今回の事態をひきおこした張本人である。大金を着服し、海外へ逃げたと思われていたが、いつのまにか帰国していたのだった。

「どのつらさげて、と言いたいのかな?」高橋はにやにやしながら言った。

「そうでもあるまい。いま、この危機から瀬尾伸彦を救えるのは私しかいないんだ。どうだ。私にこの場をあずけてみないか?」

高橋は飯沢によって学園を追われたにもかかわらず、今回の混乱に乗じて舞い戻り、瀬尾グループ内の動静を正確に把握していた。

それだけではない。『反瀬尾派』の動きに加担し、瀬尾をより効果的に退陣させるための工作をすすめていたのだ。

学校法人を裏切った高橋を、『反瀬尾派』はむしろ積極的にうけいれた。

経営者としては無能に近いが、将来瀬尾グループの会長職につくことが確実な瀬尾伸彦に反発する者は多い。役員の中には高橋の「能力」を認知している者が今でも数多くいる。もし合法的に伸彦を失脚させることができるなら、たとえ大金を横領した高橋といえども大歓迎というわけだ。

高橋自身もそのことをよく承知していた。この種の身の処しかたにかけては天才的な男なのだ。

「『反瀬尾派』は、瀬尾電機の次の役員会で現専務を社長にする緊急動議を出すことをすでに決めている」高橋は言った。

「専務が社長に就任すれば伸彦は今後会長職はもちろん、瀬尾グループ内のいかなる要職にもつくことができなくなる。もちろんそれがグループ自体にとって最善であることは、誰の目にもあきらかだがね」

「そんなことが……」飯沢はかすれた声で言った。

「あるのさ。数日後にこれは現実になる」高橋は笑いながら言った。

「そうなる前にあんたの口から伸彦に、みずから辞任するよう進言したらどうかね。そのほうが、少しはましな結果になる」

「そんなことを言うために、わざわざ来たのですか」飯沢はけんめいに挽回につとめた。

「理事長には、辞任する気などまったくありません。私に言わせれば、あなたがたも思いきったバクチをうったものですね」

「バクチ?」

「わかっていますよ。世論だ空気だといいますが、要は明日放送される報道特番が、あなたがたにとってのすべてなわけでしょう?

この番組で将君がクラスのボスだったという結論が出されれば、理事長おろしの決定的な材料になる。だがもし、そうでなかったということになれば——」

「そんなことはありえないよ」高橋はあわれむように言った。

「どんな番組内容になるか、もう誰にだってわかっているんだ。そのことはあんたがいちばんよく知ってるはずだろう?」

「私はまだあきらめていません。将君の無実を証明できる可能性はあると思っています」

「そんなことを本気で考えるほど、あんたは馬鹿じゃないはずだ」高橋は口調をやわらげ、飯沢の肩に手をかけた。

「おれは伸彦はともかく、あんたの能力は買ってるんだ。このままじゃ、あんたは伸彦と共倒れだぜ。あんなやつと心中したって仕方ないだろ? 伸彦にとって不利な材料を、おれにわたしてくれないか」

「不利な材料?」

「あんたならいくつか握ってるだろ。職務上でもプライベートでも何でもいい。それと引き換えに、伸彦退陣後のポストをおれの手であんたのために用意してやる。約束する」

「ありがたい申し出ですが、お受けすることはできません。今日のところはお引き取りください」

「今日のところは、だって?」高橋は嘲笑した。

「まるでこの先があるみたいな言い方だな。数日後には伸彦はいっさいの社会的地位をうしない、あんたは路頭にまようことになるってのに」

高橋が部屋を出ていったあと、飯沢はがっくりとソファにすわりこみ、両手に顔をうずめた。高橋の言ったことはすべて正しい。それは飯沢にも十分わかっていた。

(おれはいったいなにをやってるんだ)飯沢は思った。

(やつのいったとおり、さっさと逃げだすべきなんだ。なぜここにとどまっている？　甲田にもいわれたとおり、本当にバカだ)

急に、ひどい疲れを感じた。

机の上には部下からの調査報告書がのっていた。2時間も前にとどけられたものなのに、まだ中を見ていない。普段の飯沢ならありえないことだった。

立っていって封筒をやぶり、報告書を見る。それだけのことを実行するために、たいへんな気力をふりしぼらなければならなかった。本心では、このままそのへんにぶっ倒れて眠ってしまいたかった。

しかし、報告書を手にとり、目をとおしはじめたときには、すでに本来の飯沢にもどっていた。

読みすすむにつれ、表情がひきしまった。報告書は島津聡子に関するもので、じつに興味ぶかい内容だった。もっと早くこれを読んでおかなかったことを悔やんだ。

飯沢はふと迷った。これを、あの甲田に知らせるべきだろうか。今のところ自分しかつかんでいない情報だ。甲田と共有すべきか。もちろん、そんなことはすべきではない。自分と瀬尾伸彦のためを思うなら。

飯沢はでかけるしたくをしようとした。その時電話が鳴った。甲田からだった。

〝言おうかどうしようか迷ったんだが〟甲田はそう前置きして、長欠生徒26番のこと、そして藤村綾と日垣里奈のことを話した。そしてあやまった。

〝すぐにあんたに知らせるべきだった。遅れてすまん〟

「なにを言うんです。よく知らせてくれました」飯沢は本心から言った。今しがたの自分の考えを恥じた。

「じつは、私のほうにも新情報があるんです。島津先生のことです」

〝島津先生の？〟

「電話では時間がもったいない。島津先生の病院でおちあいましょう」

11月8日。午前5時半。甲田と飯沢は、病院の廊下を島津聡子の病室へ足早にむかっていた。

「まだ外来はあいていません」と宿直の看護師たちが止めようとするのを、無理やり突破したのだ。

甲田は、ここへくる道々飯沢から聞かされた話が、まだよく理解できずにいた。

「あれは本当のことなのか。というか——どういうことなんだ、あれは?」

「私は以前文献で読んだことがあります」飯沢は足を早めながら言った。

「まさか島津先生があれを実践していたとは思いませんでしたが——私が先生に質問しますから、あなたは私に調子をあわせてください」

「そういうのは、まかせてくれ」甲田はにやりと笑った。

ふたりは島津の病室にはいった。室内は暗かった。甲田は灯《あか》りをつけ、眠っている島津聡子をゆりおこした。ひどいことをするものである。

島津が目をさました。何事かという顔でふたりを見る。

「なんです、あなたがたは。こんな時間に。看護師を呼びますよ」

「先生。あなたはとても重要なことをわれわれに隠していましたね」かまわず、飯沢が言った。

「重要なこと? なんのことです?」

「Sメソッドですよ」飯沢は言った。

「生徒のひとりをS、すなわちスパイに仕立てて、クラスの動向を逐一調べさせ、報告させるクラス管理手法・Sメソッド。

数年前、日本と同じく校内暴力や学級崩壊が深刻だったある国の教育界で試験的に実施され、一定の成果をあげたことから世界中で採用する動きがひろがりました。日本でも導入が検討されていましたが、その後生徒や教師の間に、精神疾患者や自殺者が逆に増加傾向をみせたことから、あわてて封印されたんです。Sメソッドの実験はなぜ失敗したのか、なにが問題だったのか、なにひとつ解明されないままに。

日本教育界の最大のタブー・Sメソッド。それを島津先生、あなたはひそかにおこなっていた。自分のクラスを実験台として。そして」飯沢は言葉をきり、そして言った。

「あなたの使っていたSは、藤村綾だった。そうですね」

それを聞いた島津聡子の反応は、すさまじいものだった。

顔から血の気がひき、両目がみひらかれた。口があんぐりとひらいた。悲鳴がもれでてきた。耳をふさぎたくなるような悲鳴だった。

島津先生

私と先生の間で契約が成立したことを、何よりも先生ご自身のために祝福したいと思います。

今後先生のおとりになる行動がどのようなものであれ、私たちは全面的にこれを支援することを誓約いたします。

「瀬尾中生徒殺傷事件の真相」放送まで15時間09分

Ⅲ

11月8日（放送当日）

24
実験台

Sメソッドのマニュアル本はすべて焼却処分されたことになっているが、何部かがそれをまぬがれ、コピーされ、ひそかに売買されつづけている。

Sメソッドをおこなうことは重大な犯罪であるが、崩壊状態におけるクラスに秩序をあたえるためには劇的な効果があると、一部の教育者の間では今でも信じられているからである。

「Sといえば、警察や公安によってスパイに仕立てられた暴力団や過激派の構成員のことだ。そのSと、呼び名も役割もまったく同じじゃないか。そんなことを生徒をつかってやっていたのか」甲田はあきれた顔で言った。

「島津先生。あなたがSメソッドの実践にふみきった理由はなんですか」飯沢は島津にたずねた。

「………」島津はうつむいたまま答えなかった。

「あなたはクラスの運営に問題をかかえていた。もっとも、いまの日本の学校で、問題をかかえていない教師などいないでしょうがね。

あなたはSメソッドのシミュレーションを何度もやっていた。現場での実践が法律で禁じられていることは知っていたが、ある日、どうしてもやりたくてたまらなくなった。クラスの荒廃。学級崩壊。それももちろんあったでしょう。しかし最大の理由は『実験』というものの魅力、それ自体にあったのではないですか？」

その言葉に、甲田はおもわず飯沢の顔を見た。島津はわずかに肩をふるわせたが、視線をあげようとはしなかった。

「あなたは自分のクラスを実験場にして、自分の生徒たちを実験台にして、Sメソッドの実験をしたいと願った。ある種の研究者にとって実験とは、それほどの誘惑をそなえたものなのです。自分の望む実験をするためなら、自分の人間性を捨ててもかまわないと思うほどに」

飯沢の言葉をききながら、甲田は思い出していた。刑事のメモ――。

最初の聞き取りの時、「〝再現実験〟をやってましてね」と言うと、島津聡子は「やめてください！」と顔色をかえて抗議した。

よほど実験というものが嫌いなのか。そうではない。実験というものが好きで好きでたまらないからこそ、他人が自分のクラスに関する実験をおこなうことが許せなかったのだ。

「どうやって、藤村綾をSに仕立てあげたんです」飯沢の質問はつづいた。「そもそも、なぜ彼女を選んだんですか？」

「あの子は『自由』というものの本質をよくわかっていたからです」観念した口調で島津は言った。

「自由は、野放図の中からひとりでに生まれるものなどでは絶対にありません。『よき管理』のもとで初めてあたえられるものだということを、わかってくれたんです。

彼女はほんとうにいい子でした。私の意図をすぐさま理解して、自分から協力しようと申しでてきたんです」

（どうだかな）甲田は腹のなかで思った。（死人に口なしじゃないか。本当はなにかをネタに脅迫したんじゃないのか）

島津聡子はぽつりぽつりと、藤村綾との「協力関係」について話した。

藤村が報告する。島津が対処する。そのくりかえしで、クラスがすこしずつ、確実によくなっていったことを。

なつかしそうな、おだやかな表情だった。こんな顔の島津聡子をみるのはこの二日間で初めてだと、甲田も飯沢も思った。

「それにしても、驚いた話だ」聞くだけ聞いたあと、甲田はうめくように言った。「もはやクラスのボスがどうとか、そういうレベルの問題じゃない。教師が生徒をスパイに仕立てて、クラスを監視していたとは。『瀬尾支配』を上回るスケールの支配だ。

しかも生徒たちは、その監視の存在自体にきづいていない。自分たちの同級生が教師と結託して、自分たちの監視に手を貸しているなどとは、夢にも——そうか！」甲田はしきりにうなずいた。

「生徒たちが感じた『変なもの』とはそれだったんだ。クラスの中に、なにか異質なものがいる。『変なもの』がクラスの中にいて、なにかをしてまわっている。生徒たちは本能的に感じとっていたんだ。異物感を。

その『変なもの』が、いつのまにか○○だということになって、噂としてひとり歩きしはじめた……」

「藤村綾がSであることは絶対の秘密のはずでした。しかしその秘密は日垣里奈に知られていた」飯沢が言った。

「どうしてだかはわかりませんが、里奈は知っていたんです。藤村が自分たち生徒にとっての『裏切り者』だということを。そして藤村綾も、自分の秘密を里奈に知られたことを知っていた。

藤村は口止めをする。おそらくこのような言い回しをつかって」

クラスのために黙ってて。もし口外すればクラスの不利益になる。あなたこそが裏切り者ということになるのよ。

「日垣里奈は悩んだ。悩んだすえ自殺した。その直前、好意をよせていた生徒26番にだけは秘密をうちあけた上で。もちろんSメソッドという具体的な名はださなかった。そのため生徒26番は——」

ここで甲田が口をはさんだ。「ところで藤村綾は『瀬尾支配』を知っていただろうか。彼女の目に『瀬尾支配』は見えていただろうか？

Sメソッドによる支配が、教師主導の、いわばマクロな支配であるのに対し、『瀬尾支配』は、生徒による生徒のミクロ支配、『支配体制の中の支配体制』だ。

生徒たちだけで構成された、他者にはうかがいしることのできない世界で、Sである彼女には『瀬尾支配』が見えていたはずだ。もし——」

「もし『瀬尾支配』なるものが本当にあったのなら、ですがね」飯沢が補足した。

「『あったのなら』とは何だ。あったんだ！」甲田は叫び、いかにも残念そうに舌打ちした。

「あぁくそ、藤村綾が生きててくれたらなあ。彼女こそは、2年4組の実情を誰よりもよく知っている、ただひとりの存在だったんだ。彼女がひとこと『それはあった』と証言してくれさえすれば、すべてうまくいくのに」

「島津先生。あなたにとっても、藤村綾に死なれたことは大きな『損失』だったはずです」

飯沢が島津に言った。

「藤村綾がいれば、あなたも、今回の身の処し方を、もうすこしうまくできたかもしれない。あなたは、あなた自身がかんがえていた以上に、藤村綾に多くを依存していたんです。きっと」

「島津先生」甲田はほとんどすがるような口調になっていた。「藤村綾はクラスの内情を逐一あなたに報告していた。そのなかに『瀬尾支配』に関するものもあったはずだ。あなたはそれを聞いた。そうですね？」

「いいえ。あの子が——瀬尾君がそんなことをしていたなんて、聞いたことはありません」

島津は首をふって言った。本心からのように見えた。

「本当に、一度も聞いたことはないんですか⁉」

「聞いたなら聞いたと言います。どう答えれば、あなたがたは満足するんですか」

「あんたね。そんな言いかた！——」甲田はかっとなって、島津につめよろうとした。飯沢があわてて止めた。

「興奮しちゃいけません。あなたはちょっと廊下に出ていてください。僕が一対一で話してみますから」

「ああそうかいそうかい。わかったよ」甲田はおおげさにうなずいてみせた。「あんたはさぞかしいい気持ちだろうよ。自分の考えが当たったたんだからな。くそっ、おれの番組はいったいどうなるんだ」

荒々しくドアをあけて出ていった。


「あなたが率直にSメソッドについて話してくださったことには感謝しています」島津がおちつくのを待って、飯沢は言った。

「あなたは今現在、自分がSメソッドを現場で実践したことについて、どのように思っていますか」

「………」島津は顔をこわばらせたまま、答えなかった。

「お答えになりたくなければけっこうです」飯沢は言った。こんなことより、もっとずっと重大なことがあるのだ。そのために甲田を外に出したのだ。

「先生におうかがいしたいことがあります。これは甲田にも誰にも言っていないことです。これからも僕ひとりの胸におさめ、絶対に他言はしません。約束します。ですから、どうしても答えていただきたいのです。

質問はふたつです。まず島津先生、あなたは二十歳のとき、整形手術をうけていますね」

島津ははっとしたように飯沢を見た。

「顔にけがをしたのです。それで」

「しかし結果的に、あなたの容貌は以前とはかなり変わることになった」

「……」

「手術の費用を出したのは、瀬尾伸彦氏ですね」

「生活全般の面倒を見ていただいていましたから」

「なるほど。もうひとつの質問は、瀬尾将君のことですが」

島津は、次にこの質問がくることを予期していたようだった。顔の筋肉がこわばっているのがはっきり目に見えた。

「あなたが将君をことあるごとにひいきしていたことは、生徒全員が知っています」

「それは誤解です」島津は即座に答えた。「そんな事実はありません」

「ではどんな事実があったのです？」

「……」

「島津先生。もう、そういう態度では通らないところまで来てるんですよ」飯沢はあわれむような表情で言った。「私は先生を助けたいんです。どうか質問に答えてください。たったひとつのことです」

飯沢は、慎重のうえにも慎重に言葉をえらびながら言った。

「失礼ですが、先生のお齢は――」

廊下でばたばたと足音がし、ドアがぶちあけられた。甲田がとびこんできた。「おい大変だ!」

「いま大事な話の途中なんだ!」飯沢は、この男にはめずらしく、血相をかえて甲田をどなりつけた。

「どんな話か知らんが、こっちのほうが最優先だ」甲田は叫んだ。

「警察からの電話だ。日垣吉之が、犯行時の記憶をとりもどしたんだ」

「なんですって!?」

「今度こそはっきりするぞ。やつの本当の標的が誰だったのか」

甲田はふたたび廊下へとびだした。飯沢は一瞬未練そうに島津聡子をみたが、次の瞬間、甲田を追ってとびだしていった。

「瀬尾中生徒殺傷事件の真相」放送まで12時間40分

25 標的

午前8時20分。甲田と飯沢は警察署へとびこんだ。日垣吉之との直接の面会は当然ながらゆるされなかった。

そのかわり日垣から聴取をした刑事と、それにたちあった医師が甲田と飯沢に説明した。例の捏造疑惑以来、警察はイメージ回復をはかるため、本来ならありえないレベルまで、甲田たちに協力せざるをえなくなっていた。

「明け方近く、急に大声をあげて看守をよびつけたんだ」

刑事が言った。

「今の日垣は、この四日間われわれが見てきた人間とは別人のようだよ。あるいはこっちのほうが日垣の本当の姿なのかもしれんがね」

日垣は獣の形相だった。

「おれをここから出してくれ。あいつがまだ生きている。あいつを殺すことができなかった。

藤村さんを殺したのはまちがいだった。藤村さん、ゆるしてください！」

　怒ったり泣いたり、たいへんな騒ぎだった。

「日垣はなんと言ったんです」甲田は刑事にせまった。

「あいつとは誰のことです。瀬尾将ですか。そうなんでしょう⁉」

　甲田にとっても飯沢にとっても、ここが勝負どころだった。標的は瀬尾将だったと日垣が言ったのなら甲田の勝ち、そうでないのなら飯沢の勝ちだ。

「まあ、順番に話させてくれ」刑事はふたりの勢いにおされながら、メモをとりだした。

「日垣が思い出した最初の記憶はこうだ。日垣は犯行の前日に、藤村綾とファミレスで会っ……………………て話をしている」

「なんだって」甲田と飯沢が同時に叫んだ。「犯行前日にあのふたりが会っていた⁉」

「藤村が日垣を呼びだしたんだ。彼女は――」

「待ってください」甲田が言った。「藤村が日垣をよびだしたんですか。日垣が藤村をよびだしたんじゃなく？」

「藤村綾が日垣吉之をよびだしたんだ。日垣はそう言っている」

「なるほど、さすがにSだ。よくはたらく子だ」飯沢がつぶやいた。

「うん。S？」刑事が聞きとがめた。

「なんでもありません。続けてください」

「藤村綾はこう言ったそうだ。『里奈は、あなたの思っているとおりの人から精神的虐待をうけたために自殺しました。わたしが里奈のかたきを必ずうってあげます。だからもう学校へはこないでください』」

「やった！」甲田はとびあがった。「それは瀬尾将のことだ」

「瀬尾将と、はっきり言ったんですか」飯沢がたずねた。

「言ったかもしれないが、その名前自体はおぼえていないそうだ」

「どういうことですそれは？」

「記憶がまだ断片的なんですよ」医師が口をそえた。

「名前なんか出さなくたって、瀬尾将以外にはありえない」甲田は意気揚々とした口調だった。「ほかに誰がいるというんだ」

「しかし日垣は、藤村がそこまでうけあったのにもかかわらず、翌日教室を襲撃した。なぜです？」飯沢が言った。

「そこですよ」医師が言った。

「日垣は重度のアルコール依存症でしたが、外見上は比較的まともです。藤村は日垣が、すくなくとも自分の言うことを理解できる程度にはまともだと信じて話をしました。だがそうじゃなかったんです」

「藤村の言葉を、右から左へ聞きながしてしまったんですか」

「そういうことです。このほかにも日垣の記憶は――」

「記憶。記憶」甲田はじれて、拳で机をたたいた。

「犯行時の記憶は！　ほかの記憶はどうでもいい。包丁をふりかざして瀬尾将を追った、あの数秒間の記憶はあるんですか。ないんですか」

「もちろんある」刑事がとりだした数枚のメモには、鉛筆で図が走り描きされていた。「私がメモした、日垣の記憶だ」

甲田と飯沢は、メモにとびついた。

以下は、これをもとにした二回目の「日垣主導の再現」である。

26 日垣主導による再現（2）

ⓐ

日垣が教室に侵入。図53
瀬尾将が前方へ逃げていく。しかし日垣はこのことには気づかなかった。

「『気づかなかった』とはどういうことです？」甲田は叫んだ。「将は眼中になかったというのか。標的じゃなかったというのか」

「そこまではわかりません」医師がいった。「ただ、すくなくともこの時点では、日垣にとって瀬尾将は関心の埒外《らちがい》だったようです」

「やはり日垣の目的は、無差別殺人だったということなんでしょうか」飯沢が言った。

「決めつけるのは早い」甲田が言った。「まだこの時点では、ということだろう。これから

図53

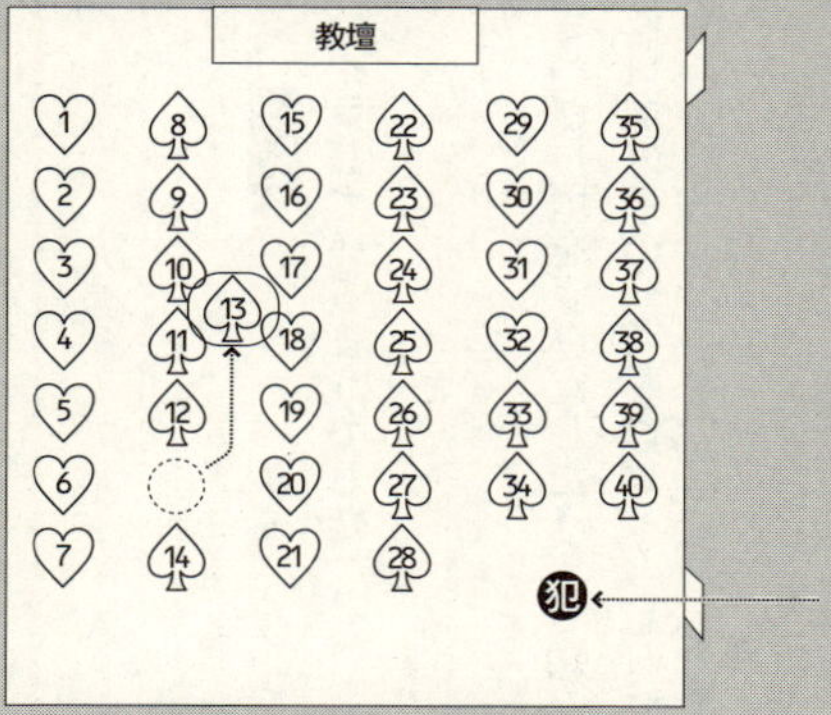
教壇
1
2
3
4
5
6
7
8
9
10
11
12
13
14
15
16
17
18
19
20
21
22
23
24
25
26
27
28
29
30
31
32
33
34
35
36
37
38
39
40
犯

先、数秒後に、将にたいする殺意がうまれるかもしれないじゃないか」

「そう。このときの日垣の精神は、興奮状態にくわえて、きわめて不安定でした。突然どのような方向にふれてもふしぎではありませんでした。ただし」

「ただし何です!?」

(b)

藤村綾がちかづいてくる。図54
日垣「彼女はひどくイライラしているようでした」

「あたりまえだよ」甲田が言った。

「この前日に藤村は、わざわざ日垣をよびだしたうえで頼んでいるんだ。もう教室にはこないでくれって。それなのに日垣はその約束をコロッと忘れて、のこのこ教室にあらわれたんだから」

図54

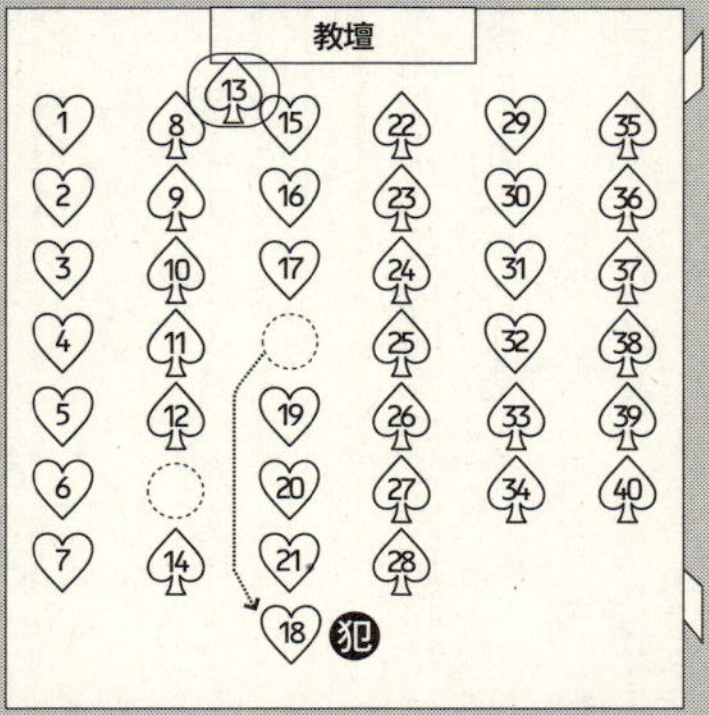
教壇
1
2
3
4
5
6
7
8
9
10
11
12
13
14
15
16
17
18
19
20
21
22
23
24
25
26
27
28
29
30
31
32
33
34
35
36
37
38
39
40
犯

（c）

藤村は日垣をともない、出口へむかう。 図55
それを見て瀬尾将が笑う。日垣は――

「日垣は怒った。瞬間的に、瀬尾将にたいして殺意をいだいた。そうですね？」

「それが違うんだ」刑事が言った。

「違うってなにが!?」

「日垣本人がそう言ってるんだよ。この時点でも瀬尾将には関心がなかった。そもそも、自分が笑われたこと自体、気がつかなかったと」

――瀬尾将が、あんたのことを笑ったんだよ。

「そうですか」

――なんとも思わなかったの？

「べつに。そのときは頭がいっぱいだったものですから」

――いっぱいだった？　なにで？

図55

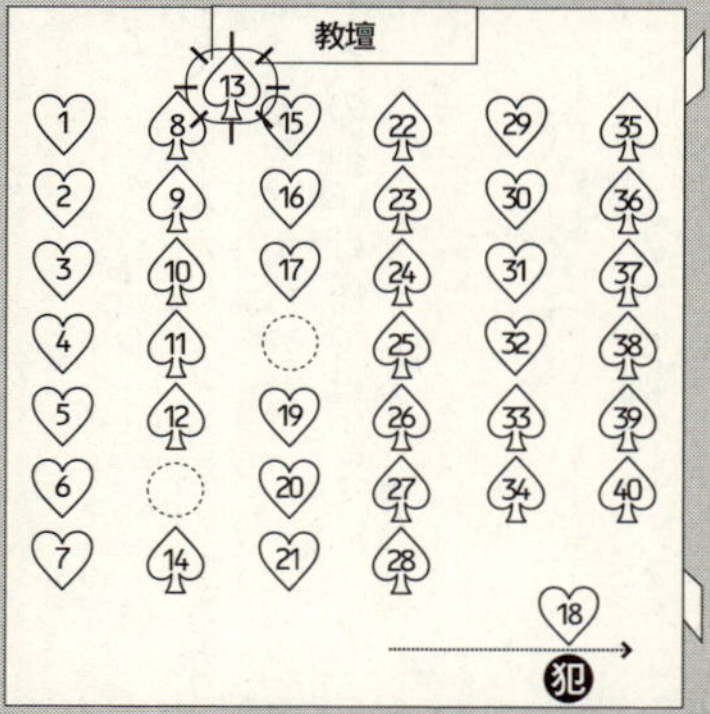
教壇
13
1
8
15
22
29
35
2
9
16
23
30
36
3
10
17
24
31
37
4
11
25
32
38
5
12
19
26
33
39
6
20
27
34
40
7
14
21
28
18
犯

「……（よく聞きとれない）」

——将がクラスのボスだったということは知っていたか。

「そうらしいと聞いたことはあります」

——将は、あんたの娘の里奈さんを精神的に虐待していた張本人だったかもしれないんだよ。

「そうだったんですか」

——そうだったんですかって、あんたは、そう思ってなかったの？

「そこまで頭がまわりませんでした」

——くりかえすけど、あんたの狙いは将では……。

「ありませんでした」


「嘘だ！」甲田が叫んだ。「日垣は嘘をついている」

「いいえ、日垣は嘘はついていません」医師がいった。

「あのとき自分のしたこと、思ったことを、ありのままに話したんです」

「しかしそれでは——」

「先生」飯沢が言った。「日垣はなにで『頭がいっぱい』だったんですか。日垣の本当の関心は、どこにあったんですか？」

「私も何度も聞きなおしました。それではっきりしました。関心の対象は、なかった」

ふたりは呆然とした。「なかった?」

「このとき、この場所にはなかったんです。日垣はあてがはずれ、がっかりして、帰ろうとした」

「待ってください。なかったとはどういうことです。このとき、教室には生徒全員がいたはずなのに」

「いなかった者がふたりいます。長期欠席の生徒26番と、そしてもうひとりは――」

(d)

日垣は廊下に出た。そして見たのだ。島津聡子教諭を。図56
島津は廊下前方、出入口の近くに立っていた。

「島津先生!?」甲田と飯沢が同時に叫んだ。「しかし、このとき島津先生は――」

「職員室にいたことになっている。本人がそう証言していた。しかしそれは嘘だった」刑事が言った。

「実際はこっそり職員室をぬけだして、この場所にいたんだ。廊下で彼女の姿を見たと証言する者が複数あらわれた。信用度は高い」

「なぜ島津先生は嘘を――」飯沢がいいかけたが、

「先生」甲田が血相かえて医師にたずねた。「ということは、日垣の標的は――」

「そう。島津聡子だったんだ。この日の朝、飲みすぎで頭がもうろうとしていた日垣はそのことをずっと忘れていたが、この瞬間に思い出した。島津本人の顔を見た瞬間に」

「じゃ、それまでの日垣は――」

「無目的に教室をうろついているだけだった。島津がいたら刺すつもりだったが、いなかったので帰ろうとしたんだ。その後たまたま島津にでくわしたので――」

「なぜです。なぜ島津先生をねらわなければならなかったんです」

「その前に、このあとの島津の挙動に注目してみよう。驚くべきことをしているんだよ。島津聡子は」

(e)

日垣は通学鞄から包丁を取り出す。島津にむかって突進しようとする。これに対して島津はどう反応したか。

図56

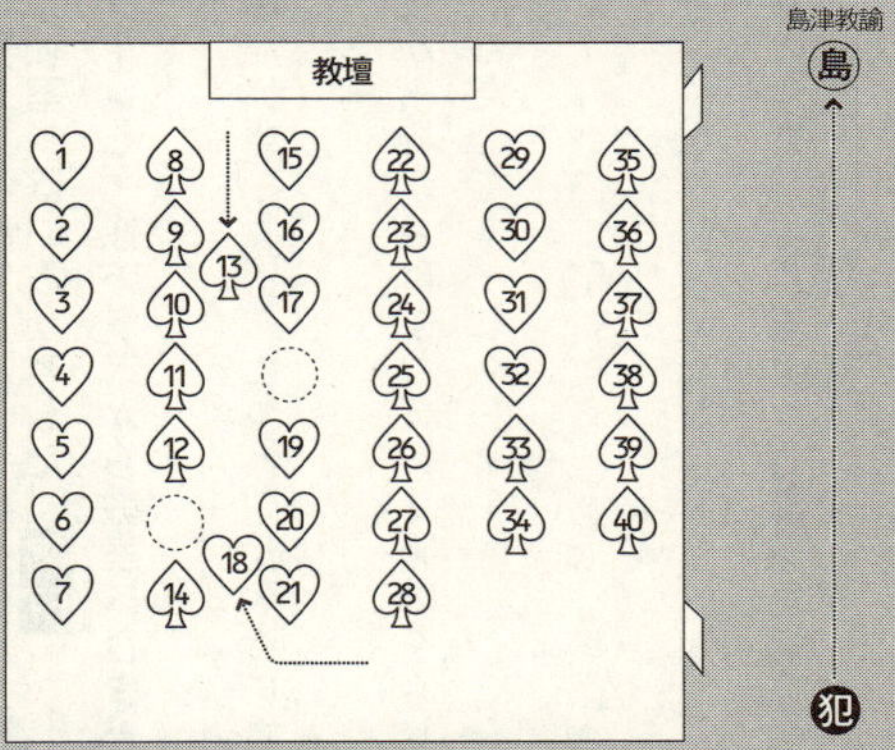
島津教諭
島
教壇
1
2
3
4
5
6
7
8
9
10
11
12
13
14
15
16
17
18
19
20
21
22
23
24
25
26
27
28
29
30
31
32
33
34
35
36
37
38
39
40
犯

「笑いました」

――笑った？

「私にむかって笑いかけたんです。本当です。そして」

島津は前方のドアから教室へはいろうとした。 **図57**

日垣はそれを見てUターンし、後方ドアから教室へひきかえした。

「前方ドアへむかっておいかけるより、せっかく近くにドアがあるのだから、こうしたほうがいいと思ったのです。

このほうが、島津先生が視界からはずれている時間をみじかくすることができる。正しい考えだと、そのときは思ったのです。しかし――」

（f）

包丁を手に教室内にもどった日垣は驚く。当然教室前方にいるはずの、島津の姿がなかったのだ。 **図58**

日垣は呆然となる。どういうことなのかわからず、立ちすくむ。生徒5番（女）と7番

図57

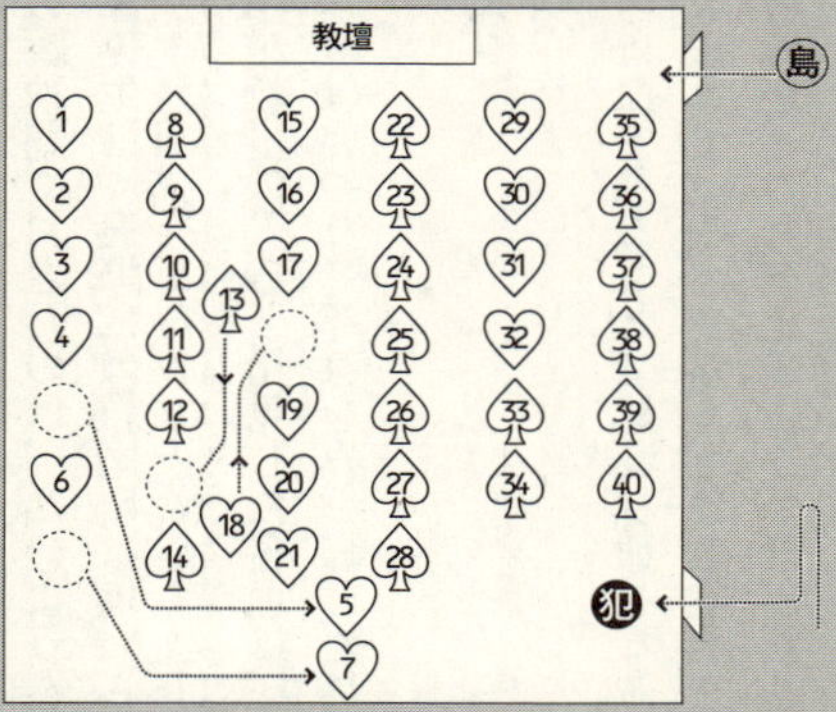
教壇
島
犯
1 2 3 4 6
8 9 10 11 12 13 14
15 16 17 18 19 20 21
22 23 24 25 26 27 28
29 30 31 32 33 34
35 36 37 38 39 40
5 7

図58

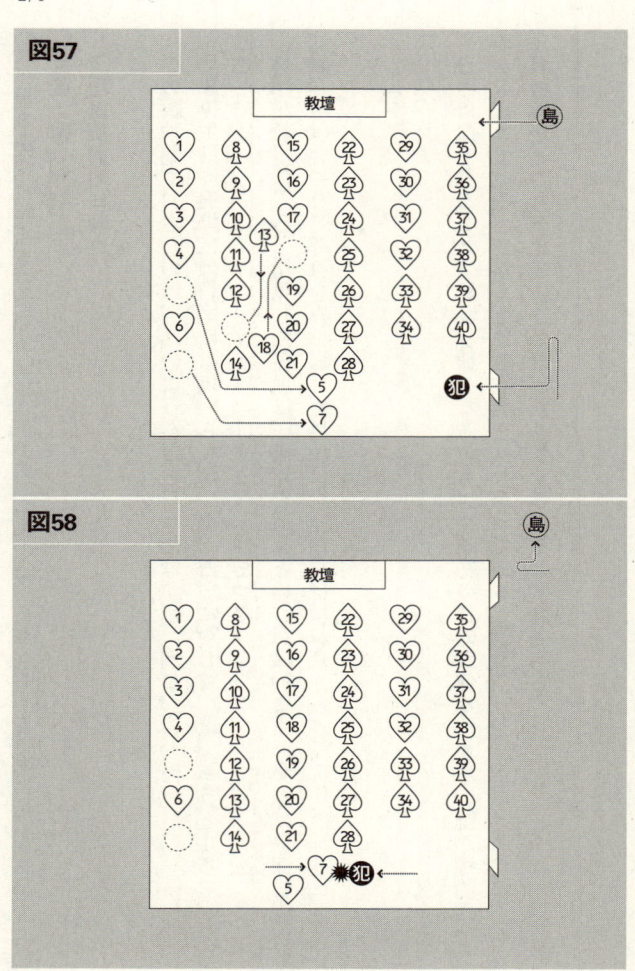

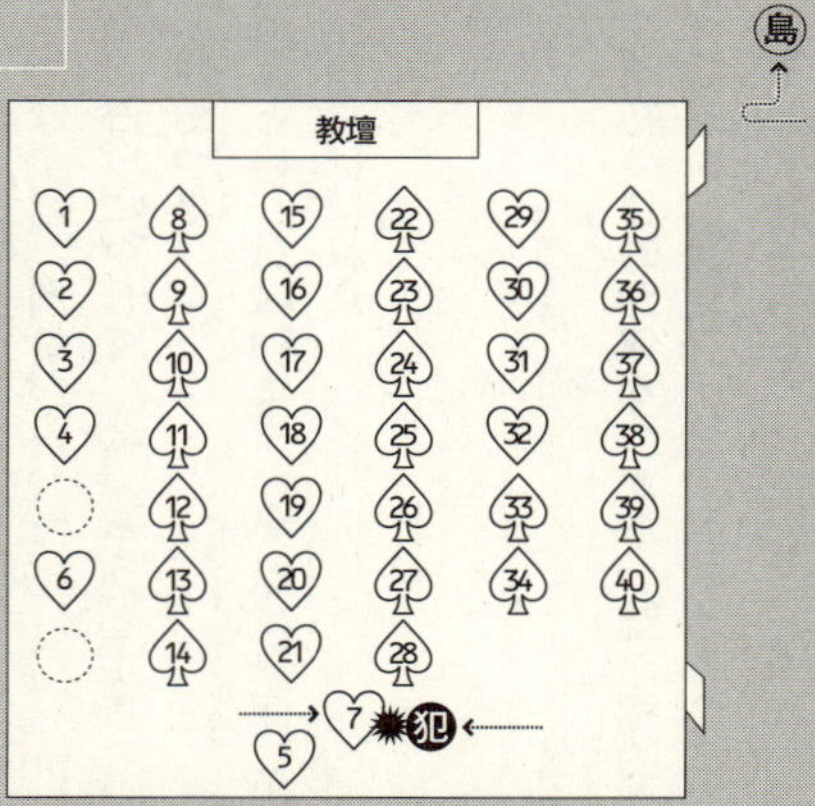
島
教壇
1 2 3 4 6
8 9 10 11 12 13 14
15 16 17 18 19 20 21
22 23 24 25 26 27 28
29 30 31 32 33 34
35 36 37 38 39 40
7 犯
5

（女）がちかづいてくる。
生徒7番「邪魔だよ。モン！」
日垣は反射的に刺す。

「この数秒間におきたのは、このようなことだったはずだ」刑事が言った。
「島津先生は、実際には教室にははいらなかった。日垣に対して、はいろうとするそぶりを見せただけだ。それだけで泥酔状態の日垣には十分だった。島津が教室に入ると錯覚した日垣は、島津を追うという意識のまま、実際は島津に先行して教室にはいった。それをみとどけた島津は教室からはなれた」

（g）

日垣は血を見たことで錯乱状態となる。もはや最初の目的が何なのかも、誰が標的だったのかも忘れている。やみくもに教室前方へむかって走る。図59
藤村綾が、これを止めようと飛びだしてくる。そして刺される。

図59

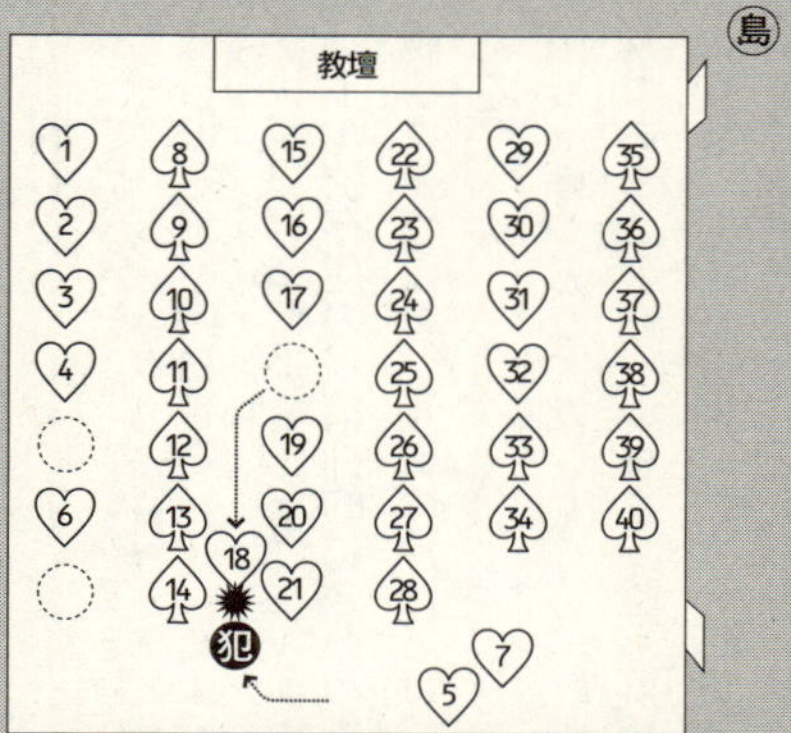
島
教壇
1
2
3
4
6
5
7
8
9
10
11
12
13
14
15
16
17
18
19
20
21
22
23
24
25
26
27
28
29
30
31
32
33
34
35
36
37
38
39
40
犯

「日垣が島津先生を敵視していたことは、十分理解できます」医師がいった。「自分の子供がクラスで精神的虐待をうけて死んだ。虐待の犯人ははっきりしない。となれば、当面の標的として、憎しみが担任教師にむかうのは、むしろ順当な心理です」

「………」あれほど、どの場面でもおしゃべりだった甲田が、いまは真っ青な顔でおしだまっていた。かわりに飯沢が質問した。

「日垣の心理はまあいいとして、わからないのは島津先生の行動です。今の再現が本当だとすると、まるで島津先生は日垣を教室内にさそいこんだように思えます」

「そう。まさにそのように見えますね」医師はうなずいた。

「しかしなぜです。アルコール依存症の、精神的にきわめて不安定な男を、自分のうけもつ生徒たちのいる教室内へ誘導するなんて、正気の沙汰とはおもえない」

「正気ではなかったとしたら?」

その言葉に、飯沢も甲田も、はっとなった。

「島津先生が精神的に正常であることを、いままで誰も疑いませんでした。誰もそんな可能性に思い当たらなかったのです。しかし今回の彼女の行動を見るかぎり――」

「つまりこういうことですか。島津先生は、日垣の狙いが自分であることを十分に承知していた。しかも日垣がアルコール依存症であり、記憶を簡単にうしなうことも知っていた。その上で日垣を教室内に誘導し、自分はその場から逃げた。生徒たちを自分の身代わりにして……」

「馬鹿な」甲田がつぶやいた。「ありえない。いくらなんでも、そんな」

「ありえないと思われていることが、いとも簡単におこるのが今の世の中だ——そういったのはあなたではなかったですか?」飯沢がいった。

「………」

(しかしじつは、僕もひっかかっていることがひとつあるんですよ)飯沢は言葉には出さずにつぶやいた。

(教室には瀬尾将がいる。島津がいくら狂っていたとしても、たとえ他の生徒全員を犠牲にすることを望んだとしても、将だけは危険にさらしたくないはずなんです。なぜなら——)

「いずれにしても、島津先生に話を聞かなきゃな」刑事はいった。「今までは参考人だったが、もうそれ以上だ。すでに病院内で拘束したはずだ」

「いれちがいでしたね」飯沢がいった。「さっきまで僕たちは、その島津先生と話を——」

刑事の携帯が鳴った。「ちょっと失礼——なにっ!? なぜすぐ連絡しない? 探してた?すぐみつかると思って? バカ野郎!」

ふたりにむきなおった刑事は、苦虫をかみつぶした顔そのものだった。

「島津が病院から逃げた。警官が到着するまで監視をまかせていた看護師を、消火器で殴りたおして」

「瀬尾中生徒殺傷事件の真相」放送まで10時間02分

27 逆転

「しかしこれで島津聡子は、自分の罪をみとめたようなものだ」刑事が言った。「島津が疑惑の圏外にいられたのは、日垣の記憶がうしなわれていたからだ。記憶がもどった今、自分もまた責任を問われなければならないことを知った。だから逃げたんだ。緊急配備だ。島津をつかまえる」刑事は部屋をとびだしていった。

「あなたには気の毒な結果になりましたね」飯沢は甲田に言った。「島津先生が逮捕されれば事件の全容があきらかになります。『瀬尾支配』などなかった。たとえあったとしても、今回の事件には直接の関係はなかった。すべては日垣と島津先生の間だけのことでした。日垣は島津先生を刺そうとして、あやまって藤村綾を刺した。これが今回の事件の真相です。

このことがはっきりしたいま、あの番組を放送すれば、あなたがたは満天下の笑いものになりますよ」

「………」甲田はなにも言えなかった。ただうつむき、ぶるぶる震えていた。

「放送は、確実に中止になります」飯沢は瀬尾伸彦の前で報告した。「将君は無実であることが確定しました。同時に、グループ内の現体制も安泰です。理事長の全役職に対する解任動議を出すと表明していた役員たちには、人事部と相談の上、全員降格か、それ以上の処分を検討しています」

追放する立場から一転して追放される立場になった役員たちは、全員が飯沢の前で罪を悔いてみせたが、飯沢は容赦するつもりはなかった。せっかく反乱分子があきらかになったのだ。グループ内のウミを出すいい機会だ。

ただ元凶の高橋友雄を処分することには、今回も失敗した。事態の逆転を察知すると同時に、逃走してしまったのだ。まったくもって逃げ足の早い男だった。

瀬尾伸彦はいかにも満足そうだった。おまえとの約束をはたそう、と飯沢に言った。北朝鮮産の松茸を、腹いっぱい食べさせてやる。

甲田諒介の事務所はお通夜のようだった。テーブルには出前のランチがならべられていたが、まったく手がつけられていなかった。島津聡子が逃走してから2時間がすぎていた。

「放送中止を進言するしかないな」石持が言った。「編成部に電話する」

「待て」受話器をとりあげようとした石持を、甲田が必死の形相で止めた。「納品は17時だ。

まだ5時間ある」

「なんのための5時間だ。こうしてただぼんやりしてるだけの5時間か？　局だって対応を協議しなきゃならないんだ。早いほうがいい」番号をプッシュしはじめた。

「待てというんだ！」甲田は受話器をひったくり、架台にたたきつけた。

「現実をみとめろよ。甲田」石持はつめたい目で言った。「おれたちは負けたんだ」

「負けてない。おれはまだ負けた気がしない」

「そんなのは、あんたひとりの勝手な——」

「時間をくれ。1時間、いや30分でいい」甲田は必死だった。「なにかあるはずだ。いやあるんだ。逆転する方法が。なにかひっかかってるんだ。頭の中になにかが——」

「10分だ」石持は言った。「10分間だけ待とう」

甲田は考えはじめた。この男にとってこれほど懸命に、全身全霊でものを考えたのは生まれて初めてのことだった。

どこかにあるはずだ。逆転のための手掛かりが。

すぐ近くに、手をのばせばとどくところにあるのに、それに気づかないだけなのだ。気づくことができさえすれば——。

「甲田さん。電話ですよ」スタッフが言った。

「今それどころじゃない。いないと言え！」甲田はわめいた。

「冬島さんからですけど」

「冬島——警察やめたあの冬島か？」甲田はあわてて近くの受話器をとった。

「あんたか。からだの具合はどうだ？」

〝あれからいろいろ考えたんだけど〟冬島康子の声には力がなかった。

〝自分のしたことが正しかったのかそうでないのか、もうわからないわ。あなたには悪いけど、今夜の特番を見るのは、今のわたしには耐えられない〟

「………」

〝これから外国へ行こうと思うの〟

「外国？」

〝何だかんだ言って、日本にいるかぎり、あの番組を見てしまうにちがいないから。見ずにすませるためにはそうするしかないのよ〟

「あのなあ……」

〝なに？〟

甲田は泣きたい気分だった。その番組がいまこの瞬間命を絶たれる寸前なんだ、わざわざ日本を脱出する必要などおそらくないんだと言いたくてたまらなかったが、

「いやなんでもない。で、外国ってどこへ？」

〝シドニー。オーストラリアの〟

「オーストラリア？」

〝わたしが十五歳のときに父が死んで、母はオーストラリア人の男性と再婚したの。ひさしぶりに母に会ってくるわ〟

「そうか。まあ気をつけて」甲田は電話を切った。「おふくろか……」

「10分たったぞ」石持が言った。

「えっ⁉」甲田は目を白黒させた。「今のは、今のはちがう。電話がかかってきて――」

「言いわけするな。約束だ。局に電話する」

「くそ」甲田はうめいた。「くそっ！」

石持はかまわずダイヤルした。「石持だ。編成部長をたのむ」

甲田は死人のようにぐったりと、椅子にからだをあずけた。他のスタッフたちはもう完全にあきらめムードで、投げやりな笑い声をあげながらおしゃべりをしていた。

瀬尾将の写真が何人もの手でとりあげられ、指ではじかれた。「このワルガキの勝ちか。日本中に蔓延している生徒たちの受難に、一石を投じられると思ったが」

「結局、金持ちには勝てないってことさ」

「この場合、金持ち云々は関係ないだろう。あの女教師が問題だったわけで」

「なかなかつながらないな。こんなときにかぎって」石持が電話をあごにはさんでささえながら、タバコに火をつけた。

「それにしても、このガキは父親に似てないな」

「瀬尾伸彦は死別した妻のほかに、愛人を何人もかかえてるんだ。そのうちどれが本当の将の母親なのか、公表されていないのでわからない」

「そんな昭和初期みたいな話が今でもあるのか」

「どうだっていいじゃないか。もう」

(あのとき)甲田はぼんやりと考えていた。

(おれが、日垣の記憶が回復したという知らせをもって病室へかけこんだ時、飯沢は島津となにか話をしていた。おれがわりこんだので、ひどく怒っていた。なにを話していたんだろう?)

「編成部長ですか。石持です」電話がつうじたらしく、あわてて夕バコをもみ消した。

「今回はどうも、大変なことになりまして。はい。はい……」しばらくはい、はいとだけ言いつづけた。

「この情勢では……はい、それしかないと。はい……」

(『将』そう言っていた)甲田は考えつづけた。

(ふたりは将の話をしていたんだ。島津聡子と瀬尾将。島津と将。島津と——)

「はい。そのように……はい、まことになんとも……」

横から手がのびて、受話器をうばいとった。甲田の手だった。

「部長。番組はやりますよ」それだけいって、がちゃりと受話器をもどした。

「なにをする！」石持がおどろいて叫んだ。

「2分ですむ」甲田は机の上の写真をひっかきまわしはじめた。「おまえらも探せ」

「なにをです？」

「島津聡子の写真だ」

「それなら、いくらでもあるじゃないですか」

「若い時の写真だ。瀬尾伸彦から援助をうけていた、高校から大学時代の」

「そんな古い写真、あったかな」

「これ、そうじゃないかな」ひとりが封筒をとりあげて言った。「とりよせるにはとりよせたけど、開封してないんですよ。今度の事件には関係ないからって」

「そのとおり」甲田は封筒をうばいとった。「誰も関心をもたなかった。担任教師の昔の顔になど」

何枚かの写真が出てきた。高校の制服姿の少女。

「へえ。これが島津先生の若い時か」みんなが声をあげた。「今とはまるでちがうな」

変な声があがった。甲田が笑っているのだった。ついに甲田が発狂したかと、誰もが思った。

「思ったとおりだ」笑いつづけながら、甲田は言った。「これでおれたちの勝ちだ」

「えっ？」

「この高校生の島津聡子をよく見ろ。誰かに似てないか？」

「誰かにって――」

「こいつだ」十四歳の瀬尾将の写真をとなりにならべた。

「島津聡子と瀬尾将。このふたりは母子だ。島津先生は将の母親なんだ」

「瀬尾中生徒殺傷事件の真相」放送まで8時間18分

28　14年前

「まさか!?」

「そのまさかだ。今の今まで誰もそんなことは思いもしなかった。現在の島津聡子と瀬尾将は、まったく似ていないからだ。

島津聡子は瀬尾伸彦から援助をうけていた間に、伸彦と関係をもち、将を産んだ。おそらくはその後伸彦の命令で、顔を整形したんだ。将の母親であることがわからないようにするために」

甲田はにやりと笑った。「多少の手直しは必要だが、番組は予定どおり放送だ」

甲田は飯沢に電話した。「あんた、おれに隠していたな。島津先生と将が母子だということを」

「なんのことです！」飯沢は叫んだ。

「とぼけてもむだだ。島津が日垣を教室にさそいこんだというのは嘘だ。でなければ日垣の勘違いだ。そんなことは絶対にありえない。教室には瀬尾将がいるからだ。母親が、息子のいる場所に凶悪犯をさそいこむはずはない」

同じ追及を、日垣も警察から受けつづけていた。

――おまえが島津先生を見たというのは本当か？

「本当です」

――島津先生をまきこむために、嘘をついたんじゃないのか。あんたは島津先生に言いよって、ふられたことがあるそうじゃないか。

「それとこれとは違います。私は本当に――」

――おまえの証言をうらづける目撃者を、あらためて探した。しかし見つからないんだ。あのとき、あの場所で島津先生を見たという者はな。

「私は見たんです」

――『見たように思った』だけじゃないのか？

「！……」

――よく考えろ。『見た』のか、『見たように思った』のか、どっちだ？

「日垣は嘘をついている」甲田は言った。

「あんたは最初からそれを知っていた。知ってて黙っていた。当然だ。せっかく日垣がありがたい嘘をついてくれたのに、否定する必要はどこにもないものな」

「しかし、島津先生は病院から逃げた」飯沢は反論した。「日垣の言うことが事実だからです。だから逃げたんです」

「島津が逃げた理由はそれじゃない。いずれ自分の正体はバレる。逃げられる間に逃げなきゃならない。だから逃げたんだ。外部に手助けしたやつがいたのかもしれんな。あんたはそのことをわかっていながら、おれに隠していた。

飯沢さんよ。あんたとおれとの間で秘密はつくらないという約束を、少なくともおれは守ったつもりだったが、あんたはそうじゃなかった。まあ当然だよな。あんたは結局瀬尾伸彦の部下なんだから。おれが甘かったんだよ」

「甲田さん。私は――」

「いいから聞けよ。あんたとの友好関係は終わりだ。いまこの瞬間から、あんたに対していっさい遠慮はしない。瀬尾伸彦の破滅に、あんたもきっちりつきあわせてやるぜ。

十四年前、瀬尾伸彦は島津聡子を犯し、子供を産ませた。男の子だった。名前は将とつけた。伸彦は将を自分の子としてひきとり、島津には整形を命じた。母親としての名乗りを禁じたんだ。それから十年、島津は将の担任となった。当然伸彦の差し金だ。学校の人事は伸彦がにぎってるんだからな。ずいぶんと残酷なことをするもんじゃないか。あんたの主人は」

(私も、あの報告書を読んだとき、そう思いました)飯沢は腹の中で思った。

報告書には、前任の秘書から飯沢に引き継ぎがなされなかった唯一の事項――「瀬尾将とその母親について」がしるされていたのだ。

「なぜ、私に話してくれなかったんです」飯沢は伸彦をなじった。「島津先生が将君の母親だということを、あの高橋は当然知っていたんですよね。それを私だけが知らなかったということは――」

瀬尾伸彦はもごもごと弁解しかけたが、飯沢はそれをさえぎった。

「わかっています。高橋から言われてたんでしょう。飯沢に教える必要はないと。私の聞きたいのは別のことです。なぜ島津先生を将君の担任にするなどという、むだなまねをしたんですか。手切れ金を渡して遠くへやってしまえばよかったじゃないですか。これも高橋の指示だったんですか?」

よくおぼえていない、と伸彦は言った。

あるいは島津聡子本人の希望だったかもしれない。

「島津聡子は瀬尾将をひいきしていた」甲田はつづけた。

「将が瀬尾伸彦の息子だったからではない。自分の息子だったからだ。母親として息子を陰から見守り、息子のクラス支配をサポートしていたわけだ。息子の方はそんなことは全然知らなかった。

そうなんだ。『瀬尾支配』は瀬尾将自身によってつくられたものではない。将自身の知らないうちに、知らないところで、母親である島津聡子によってお膳立てされたものだったんだ。どうしてもっと早く、この可能性にきづかなかったんだろう。

将は何度も言っていた。『自分がクラスのボスと思ったことは、まったくなかった』と。あれは将の言い訳ではなく、本当のことだったんだ。

将には、自分がボスになるために何らかの努力をしたという自覚がまったくなかった。それでも将はボスだった。将にしてみれば、どうして自分の思うようにクラスが動いてくれるのか、不思議だったにちがいない。

島津が実行したSメソッドのおかげだ。島津がSメソッドを使ったのはクラス管理のためでもなんでもない。すべて息子の将のためだった。将がボスとなり、ボスでありつづけるためだけに、Sメソッドは使われたんだ。

瀬尾伸彦にとって、これ以上のスキャンダルはあるまい。気の毒だが、これで瀬尾伸彦は破滅だ」

「放送を復活させるつもりですか」飯沢は言った。

「もちろんだ。若干の手直しをくわえた上で、今まで以上に衝撃的な内容としてな。おれも長年この仕事をしてきたが、今から予感がある。こいつを放送したとたんに、日本中は大騒ぎになる。瀬尾グループの株は急落するぜ。そうなる前に、瀬尾伸彦は理事長を辞めるべきだ。おれがあんたの立場ならそう進言するね」

「もうしわけありません」飯沢は瀬尾伸彦の前でうなだれて言った。

「逆転されてしまいました。放送は避けられそうにありません。この上は、放送前に記者会見をひらき、理事長職の辞任を発表されたほうがよろしいかと……」

瀬尾伸彦はあきらかに気が進まなそうだった。しかしここは説得しなければならないのだ。

「お願いです。今のうちに辞任すれば、グループにとっても、理事長ご自身にとっても、ダメージは最小限ですみます。

しかし番組が放送されてしまってからではそうはいきません。日本中からの非難が殺到します。その非難は理事長ご自身だけではなく、グループ全体への非難へ波及します。それだけはなんとしても――」

「いやだ」瀬尾伸彦は子供のように首をふって言った。

「なんでもする。しかし辞任だけはだめだ」

ふっとため息をつき、なにかつぶやいた。

「は？」飯島はききかえした。

あの松茸、おまえに食べさせるんじゃなかったな――と伸彦は言ったのだった。

「瀬尾中生徒殺傷事件の真相」放送まで5時間47分

29　誤算

「あんたたちにとっては悪い知らせだ」午後3時すぎ、日垣を訊問しつづけていた刑事から甲田に電話がかかってきた。

「目撃者があらわれた。日垣のいったことは本当だった。あのとき島津先生は、日垣の証言どおり、あの場所にいたんだ」

「本当ですか！　じゃ、島津が日垣を教室内に誘導したというのも——」

「そこまではわからん。しかしあのときあの場所に、島津と日垣が同時にいたことはたしかだ」

「島津先生はどうなってるんです。まだつかまらないんですか！」

「だから、いま捜索中だよ」電話は切れた。

「おい。まずいぞ」石持が顔をしかめて言った。「やはり放送中止しかないかもしれん」

「なぜ？」甲田は平然としていた。

「なぜだと？　島津先生があそこにいたのが事実なら、先生と将が母子ということは考えに

くい。母親が息子のいる場所に凶悪犯を誘導するはずはないんだから。あんたがそう言った
じゃないか」
「いや、あのふたりは母子だよ」
「それなら、島津があそこにいたことの方がありえないことになる。何度も言うが、母親と
して——」
「母親にもいろいろあるぜ。あそこにいることのできる母親だとしたらどうする？　あれか
らいろいろ考えたんだ。島津聡子は、あきらかに普通の人間とはちがう。普通の常識ではか
れる存在じゃないんだ」
「だとしても、将にたいする愛情だけは本物だった。この十四年間、陰から将を見守ってき
たことがその証拠だ」
「それが偽装だったとしたらどうする？」
「偽装？」
「そう。島津聡子にとって十四年がかりの、自分の人生をかけた偽装だ」
「なんのための？」
「決まってるじゃないか。瀬尾伸彦への復讐さ」
「島津が瀬尾伸彦に復讐？」スタッフ全員が驚いた。「瀬尾伸彦は島津にとって恩人だった
はずだぞ。島津の両親が死んだあと、瀬尾がひきとって育ててくれたんじゃないか」

「仲彦は十歳の島津聡子をひきとった。聡子が高校生になるのを待って犯した。最初からそのつもりでひきとったんだ。

二十歳になった時、聡子は男の子を産んだ。将となづけられたこの子を、仲彦は正妻の子として入籍し、聡子には母親としての名乗りを禁じた。将が中学生になった時、仲彦は聡子をクラス担任に命じ、将の側仕えとなることを命じた。

瀬尾はおそらく島津にこういう言いかたをしたはずだ。

『母親として、せめて息子のそばにいて見守ることはさせてやる。だが自分に黙って母子の名乗りをしたら、承知しないぞ――』

子供のころ、路頭に迷いかけた聡子の面倒だけでなく、借金で首の回らない親族の分まですべて肩代わりしてくれたんだ。この境遇から逃れようにも借金を返す力がない。聡子は仲彦のいいなりになるしかなかったんだ。

どうだ。これでも瀬尾仲彦は島津聡子にとって恩人か？」

「ううん」スタッフとしては反論したいのだが、どう反論したらよいのかわからなかった。

「おれが島津の立場だとしたら、仲彦を心の底から憎むだろう。このほうがむしろ自然な気がする。島津は仲彦に復讐することをちかった。その上で考えた。どんな復讐にするか。家に火をつけるか？　仲彦を殺すか？　いやいやとてもそんな程度ではものたりない。最も効果的な方法はなにか。

いうまでもなく、息子の将だ。仲彦はただひとりさずかった男児である将を溺愛している。将を利用することで、仲彦に最大のダメージをあたえることができる」

「復讐のために、自分の息子を利用するというのか。ありえんよ」石持が首をふった。「どのようないきさつで生まれたにせよ、母親にとって息子は息子だ。そんなことは正気の沙汰じゃない」

「そうとも、これは狂気の沙汰さ。この二年間、島津聡子は狂っていたと考えられる。復讐をちかった瞬間から島津聡子は母性も人間性も捨てたんだ」

「あんた、なにを根拠にそこまで断定できるんだ」石持があきれて言った。「すべてお見通しだとでもいうつもりなのか」

「ここにきて、ようやくおれにも事件の全体像が見えてきたんだ。いささか遅かったが、遅すぎたわけじゃない。

島津は自分のクラスの状況をつねに正確に把握している必要があった。

そのためにSメソッドを使い、藤村綾を利用した。クラスをよくするためだと嘘を言って。実際には将のクラス支配が順調かどうか、それさえたしかめられれば、ほかのことはどうでもよかった。

島津の狙いは、自分が将をうけもつ三年間の間に、他の三十九人の生徒のうちの誰かが、どんな理由でもいいから自殺してくれることだった。そしてそれを瀬尾将による精神的虐待のせいだということにする。これは父親の伸彦にとって致命的なスキャンダルとなるはずだ」

甲田は手近にあった誰かのコーヒーの飲みかけを一息にのみほすと、言葉をつづけた。

「島津の狙いは的中した。日垣里奈の自殺だ。これが瀬尾将と無関係であることはむろん島津にはわかっていたが、そんなことはどうでもいい。

島津は瀬尾伸彦のもとへかけつけ、報告する。『私たちの息子の将が大変なことをしたために、生徒のひとりが自殺しました』

瀬尾伸彦はとびあがる。『もみ消してくれ。手段はまかせる』

島津は答える。『わかりました。そのかわり、このことはわたしに一任していただきます。誰にも他言しないでください』

島津は手をまわし、日垣里奈の自殺は個人的なノイローゼが原因だったと結論づけ、校長にもそう発表するようしむける。

島津がこの事件をもみ消してみせたのはもちろん、そうすることで、さらに大きな次の事件を誘発するためだった。日垣吉之に娘の復讐をさせるのだ。

島津はひそかに日垣に会う。最愛の娘をなくし、酒におぼれ、錯乱している日垣に。

『日垣は島津に好意をもってつけ回している。島津はそれを迷惑がっている』といううわさは逆だった。島津のほうから日垣に接近していたのだ。

島津は日垣の錯乱を増長させようとはかる。アルコール依存症の日垣に、さらに酒を飲ませる。日垣を誘惑したかもしれない。日垣はそれに応じたかもしれない。島津にとっては思う壺だっただろう。島津は日垣にささやく。

『あなたの娘は精神的虐待を受けて死んだ。犯人はクラスの誰かであることはまちがいない。娘を殺されてくやしくないの？

わかるわ。あなたは今、どうしたらいいかわからないんでしょう？　娘の仇をうつためにはどうしたらいいのか。自分自身がこれから生きていくためにはどうしたらいいのか。どう生きていったらいいのか。

泣かないで。泣かないで。だいじょうぶ。わたしがおしえてあげるから。あなたにとって必要なことのすべてを、このわたしが。なにも心配することはないの。決められた日に、決められたことを、わたしの言うとおり実行すればそれでいいの。すべてがうまくいくのよ』

アルコールとセックスで呆けた日垣の頭に『復讐』の二文字がうえつけられた。

11月4日の朝。日垣は包丁をもって教室へむかう。島津はひそかに首尾を監視する。

しかし日垣は島津の思うようにはうごかなかった。計算ちがいがおきたのだ。日垣は肝心のところで決心がつかず、藤村綾にさとされ、外に出てしまった。

島津は知らなかったのだ。前日、藤村が日垣と会い、自重をすすめていたことを。

藤村の方もまた、島津が日垣を利用してこんなことを企てているとは、夢にも思っていなかったにちがいない。

島津の忠実な下僕であるところの藤村が、まさにその島津のためにと思ってした自発的行動が、島津の計画にとっては、肝心要の土壇場における障害となったんだ。

島津はあせる。なんとか日垣を教室におしもどさなければならない。いまを逃したら、ふたたび日垣が同じことを決行する保証はない。今しかないのだ。

島津は自分の姿を日垣に見せるという非常手段に出た。

授業開始直後の、誰もいない廊下の真ん中。もしここを誰かに見られたらおしまいだ。島津にとっていちかばちかのバクチだった。

日垣は島津の姿を見る。

酒に溺れた日垣。自分はどうすればいいのか。すがるように島津を見る。

日垣にとって島津は絶対の命令者だった。ここで島津が『もういい。帰りなさい』というそぶりをしたなら、日垣は即座にしたがったことだろう。

だが島津はそうしなかった。教室を指さしたのだ。

もどりなさい。あなたの復讐を実行なさい。

日垣はそれにしたがった。自動人形のように教室へもどる。鞄から包丁をとりだす。

生徒7番とぶつかり刺してしまう。もうなにもわからない。悲鳴。混乱。血の海。

島津はわざと数分遅れてかけつける。

日垣によって凶行がおこなわれるところまでは、島津の計算どおりだった。ただ計算ちがいがまたしてもおこった。

ひとつは、刺された生徒が藤村綾だったことだ。島津にとって藤村はたいせつな『手駒』だった。ほかのどの生徒が殺されてもいいが、彼女だけは殺されてほしくなかった。これからの措置に必要なのだ。

血だらけの藤村にとりすがり、泣き叫ぶ。死なないでくれという叫びはおそらく本心だったろう。だがそうしながら、島津にはどうしてもしておかなければならないことがひとつあった。

藤村綾をゆさぶりながら、制服のポケットをさぐる。自分のからだで周囲の視線をさえぎりつつ、ホットライン用の携帯電話をとりだし、自分のポケットへうつした。

藤村綾がもっていた二台の携帯のうち、今まで所在不明だった一台。この未発見の二台目は、島津先生が藤村にわたしていたものだったんだ。

警察と電話会社の合同調査の結果、ついさっき判明したことだ。藤村綾の自宅の引き出しから二台目の携帯電話の番号がかかれているメモが見つかったのが大きかった。

島津先生としては、この二台目の携帯は、なんとしても回収しておかなければならなかったんだ。

当然だよな。藤村綾と島津先生のホットラインであるこの携帯が警察に押収されれば、通話記録からSメソッドの事実が明らかになる。島津先生としてみれば、それだけは何としても避けなければならなかった。

もうひとつの誤算は、犯行直後の日垣が記憶をうしなってしまったことだ。

しかし——これもまたおれの推測だが——島津はこの計算違いを逆用した。瀬尾伸彦をそそのかし、警察をだきこんで『犯行再現』をおこなわせ、犯行状況を捏造させようとしたんだ。

伸彦は警察に金を渡す。両者の仲立ちをした人物がいたに違いない。その人物と島津とは当然しめしあわせていただろう。

警察は伸彦の注文どおり再現をおこなう。しかしそれは途中で中断される。最初から中断されることに決まっていたんだ。

参加者のひとりである女性警官が、欺瞞《ぎまん》にたまりかねてマスコミに告発する。そうなるように、あらかじめ正義感の強い警官をえらんでおいたんだ。もちろん警察のことだから、告発者が出なかった場合にそなえて二重三重の手をうっていただろうがな。

内部告発という、『まったく予想外の』『誰ひとり思ってもみなかった』アクシデントによって再現は中止においこまれる。不可抗力だ。

瀬尾伸彦が警察に渡した金は無駄になったが仕方がない。すくなくとも警察は全力で瀬尾の頼みに応えようとしたのだから。『義理』は十分にはたしたのだ。

もちろん以上のような事実は決して公表されることはない。警察が民間人によって買収されることなどありえない。すくなくとも、ありえないことになっているからだ。

マスコミが警察にかわって新たな『再現』をおこなう。その方向性は『瀬尾支配』の証明だ。すべて島津の狙いどおりだ。

ネットが煽る。「空気」が動く。瀬尾伸彦は日本中の憎悪の的となる。世論は『反瀬尾』へと動く。瀬尾グループ内部からも瀬尾おろしの動きがおこる。瀬尾伸彦の破滅は時間の問題だ。

ここへきて日垣が記憶を回復したことは計算外だったが、たいしたことはない。すでに『世間の空気』は瀬尾おろしにかたむいている。島津聡子の復讐は成就したんだ」

「待てよ」甲田の説明を聞いていた石持が首をかしげた。

「ということは、おれたちもまた、島津聡子の復讐の片棒をかつがされたということか。島津の思惑どおりに、島津のためにこの番組を制作し、放送してやるってことなのか？」

「それを考えると、おれとしても忸怩《じくじ》たるものがあるんだが」甲田は顔をしかめた。「とにかく瀬尾伸彦が罪を犯したことは事実なんだ。息子を守るために大金を使うという」

「しかし、それにしても――」

「ああだこうだ言うな。島津聡子をつかまえてテレビ出演させれば問題あるまい！」

「なに？」全員が驚いた。「あんた今、島津をつかまえると言ったか？」

「そうさ。警察がつかまえる前に、おれたちの手で彼女をつかまえて証言させるんだ。今回の事件の黒幕は自分だったと。大スクープじゃないか。視聴率40パーセントはかたいぜ」

「しかしどうやって？　警察が総動員で探しても見つからないのに」


「瀬尾中生徒殺傷事件の真相」放送まで4時間11分

30　交錯

警視庁は二百人態勢で島津聡子を捜索していたが、いまだ発見にはいたらなかった。

その島津聡子は、都内某所から〝バベル〟にあててメールをうっていた。指示どおり移動した——と。

すぐに返信がきた。

〈ご苦労様。その場所なら安全です。そこを動かないように。藤村綾の携帯はもってきましたか〉

——ここに持っています。

〈けっこう。1時間でそこへ行きます〉

——私の無事は保証してくれるんでしょうね。

〈心配はご無用です。われわれは運命共同体なんですから〉

通話を切った島津聡子は、手の中の携帯をじっと見た。

藤村綾の血が、まだこびりついているような気がする。この四日間、人目を避けてはくりかえしくりかえし拭きつづけてきたが、どうしてもきれいになった気がしないのだ。

島津との交信を終えた〝バベル〟は、おおきく息をついた。いよいよ正念場だ。

島津聡子と携帯を手にいれるのだ。ほかの誰かに知られる前に。

しかし残念ながら、すでに〝ブルース・リー〟に知られてしまっていた。

ブルース・リーは鏡の前で正装にきがえていた。大事な取引におもむく時のための、とっておきの服だ。しあげに軽く、ムスクの香水をふりかけた。

「よし。でかけるか」

生徒1番（女）と、**生徒2番（女）**の通話。

「あのこと、今からでも先生か誰かに話したほうがいいと思う？」

「あのこと？」

「そう。藤村が刺されていた、あのときのこと」図60

図60

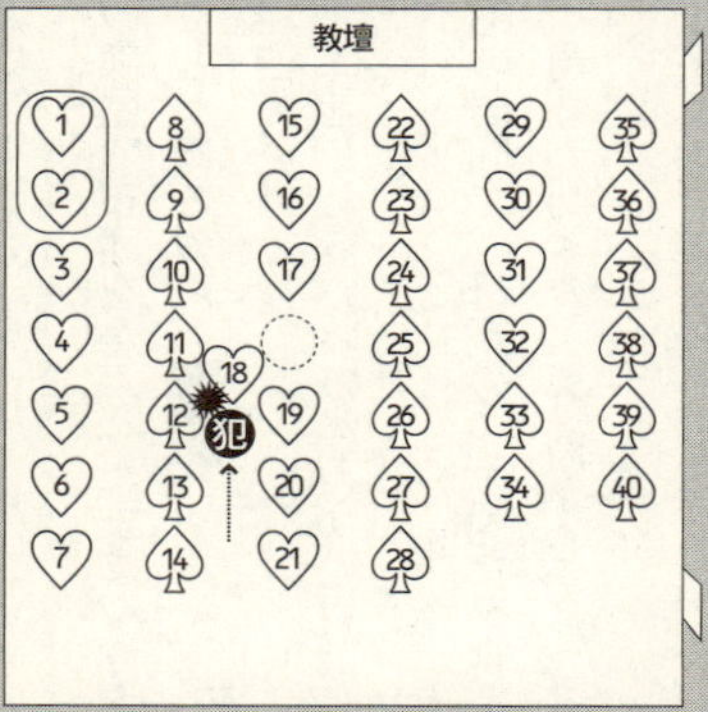
教壇
1
2
3
4
5
6
7
8
9
10
11
12
13
14
15
16
17
18
19
20
21
22
23
24
25
26
27
28
29
30
31
32
33
34
35
36
37
38
39
40
犯

ふたりとも、自分たちのことを、今回の事件の被害者だとおもっていた。二カ月前、日垣里奈を自殺においやったという意識はもっていなかった。自分たちが罰をうけるべき存在だなどとは、ここにいたっても想像することすらできなかった。

しかしもちろん、そうでない生徒もいた。

生徒3番（女）は自分の部屋で布団をかぶったまま、ガタガタふるえていた。

たった今、思い出したことがあるのだ。**図61**

このことを誰かに話すべきだろうか？

しかし、誰に、どのように話したらいいのだろう。

生徒35番（男）は、自宅の居間で、母親のつくった夕食をたべていた。

「もうすぐね。あの番組」母親がいった。「9時からでしょ」

「うん」

「どんな番組になるのかしらね」

「ママ」

「うん？」

「あの……」

図61

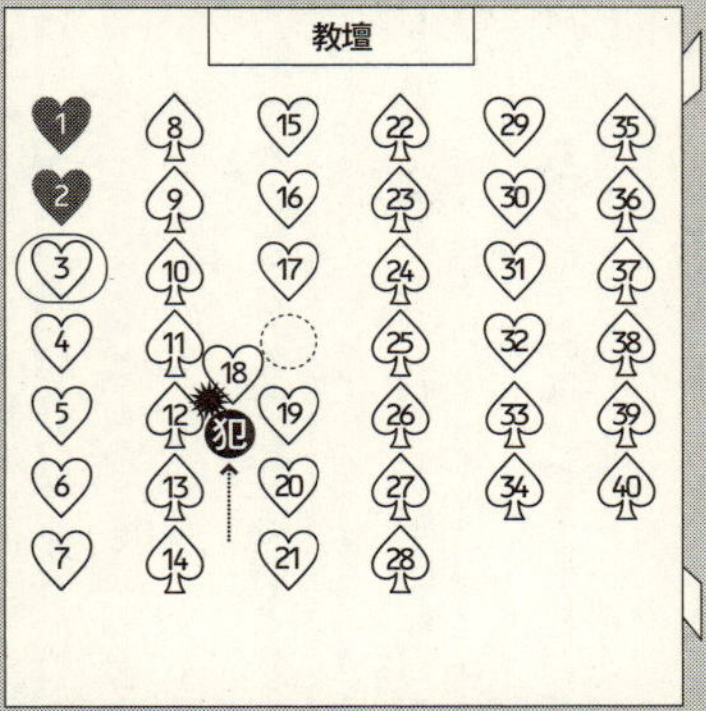
教壇
1
2
3
4
5
6
7
8
9
10
11
12
13
14
15
16
17
18
19
20
21
22
23
24
25
26
27
28
29
30
31
32
33
34
35
36
37
38
39
40
犯

「どうしたの。ぜんぜん食べてないじゃない。食欲がないの？」

生徒35番（男）は、あのときのことを思いだしていた。

最初、床におしたおされた藤村綾がどうなっているのか、彼の位置からは見えなかった。近くの席の**生徒36番（男）**と、**生徒37番（男）**が、よく見ようとしてか、机の上に飛びのったのをおぼえている。それを見て自分も机に乗ったのだ。そして生徒36番と37番も考えていた。

（そうだ。いま思い出した）彼らは思った。**図62**
（先生にも警察の人にも言ってないことがある。あのとき――）

「おれは、なんだかこわくなってきたよ」石持が甲田に言った。

「なんだ急に？」

「この先どんな結果があらわれるのか、おれはおそろしい。見続ける自信がない。甲田さん。あんたにはあるのか？」

「おれは今まで、どんなむごたらしい現実からも目をそむけたことはない」甲田は言った。

「商売柄、いろいろな映像を見てきた。なみの神経の持ち主では正視できない代物もふくめてな。しかしおれは一度だって『フィルムを止めてくれ』とか『やめてくれ』などと言ったことはない。

図62

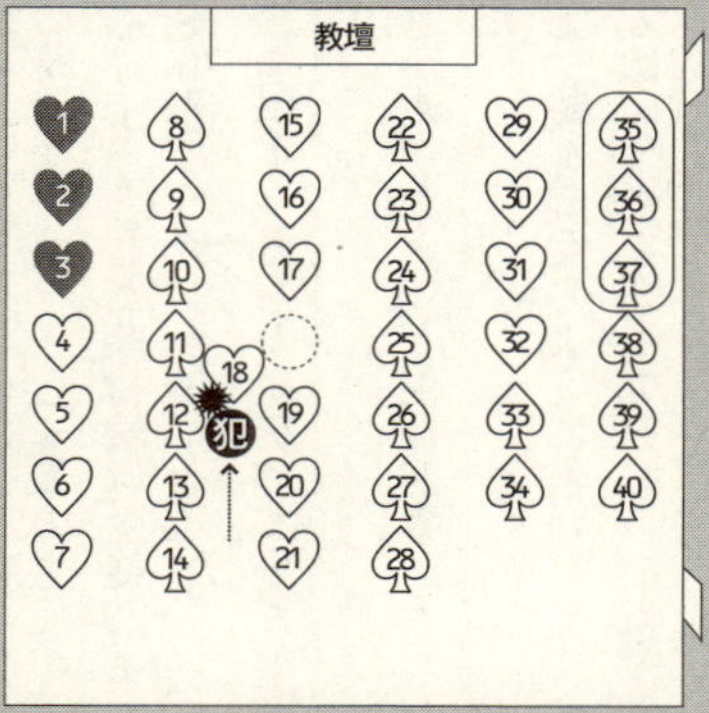
教壇
1
2
3
4
5
6
7
8
9
10
11
12
13
14
15
16
17
18
19
20
21
22
23
24
25
26
27
28
29
30
31
32
33
34
35
36
37
38
39
40
犯

どんな残酷な現実でも、一度つきあうと決めたら最後までつきあう。それがおれの主義だ」

「あんたはそれでいいだろう。だが視聴者はどうなる？　子供だって大勢見るんだぞ」

生徒4番（女）は、あの時、すくなくとも一人の生徒が笑っていたのを見た。図63 日垣吉之に背をむけ、逃げようとした**藤村綾**は**生徒20番（女）**の席の横でつまずいて倒れた。彼女の位置から、生徒20番の顔がまともに見えた。

その顔は、倒れた藤村綾を見て、たしかに笑っていた。

笑ってしまったものはしかたがない、と**生徒20番（女）**は思った。ふだんから藤村綾のことが嫌いだったのは事実だ。

あの事件以来、世間は藤村綾を聖女のように言いたてているが、それは嘘だ。あの子がそんなタマではなかったことは、誰でも知っている。でも今さらそんなことを言っても、誰も信じはしないだろう。

藤村綾が刺されていたとき、いちばん近くにいたのは**生徒19番（女）**だった。血が彼女の制服にかかった。図64

図63

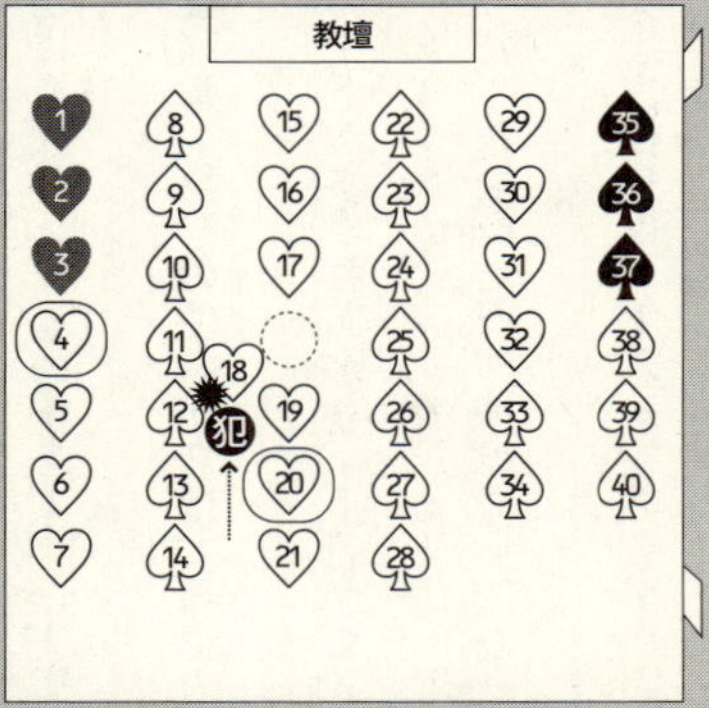
教壇
1
2
3
4
5
6
7
8
9
10
11
12
13
14
15
16
17
18
19
20
21
22
23
24
25
26
27
28
29
30
31
32
33
34
35
36
37
38
39
40
犯

図64

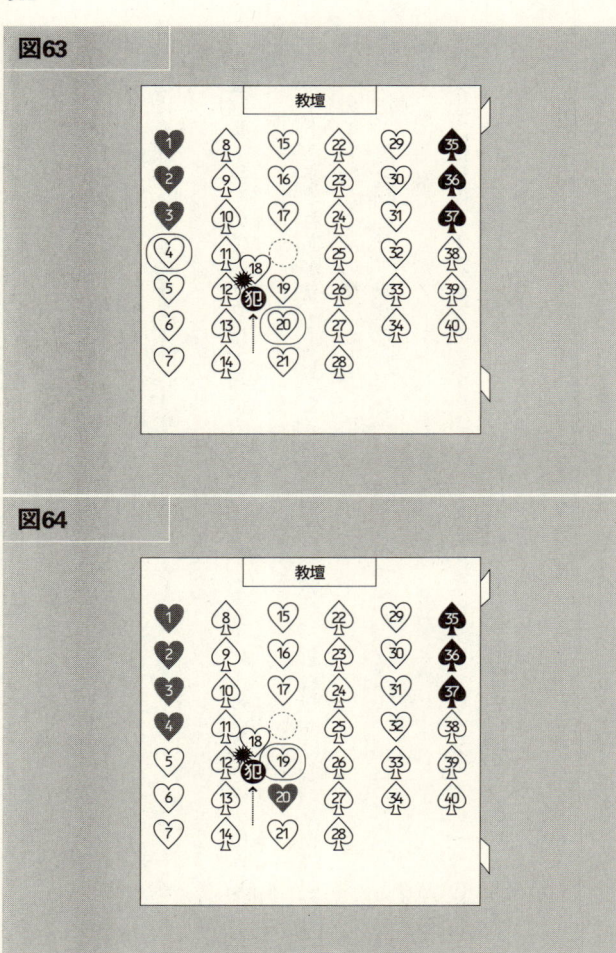

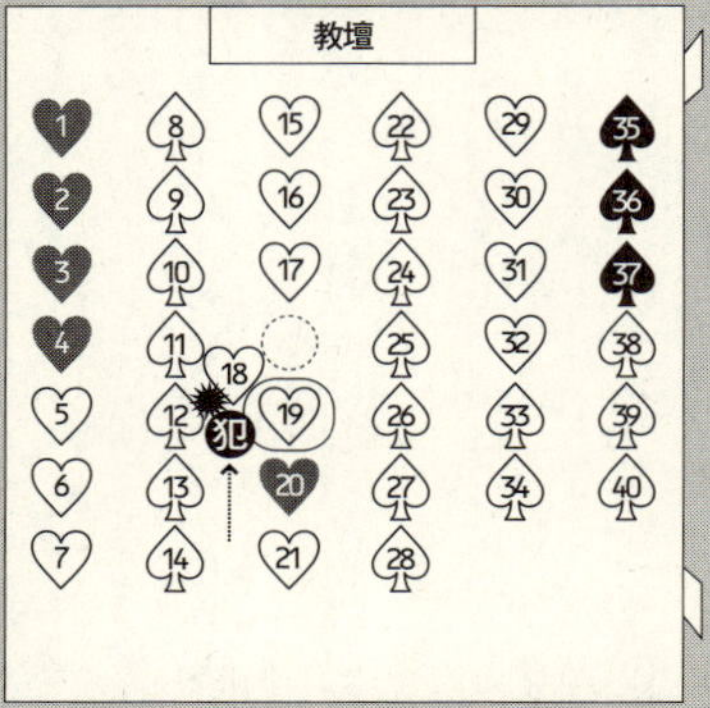
教壇
1
2
3
4
5
6
7
8
9
10
11
12
13
14
15
16
17
18
19
20
21
22
23
24
25
26
27
28
29
30
31
32
33
34
35
36
37
38
39
40
犯

目の前に日垣吉之の血まみれの横顔があった。顔色は真っ青だった。あまりにも青いので、顔についた血が黒っぽく見えた。目をそらすことができなかった。

いろいろなものが聞こえた。刃物が肉を刺す音。誰かの悲鳴。誰かの泣き声。笑い声（笑い声？）。

ほかにも聞こえたものがある。いま思い出した。あれは——

生徒14番（男）の位置からは、日垣吉之の背中と、その下になった藤村綾の脚が見えた。

図65 スカートがまくれあがり、下着がむきだしになっていた。あおむけになった両脚が必死にばたついていたが、その動きがしだいに弱くなって——

（そうだ。声を聞いた）彼は思い出した。（何て言ってたんだっけ）

秋葉忠良校長は、下着一枚の姿で自室をうろうろ歩きながら、ウイスキーをラッパ飲みしていた。本人は意識していなかったが、それは事件をおこす直前の日垣吉之の姿とそっくりだった。

「みんな死ねばいい」ぶつぶつつぶやいていた。

「瀬尾将がボスだった。クラスを支配していた。それを学校ぐるみでサポートしていた。校

図65

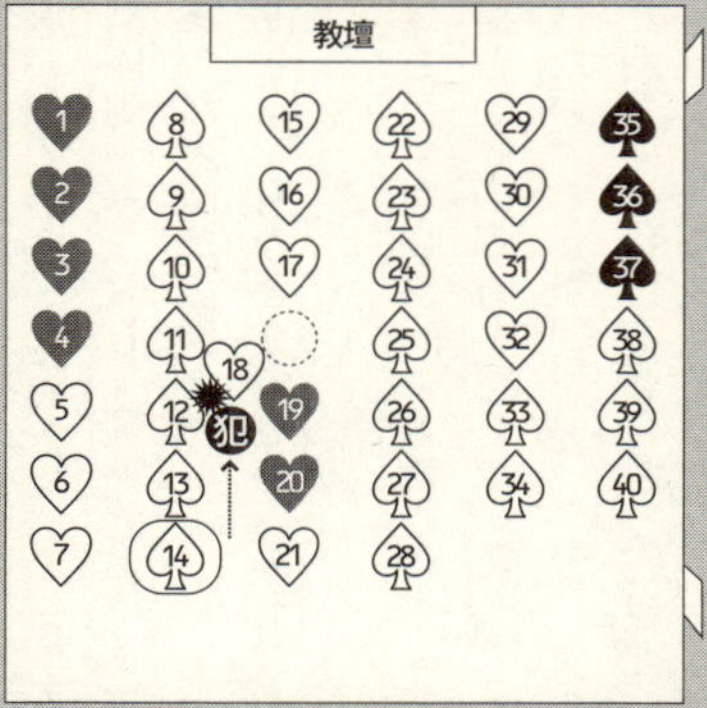
教壇
1
2
3
4
5
6
7
8
9
10
11
12
13
14
15
16
17
18
19
20
21
22
23
24
25
26
27
28
29
30
31
32
33
34
35
36
37
38
39
40
犯

長のこのおれも。馬鹿な！　どこにそんな事実がある？

嘘っぱちだ。でもみんなそう信じてる。それが『真実』ということになっちまったんだ。

秋葉校長は瀬尾の家来だ。悪党だ。そうテレビで放送されるんだ。けっこうなことじゃないか」


ふと真剣な表情になった。「今からでも遅くない。これまでのおこないを率直にみとめ反省したうえで、学校の運営体制のみなおし、精神的虐待予防の徹底を――」

しかし、すぐにまた弛緩した表情になった。

校長はラッパ飲みを再開した。もうどうでもいいのだ。

生徒6番（女）は、いつも自分を精神的に虐待しつづけていた生徒7番（女）が日垣に刺されるのを見たとき、歓喜と絶望の両方を感じた。図66
天罰だ。だが致命傷ではない。
怪我がなおったら、また前と同じ目にあわされるだけだ。

負傷した**生徒7番（女）**と、**生徒5番（女）**の通話。

ふたりの仲は事件以降、ぎくしゃくしていた。

「あいつ（生徒6番のこと）、あたしのこといい気味だと思ってるにちがいないわ。退院し

図66

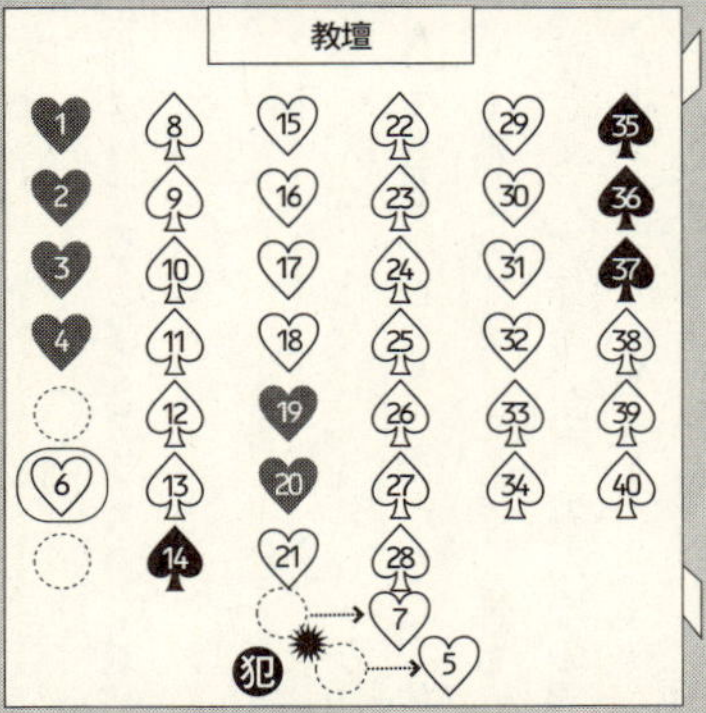
教壇
1
2
3
4
6
8
9
10
11
12
13
14
15
16
17
18
19
20
21
22
23
24
25
26
27
28
29
30
31
32
33
34
35
36
37
38
39
40
7
5
犯

たら、倍にして返してやるから」

「……」

「ちょっと。人の話きいてるの？」

「あんた、なにも思いださない？」図67
「えっ？」

「感じなかった？　藤村が刺されてるとき、クラスの空気が――」

「空気？」

「空気っていうか、流れ」

「あんたなに言ってるの？　そんなこと気にしてるひまがあったと思う？　あたしだって刺されたのよ。あんたが刺されてもおかしくなかったのに、あたしがあんたの身代わりになって。そうよ、身代わりになって刺されてあげたのに、誰もそんなこと何も。くそっ、みんな藤村のことばっかりチヤホヤして。大体あいつ、みんなの言うような――」

「ちょっと切るね。ちゃんと思いだしたいから」

「待って。もしもし。もしもし！」


冬島康子は、成田空港へむかうリムジンバスの中にいた。午後8時半発のシドニー行きに乗る予定だった。空港に着く前から、ぐったりと疲れた気分だった。

図67

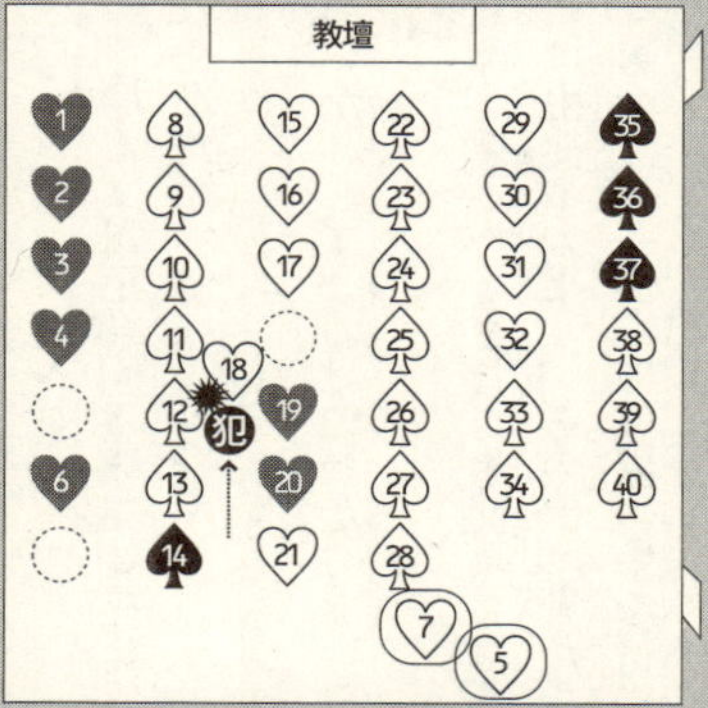
教壇
1
2
3
4
6
8
9
10
11
12
13
14
15
16
17
18
19
20
21
22
23
24
25
26
27
28
29
30
31
32
33
34
35
36
37
38
39
40
7
5
犯

携帯メールの着信音が鳴った。甲田諒介からだった。


いま番組を局へ納品したところだ。「瀬尾支配」の裏には島津先生のサポートがあったことがぎりぎりになってわかった。おかげさまで局側の評判は上々だ。あんたに見てもらえないのが残念だ。

あんたには厚く厚く厚く厚く（以下46回省略）礼を言う。あんたの「母」の一言が、あの番組をすくってくれたんだ。


冬島は携帯をとじた。あいかわらず、わけのわからないことを言う男だ。

瀬尾将の「友達」ないしは「手下」とされた生徒たちは、番組放送を前にして、パニックにおちいっていた。正確には生徒本人より、その保護者たちがそうだった。

徘徊癖をもつ**生徒11番（男）**は、さかんに部屋の中を行ったりきたりしていた。父親がそれを追いまわしながら、けんめいに言いふくめていた。

「おまえが毎日教室の中をうろうろしていたのは、瀬尾将にそう言われたからなんだ。そうだろう？」

「ちがうよ」

「自分ではそんなことしたくないのに、あいつに命令されていやいややってたんだ。先生を困らせろと、クラスに迷惑をかけろと、いつも命令されていたんだ。そうだね」
「ねえ、思い出したことがあるんだ。あのとき――」図68
「父さんの話を聞け。じっとしてろ！」

生徒12番（男）の母親は、めそめそ泣いていた。

「あなたは小学校の時は本当に頭のいい子だったのに。あんな悪い子とつきあったばっかりに、成績ががた落ちしてしまって」

「成績のことは関係ないだろ。それより、思いだしたことがあるんだ」図69
「なにも思いださないでいいの。悪い夢をみてただけなんだから。なかったことなんだから。あなたはね、お父様と同じように東大法学部にはいる人なの。官僚になって人の上に立つ人なの。転校しましょう。そしてうんとうんと勉強するの」

「おれ官僚になんかなりたくないよ」


「そのとおりだ。官僚になんかなるもんじゃない」盗聴者がつぶやいた。

この90時間、2年4組の生徒と保護者の会話・通話はすべて盗聴されていた。

このことを知っているのは、この大がかりな盗聴をおこなっている機関自身と、そしてブルース・リーだけだった。

生徒22番（男）は、テーブルの上の調味料入れをじっとみつめていた。

父親と母親がそろって口をぱくぱくさせているが、なにも聞こえない。関心のないことは聞かずにすますことができるのが、彼の体質の便利さだった。

彼がいま心のなかでぼんやりと考えているのは、きわめて重要な、今回の事件の核心ともいうべきことだった。

藤村綾が刺されているとき、なにかがおきていた。おころうとしていた。誰が、なにをしようとしていたのか。**図70**

（そうだ。思い出した）

彼は微笑した。両親は顔を真っ赤にして、いっそう口をぱくぱくさせた。

生徒28番（男）は、しきりに父親にうったえていた。

「ねえ。思い出したことがあるんだ」

「うるさい。おまえの嘘にはもうこりごりだ」父親はにべもなかった。

事件直後、彼は父親に「二カ月前の日垣里奈のあれは、じつは自殺ではなく他殺だった。屋上からつきおとされるところを見た者がいるらしい」と告げた。父親はどこからも確認を

図68

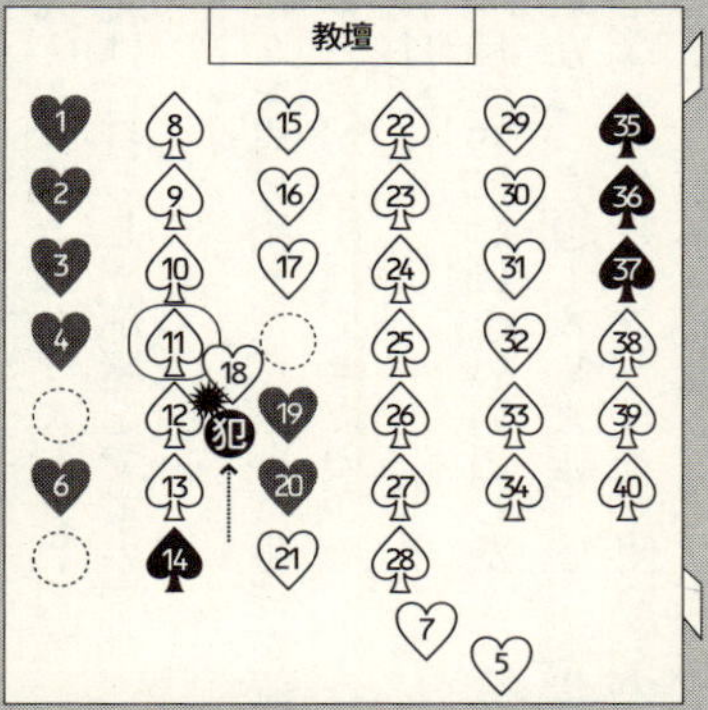
教壇
1
2
3
4
6
8
9
10
11
12
13
14
15
16
17
18
19
20
21
22
23
24
25
26
27
28
29
30
31
32
33
34
35
36
37
38
39
40
7
5
犯

図69

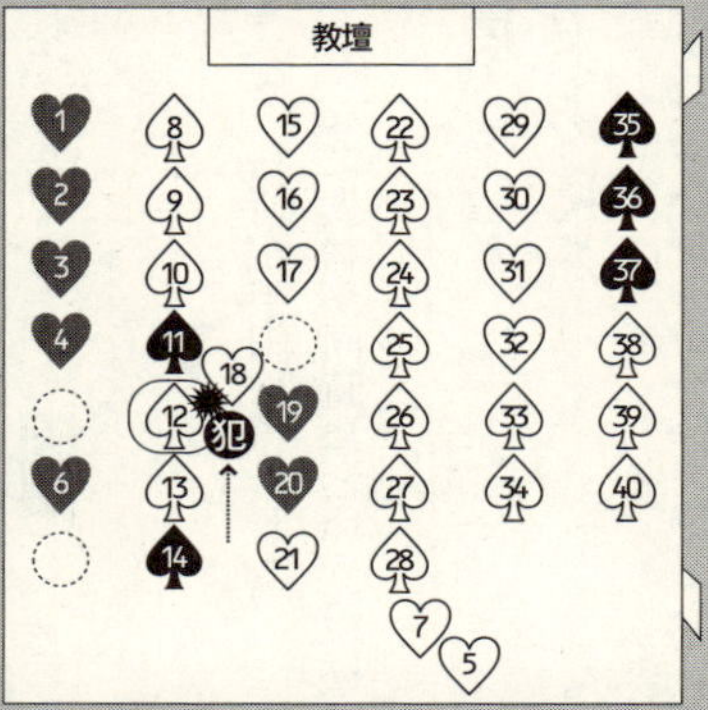
教壇
1
2
3
4
6
8
9
10
11
12
13
14
15
16
17
18
19
20
21
22
23
24
25
26
27
28
29
30
31
32
33
34
35
36
37
38
39
40
7
5
犯

とらないまま、このことをマスコミにしゃべってしまったのだ。

一時は大ニュースになったが、すぐに、これは彼ひとりが考えた嘘だったことがわかり、父親は大恥をかくことになった。

「おまえはクラスでは有名な嘘つきだそうだな。父さんちっとも知らなかったぞ」

「こんどは本当だよ。よく見えたんだ。藤村が刺されていたとき――」図71
父親は舌打ちし、部屋をでていった。


「なにかを思い出した、という生徒が続出してるそうだ」石持が甲田に報告した。

「ショックがうすれてきたのかな。それにしても、こんなに大勢が同時にというのは、どういうわけだろう」

「で、具体的になにを思い出したというんだ？」甲田がたずねた。

「それがはっきりしないんだ。まだ記憶が完全じゃないらしく」

「そんなあいまいなことじゃ、使いものにはならんな」

「そこだよ」石持が強調した。「あいまいだという点、はっきりしないという点で、全員がはっきりと共通してるんだ。ここになにかがあると思わないか？」

「思わんね。かれらは単に不安なだけなんだ」

「不安？」

図70

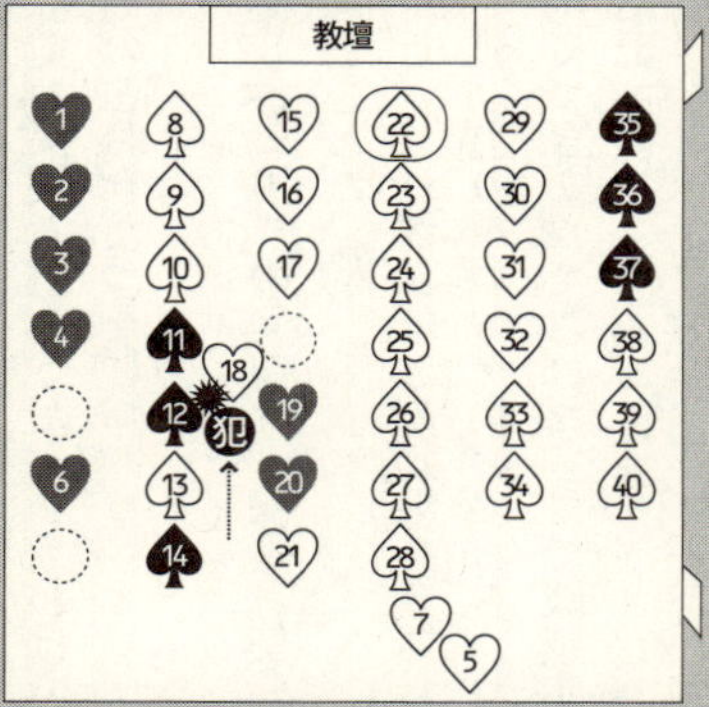
教壇
1 2 3 4 6
8 9 10 11 12 13 14
15 16 17 18 19 20 21
22 23 24 25 26 27 28
29 30 31 32 33 34
35 36 37 38 39 40
7 5
犯

図71

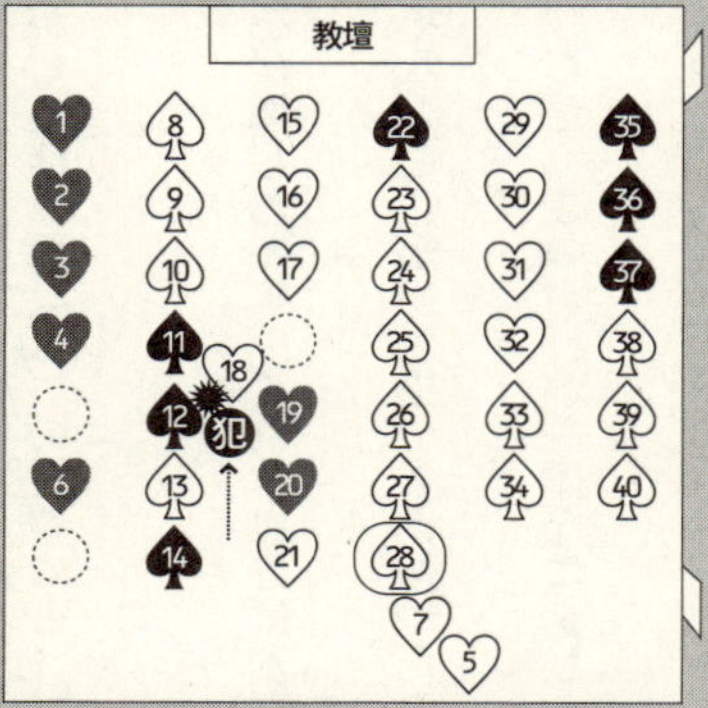
教壇
1 2 3 4 6
8 9 10 11 12 13 14
15 16 17 18 19 20 21
22 23 24 25 26 27 28
29 30 31 32 33 34
35 36 37 38 39 40
7 5
犯

「この番組が放送されれば瀬尾父子は破滅する。それはいいとして、自分たちの生活はどうなるか。不安で不安でたまらないんだ。だからせめて、なにかを言いたててみたくなるのさ」

「そんなものかね」

すべての保護者がそうだというわけではなかったが、**生徒8番（男）**の父親にとってはまさにそのとおりだった。

生徒8番（男）の父親は、保護者集会で島津聡子を糾弾したとき、これで自分は安泰だと一時は安心した。

しかし、これがさほどの効果を発揮しなかった。それどころか逆効果でさえあったことを知り、前以上のパニック状態におちいっていた。

「瀬尾につきあっておれたちまで破滅するのはまっぴらだ。このおれが一体なにをしたというんだ！」

生徒8番は、父親の様子を黙ってみつめるばかりだった。

「瀬尾伸彦が腹を切ればいいんだ。そうだ切腹だ」父親はとびあがって叫んだ。「おれがやつにそう言ってやる。おれが介錯をしてやる」

猛然と携帯をダイヤルしはじめた父親に、生徒8番はぽつりと言った。「おれ、思い出し

たことがあるんだけど」図72
父親は聞く耳をもたなかった。

「うるさい。あとにしろ——くそっ。飯沢のやつ、秘書のくせに、さっきから何度かけても留守電だ。どこへ行ったんだ！」

この時飯沢哲春と連絡をとろうとしている者は何人もいたが、誰もが、この父親と同様、つかまえることができずにいた。

飯沢の主人の瀬尾伸彦でさえ、例外ではなかった。

飯沢はどうした、と瀬尾伸彦は内線電話でたずねて回っていた。どの部署も「不在です」「わかりません」とくりかえすばかりだった。いつのまにか勝手に持ち場をはなれ、連絡がつかなくなっているのだ。

この大事なときに主人の自分をほうりだして、どこに行っているのだ。伸彦はいらいらしていた。

ふいにドアがひらいた。飯沢か、と伸彦は腰をあげかけたが、そうではなかった。

「お待たせしました。理事長」高橋友雄がにこやかに笑いかけてきた。

「おいでください。辞任発表会見の準備ができております」

辞任会見？　瀬尾伸彦はおどろいて聞きかえした。誰の？

冬島康子は成田空港国際線・出発ロビーにいた。

数カ国語でアナウンスがながれていた。〝滑走路に障害物がみつかりました。取り除きと点検作業の関係で、各便とも出発に遅れが出ています〟

冬島康子はため息をついた。それからスーツケースのカートをひきずり、フロアのすみの休憩コーナーへむかった。

大型テレビがあり、バラエティ番組をやっていた。

画面下に「**ニュース番組『報道ジェノサイド9pm』緊急特集『瀬尾中生徒殺傷事件の真相』放送まであと2時間**」というテロップがでていた。

冬島はテレビを見やすい位置に腰をおろし、ミネラルウォーターのキャップをあけた。

生徒39番（男）がおぼえているのは、前の席の**生徒38番**（男）がひどくうるさかったことである。図73
生徒38番は、藤村が日垣にのしかかられ、刺されはじめたのを見ると立ちあがり、大声で意味不明の絶叫をはじめたのだ。普段から、ちょっとしたきっかけで叫びはじめる生徒だった。

図72

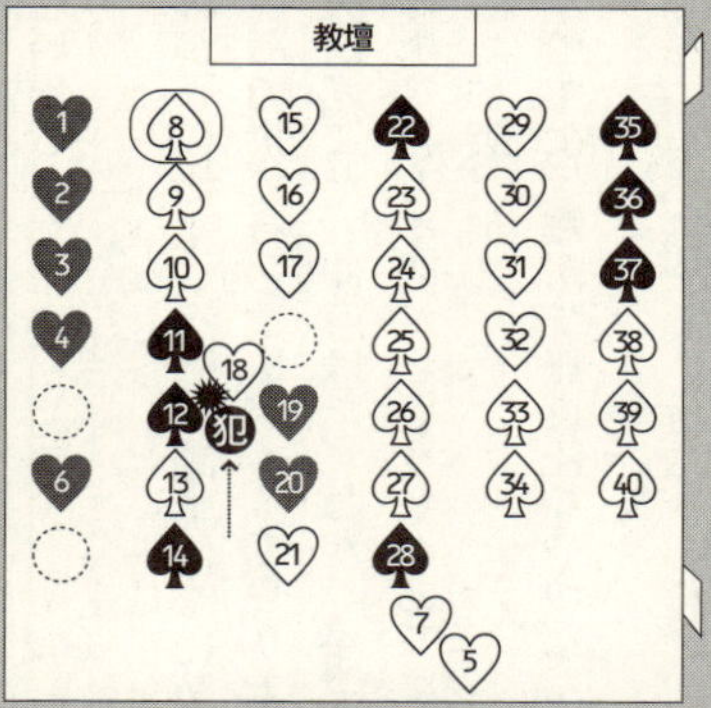
教壇
1
2
3
4
6
8
9
10
11
12
13
14
15
16
17
18
19
20
21
22
23
24
25
26
27
28
29
30
31
32
33
34
35
36
37
38
39
40
犯
7
5

図73

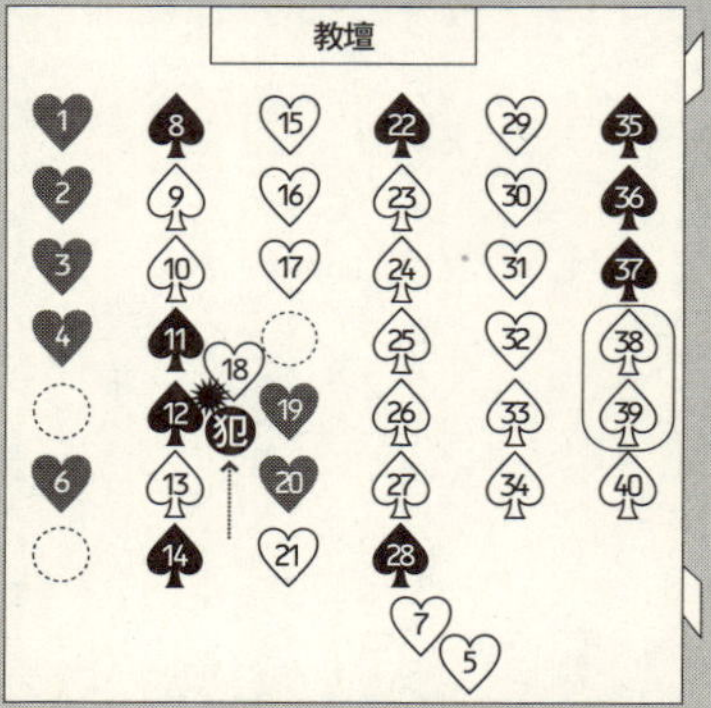
教壇
1
2
3
4
6
8
9
10
11
12
13
14
15
16
17
18
19
20
21
22
23
24
25
26
27
28
29
30
31
32
33
34
35
36
37
38
39
40
犯
7
5

「うちの子がわけのわからないことを叫んでいたなんていうのは、嘘です」生徒38番（男）の母親が電話で出版社に抗議していた。「まるでうちの子が※※みたいじゃないですか。※※の生徒なら、ほかにたくさんいますよ。※※とか、※※とか――」

その母親の横で、生徒38番は叫びつづけていた。「思い出した思い出した。あっ。思い出した思い出した」

「これが原稿です」高橋は瀬尾伸彦に数枚のプリントアウトをわたした。「これを読むだけでいいんです。あとは私がすべてやりますから」

「飯沢はどこだ」伸彦はたずねた。「飯沢と相談してからにしたい」

「あの男は行方不明だというじゃありませんか。逃げたんですよ。あなたを見捨てて」

「逃げた。飯沢が？」

「そうですよ。なんて無責任なやつなんだ」

「……」

「結局、最後の最後であなたの味方になるのは、私以外にいないということです。ほらほら、ぐずぐずしないで。せっかくあなたのためにお膳立てしてあげたんですよ。私の好意を無にしないでください」

今でなければだめか。瀬尾伸彦は絶望的な表情で言った。本当にいま、辞任しなければならないのか。これで終わりなのか。

「何度も同じこと言わせないでください」高橋は伸彦の背中を押した。「さあ早く。ぐずぐずしてたら放送がはじまってしまいます。報道陣が待ってるんですよ」

「気分が悪い」伸彦は泣きそうな声で言った。「うまく歩けない。ささえてくれ」

「こまった人だ。私がいなけりゃ何もできないんだからなあ」高橋は笑いながら、伸彦に自分の肩を貸した。


生徒26番（男）は、あいかわらず自分の部屋にひきこもったまま、世界を呪いつづけていた。

それはそれとして、あのテレビ局が取材にきたとき、言っておけばよかったことがある。藤村綾のことだ。図74
かれらは藤村綾について、すでに知るだけのことを知りつくしたと思っているかもしれないが、それはちがう。藤村綾にはもうひとつ別の正体がある。それを知っているのは自分だけだ。

正確には彼と、そしてブルース・リーのふたりだった。

「また渋滞か」ブルース・リーは運転席で顔をしかめていた。

「取引に遅刻してしまうぞ。地下鉄にすりゃよかった」

生徒27番（男）は、あの事件で「恩恵」をうけた、ただひとりの生徒だった。図75

今も自分の腕をさすりながら、しきりに感嘆している。

幼少時からの持病だったアトピーが、あの事件以来、完全に消えたのだ。

生徒21番（女）は、これまで誰からも事情聴取をうけていない、ただひとりの生徒だった。

というのは、あの惨劇の間中ずっと熟睡していたからである。図76

彼女は日垣吉之が侵入してくる数分前から自分の机につっぷして眠っていた。始業前はいつもそうなのだ。

自分のすぐ背後で生徒7番（女）が刺されたことにも、藤村綾が刺されたことにもきづかなかった。パニックになった生徒たちが騒ぐ声で、ようやくめざめたのだ。

信じがたいことだが事実である。警察もマスコミもなかば苦笑しつつ、彼女を重要目撃者のリストからはずしていた。

しかしいま、彼女は思いだしつつあった。

夢うつつのあのとき、なにかを「感じた」ような気がする。見たのでも聞いたのでもない、感じたとしかいいようのない何かを。

図74

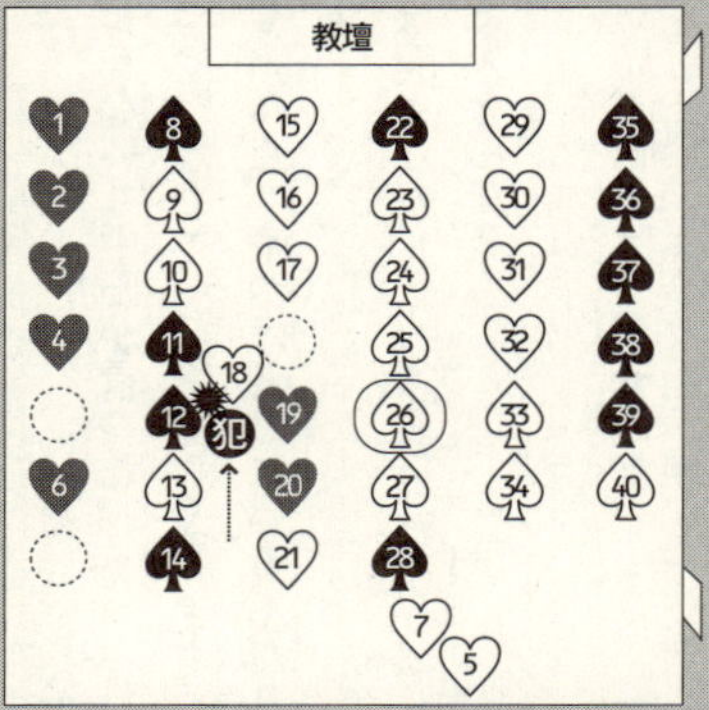
教壇
1
2
3
4
6
8
9
10
11
12
13
14
15
16
17
18
犯
19
20
21
22
23
24
25
26
27
28
7
5
29
30
31
32
33
34
35
36
37
38
39
40

あるいはそれは、彼女が眠りのなかにいたからこそ感じとれた何かだったのかもしれない。

「飯沢が行方不明だ」石持が言った。

「瀬尾伸彦のところでも連絡がとれなくなってるそうだ。あいつ逃げたのかな。おそろしくなって」

「飯沢は逃げるような男じゃない」甲田が言った。

「勝ち目のない勝負であればあるほど、最後のぎりぎりまでふみとどまるんだ。変なやつだよ」

「じゃ、なぜ連絡がとれないんだ。やつはどこにいるんだ?」

「心配するな。大丈夫だよ」

「大丈夫って——」石持は聞きながして背をむけたが、あわててふりかえった。「おい、どういう意味だ。なにが大丈夫なんだ?」

「大丈夫。うまくいくわ」島津聡子はつぶやいた。

「大丈夫だ」〝バベル〟が言った。

「大丈夫さ」ブルース・リーも言った。

「大丈夫大丈夫」高橋が笑いながら、瀬尾伸彦の背中をたたいた。

図75

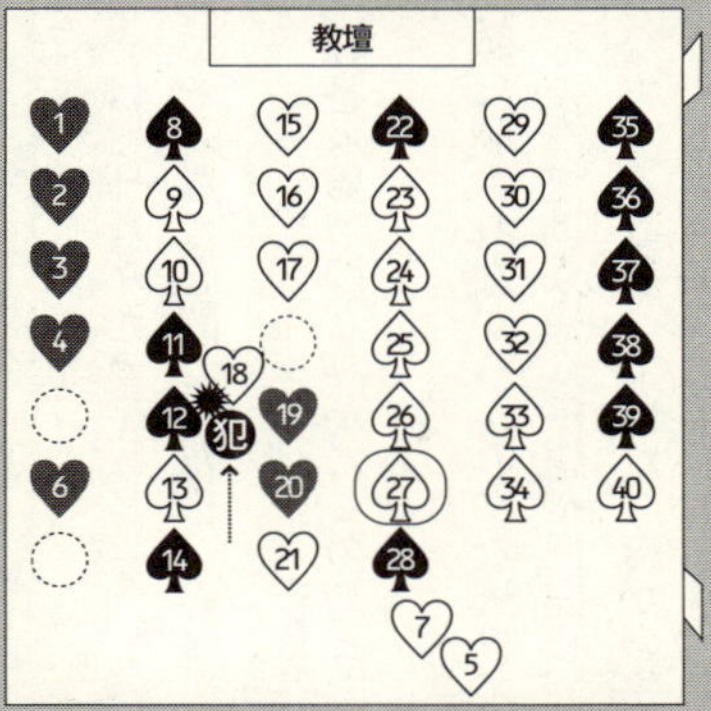
教壇
1
2
3
4
6
8
9
10
11
12
13
14
15
16
17
18
犯
19
20
21
22
23
24
25
26
27
28
29
30
31
32
33
34
35
36
37
38
39
40
7
5

図76

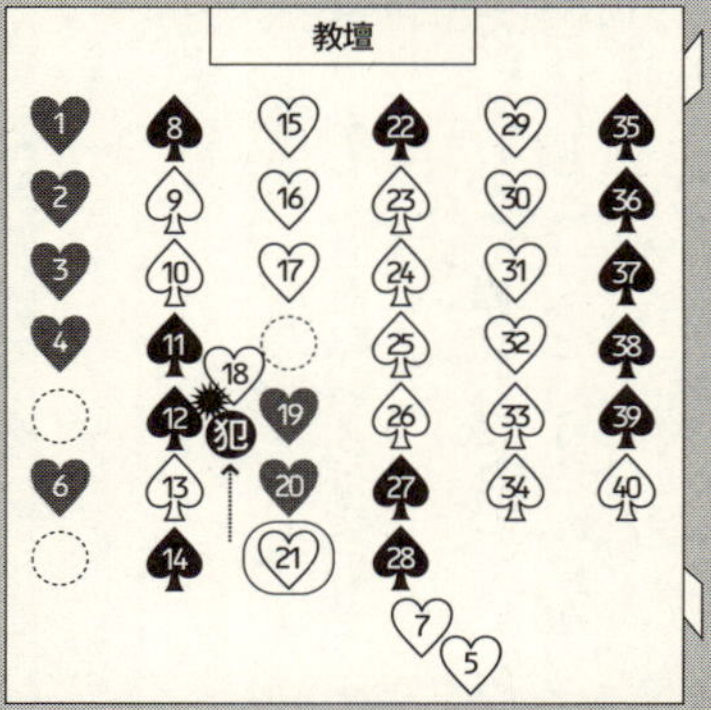
教壇
1
2
3
4
6
8
9
10
11
12
13
14
15
16
17
18
犯
19
20
21
22
23
24
25
26
27
28
29
30
31
32
33
34
35
36
37
38
39
40
7
5

生徒33番（男）と、**生徒34番**（男）の通話。

「あのとき、藤村が『わたしをかわりに殺して』って言ったのは、本当なのか？」図77
「カッコつけすぎだよな。よく知らねえけど」

「よく知らねえけどって――おまえ聞いたのか？」

「みんなそう言ってるだろ」

「……おまえはどうなんだよ？」

「なんでそんなこと聞くんだよ。おまえはどうなんだよ？」

生徒40番（男）は、誰かにこのことを言おうか、言うとしたら誰に言えばよいか、まよっていた。

藤村綾は刺されながら「みんな逃げて！」と叫んだ。それまで棒立ちになっていた自分たちは、その声でようやく事態を把握し、われがちに逃げだした――ということになっている。自分も今までそう思っていた。ほかの生徒たちもそう証言した。

しかしそれは自分の記憶とはちがう。たったいま思い出した記憶とは。なぜ今までわすれていたのだろう。

図78
あのとき藤村綾が叫んだ言葉は「みんな逃げて！」ではなかった。べつのなにかだった。

図77

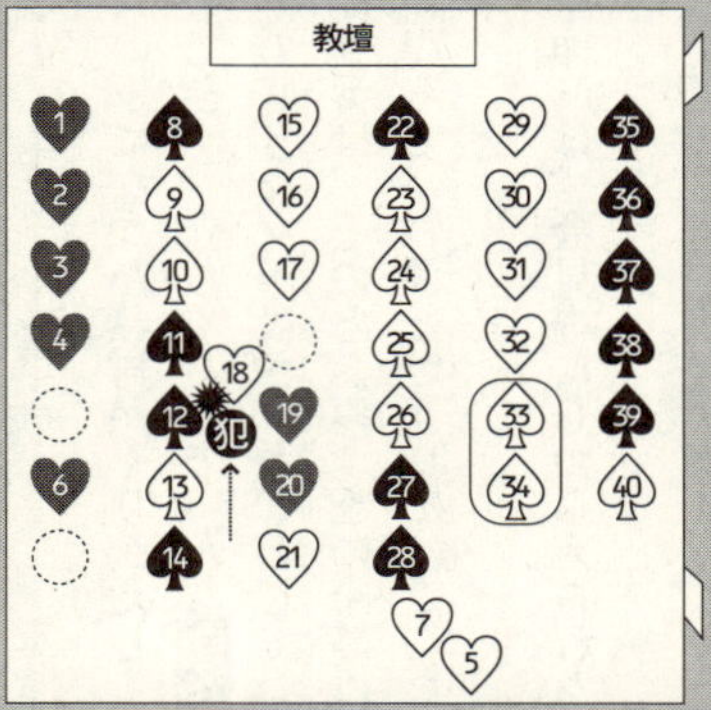
教壇
1 2 3 4 6
8 9 10 11 12 13 14
15 16 17 18 19 20 21
22 23 24 25 26 27 28
29 30 31 32 33 34
35 36 37 38 39 40
7 5
犯

図78

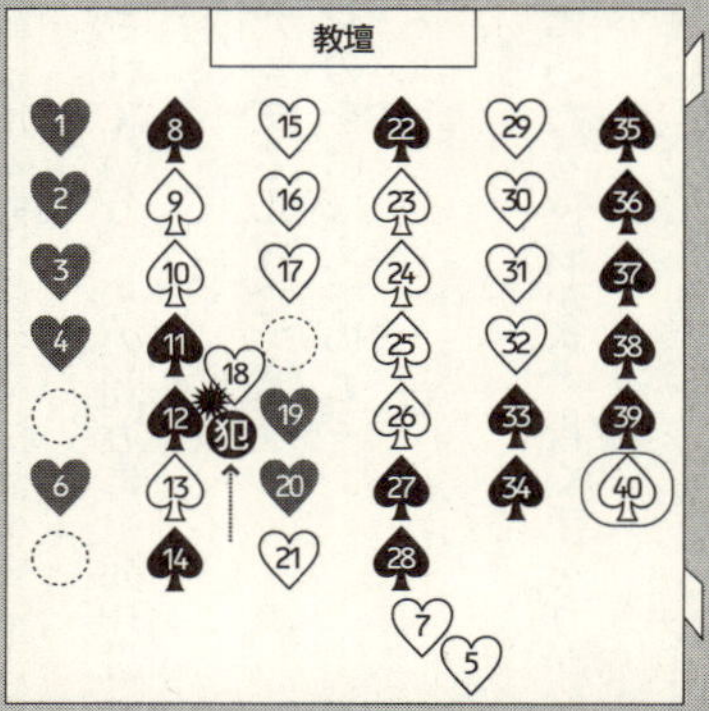
教壇
1 2 3 4 6
8 9 10 11 12 13 14
15 16 17 18 19 20 21
22 23 24 25 26 27 28
29 30 31 32 33 34
35 36 37 38 39 40
7 5
犯

そして、その言葉を聞いても、自分たちはまだ棒立ちのままだったのだ。


生徒9番（男）は、生徒10番（男）が藤村綾を助けるだろうと思っていた。

生徒10番が藤村に好意をいだいていることを、前日に本人から聞かされていたからである。

その矢先の悲劇だった。

犯人の下になった藤村がくりかえしくりかえし刺されている。その間近に生徒10番はいた。

なにもできず、立ちすくんでいた。図79
（自分の好きな女が殺されようとしているのを、ただ見てるんだな）

生徒9番は、そのときみょうに冷静に、こう思ったのをおぼえている。

人間なんて、いざという時にはこんなものか。


瀬尾伸彦は、会見場にしつらえられた会議室の袖にあたる位置から、行く手をうかがっていた。

無人のテーブルと、そのむこうに数十人の報道陣がみえた。

いつのまにこんなものが。伸彦は高橋をふりかえった。高橋はにこやかにほほえんでいた。

「さあ」と、伸彦の背中をおした。「もう予定時間をすぎているんです」

ひとりで行くのか。伸彦は仰天した顔で高橋をみた。いっしょにあそこに立ってくれるん

図79

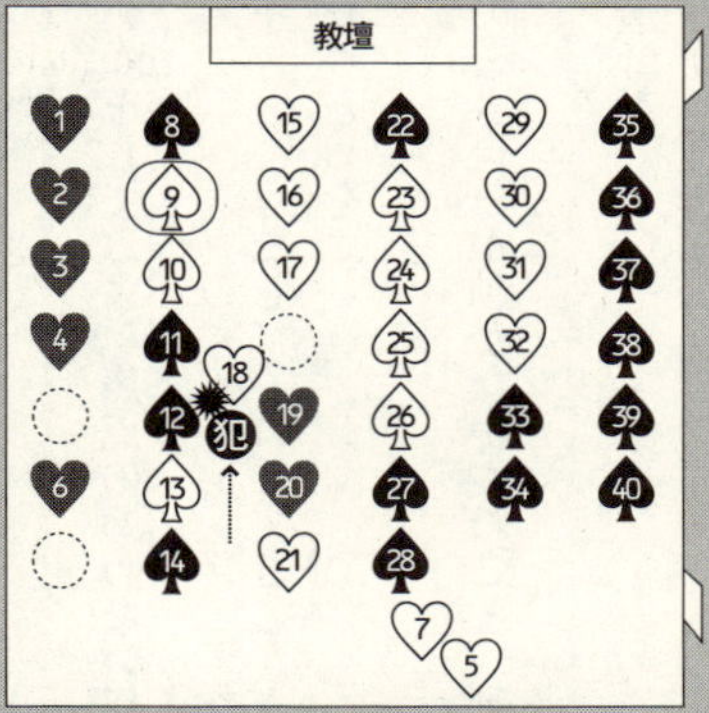
教壇
1
2
3
4
6
8
9
10
11
12
13
14
15
16
17
18
19
20
21
22
23
24
25
26
27
28
29
30
31
32
33
34
35
36
37
38
39
40
7
5
犯

じゃないのか。

「あなたひとりで行くのがいちばんいいんです」高橋は思いやりをこめた顔でうなずいてみせた。

「心配はいりません。原稿を読むだけです。５分とかかりません」

腹のなかではこう思っていた。

今のあんた、じつにいい顔をしてるよ。焦点のあわない目。ゆるんだ頬。脂汗。すがるような表情。最高だ。

あんたの最後のつとめを存分にはたしてくれ。できるかぎりみっともなく、ぶざまに破滅してみせるという、大事なつとめを。


生徒10番（男）は、あのとき自分が動かなかったこと、動けなかったことを、ずっと悔やみつづけていた。

（おれはだめなやつだ。最低だ）

（ただ見ていたんだ。あいつが刺されるのを）

（おれに助けをもとめていたのに）

（あいつと目があった。目があったんだ）図80
（助けてくれと目で言ってた。それなのにおれは）

図80

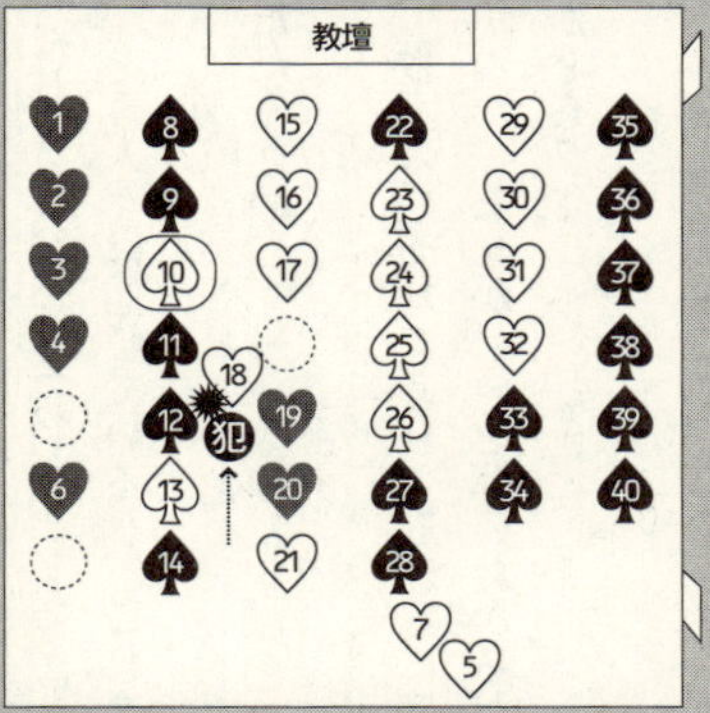
教壇
1
2
3
4
6
8
9
10
11
12
13
14
15
16
17
18
19
20
21
22
23
24
25
26
27
28
29
30
31
32
33
34
35
36
37
38
39
40
犯
7
5

そこで彼はふと思った。（あれは助けてくれという目だったろうか。べつのなにかを言いたかったのではなかったか？）

「もう大人たちには（まかせられない）」

「（みんなのかわりに）わたしをかわりに（殺してください）」

藤村綾の最後の言葉だ。そう人々は信じているし、これを間近で聞いた生徒たちもそう思っていた。今の今までは。しかし。

本当にこのとおりだっただろうか。

生徒15番（**女**）の席は、教室の最前列であり、逃げるには好都合だった。事実、逃げようとした。しかしそうしなかった。なぜか。声を聞いたからだ。図81

（あれは、誰の声だったかしら？）

生徒17番（**女**）は前述のとおり転校生で、このクラスにはいってから二カ月と日があさかった。そのせいだったのかもしれない。

生徒たちのようすを、いわば「ちがう目」で見ることができたのである。図82

彼女は、たった今思い出したことを家族に話していた。

図81

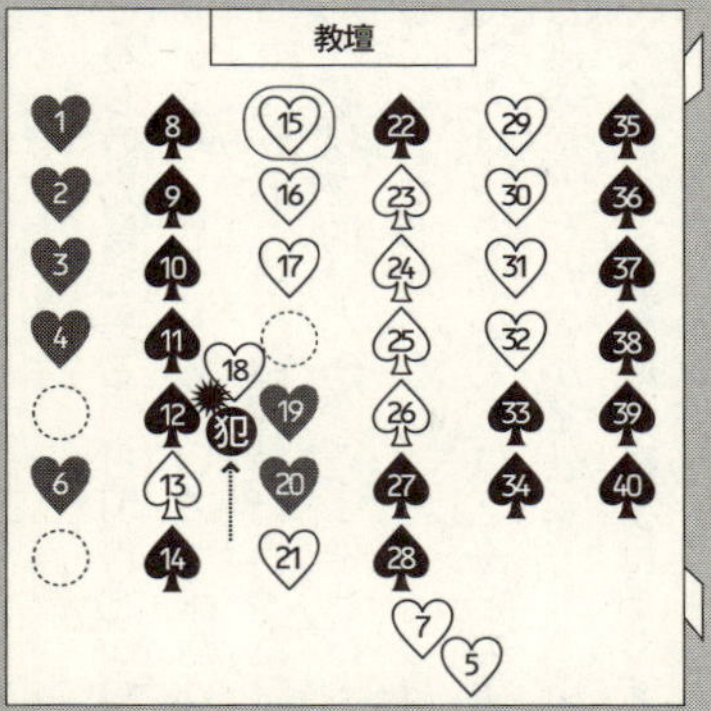
教壇
1 2 3 4 6
8 9 10 11 12 13 14
15 16 17 18 19 20 21
22 23 24 25 26 27 28
29 30 31 32 33 34
35 36 37 38 39 40
犯
7 5

図82

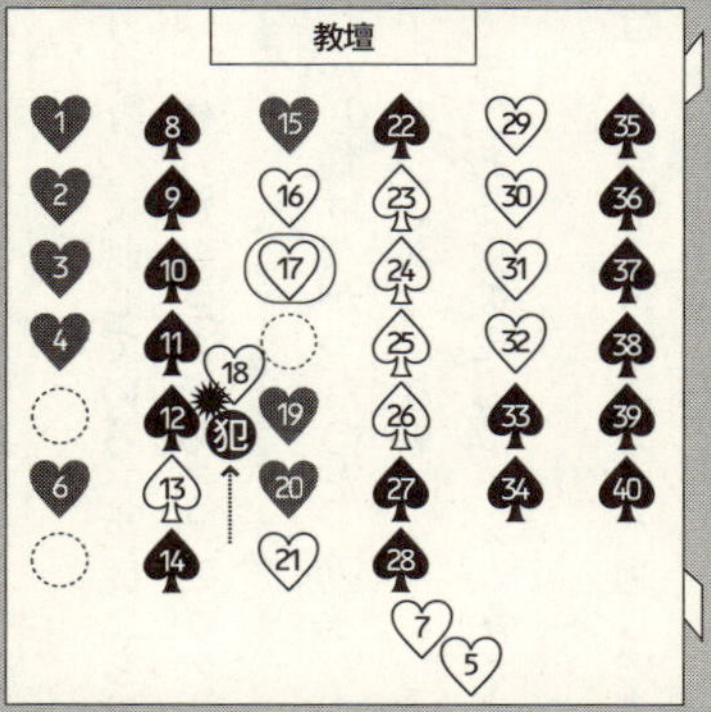
教壇
1 2 3 4 6
8 9 10 11 12 13 14
15 16 17 18 19 20 21
22 23 24 25 26 27 28
29 30 31 32 33 34
35 36 37 38 39 40
犯
7 5

「みんな立ちすくんでいたの。ショックのあまりかと、最初は思ってたけど、今考えると、どうもそれだけじゃないみたい。うまく言えないんだけど……こんなことあるわけないって、自分でもわかってるんだけど……その、なにかを待ってるみたいな。なにかに聞き耳をたてててるみたいな。いいえ、私にはなにも聞こえなかったんだけど」

おそろしい光景である。日垣吉之が藤村綾に馬乗りになって刺している。生徒たちはそれをとりかこみ、じっとしている。誰もなにも言わない。生《い》け贄《にえ》の儀式をみつめるかのように。

わたしをかわりに。藤村綾は言った。

みんな藤村を助けたかった。それはもちろんだ。しかし動けなかったのだ。動きたくても。どうしていいかわからなかった。そこは十四歳だ。子供だ。しかたがない。

生徒たちは声を聞いた。ほとんどの生徒には聞こえる、ある生徒には聞こえなかった声を。

それは誰の声だったのか？

すくなくとも、藤村綾の声ではありえない。彼女はこの段階で日垣にめった刺しにされ、意識をうしなっていたのだから。

生徒31番（女）と**生徒32番（女）**の会話。

「でも藤村綾さんの声だったわよね」

「ええ。まちがいなく」図83

「藤村綾は声を出すことが不可能だった。しかしその声を全員が聞いた」盗聴者はつぶやいた。「どういうことなんだ？」

「甲田はどこだ？」石持が聞いてまわっていた。

「放送直前だというのに姿がみえない。どこへ行ったんだ」

「甲田さんなら、さっき外へ出ていきましたよ」同僚のひとりが言った。『ここまでくれば、もうおれに用はないだろう。あいつとのケリをつけてくる』って言って」

「くそっ。なんて勝手な――なんなんだ、そのケリをつけるってのは。あいつって誰だ？」

「さあ。聞いてません」

〝バベル〟はふと不安になった。

尾行されているような気がする。

生徒23番（**男**）と**生徒24番**（**男**）の会話。

「耳で聞いたんじゃないよな」図84

「そうだそうだ。頭の中に直接聞こえてきたんだ」

瀬尾伸彦はテーブルについた。報道陣のフラッシュがいっせいにたかれ、目の前が真っ白になった。

伸彦は片手をあげ、光をさえぎろうとしたが、どうにもならないくらいものすごい量のフラッシュだった。まるで刑場だと伸彦は思った。


これで瀬尾伸彦は破滅する。携帯のテレビで瀬尾伸彦の記者会見をみながら、島津聡子は思った。

積年の恨みをはらしたのだ。

しかし本当に、これでよかったのだろうか？

「いや、そうじゃない」
生徒25番（男）は思った。
「聞いた・・・ように・・・思ったんだ。クラスのみんなが」 図85
「だから同じことだ」

図83

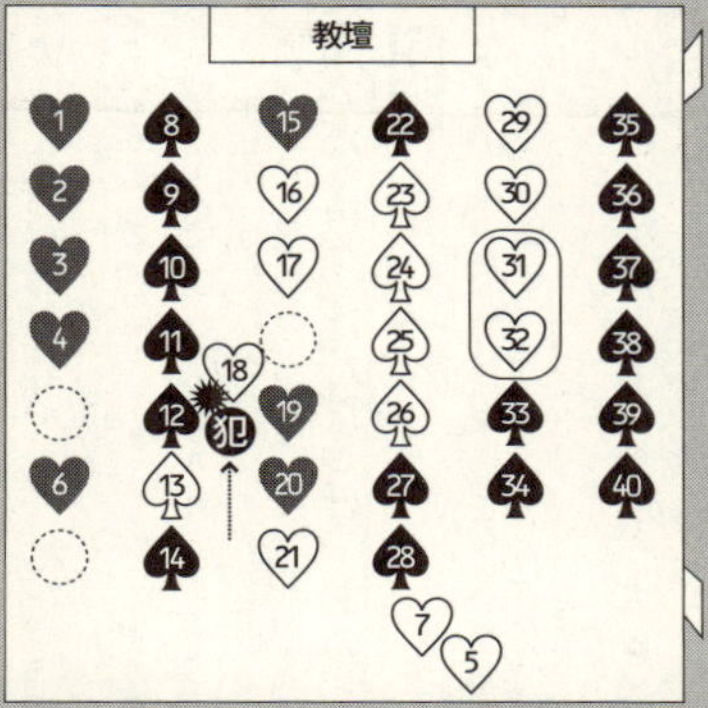
教壇
1
8
15
22
29
35
2
9
16
23
30
36
3
10
17
24
31
37
4
11
25
32
38
18
12
犯
19
26
33
39
6
13
20
27
34
40
14
21
28
7
5

図84

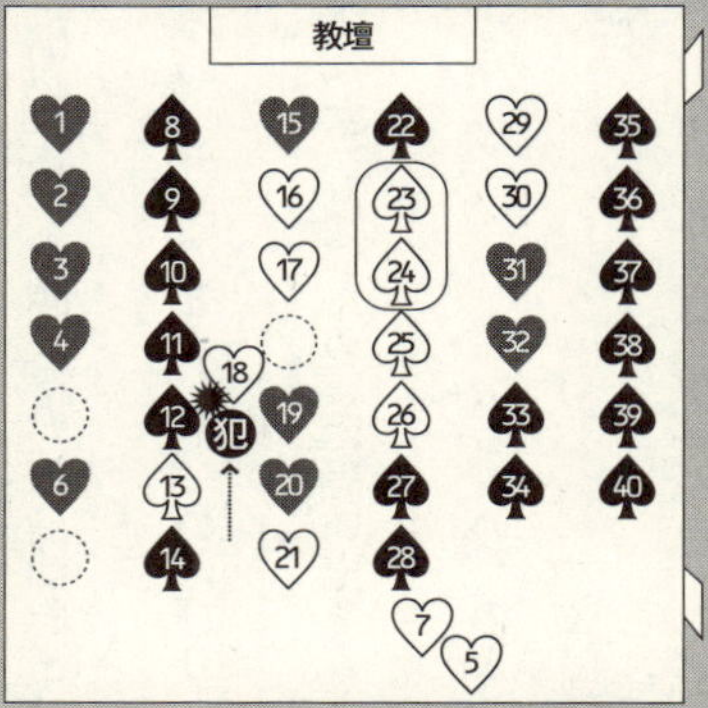
教壇
1
8
15
22
29
35
2
9
16
23
30
36
3
10
17
24
31
37
4
11
25
32
38
18
12
犯
19
26
33
39
6
13
20
27
34
40
14
21
28
7
5

（自分は将を、自分の息子を愛することができなかった）

島津聡子は思った。

理由はどうあれ、自分の息子の命を危険にさらした。殺されるかもしれないことを承知の上で、目的のために利用したのだ。

あのテレビ局の男が言ったとおりだ。教師失格、母親失格、人間失格だ。島津聡子はにやりと笑った。

人間失格、上等よ。失格人間として生きのびてやるわ。外国のどこかで、のんびりと。

「どう聞いたと思ったんだっけ。あのとき」**生徒29番（女）**はけんめいに思い出そうとしていた。**図86**

「綾がなにかを、あたしたちにたのんでいた。いやそうじゃない。命令していたのよ」

〝バベル〟は、建物上階へむかうエレベーターにのりこんだ。

コートの上から手をふれ、武器の所在を確認する。

「このたびの……」瀬尾伸彦は両手で原稿をつかみ、読みはじめた。顔面蒼白だった。原稿はふるえ、パタパタ音をたてた。

図85

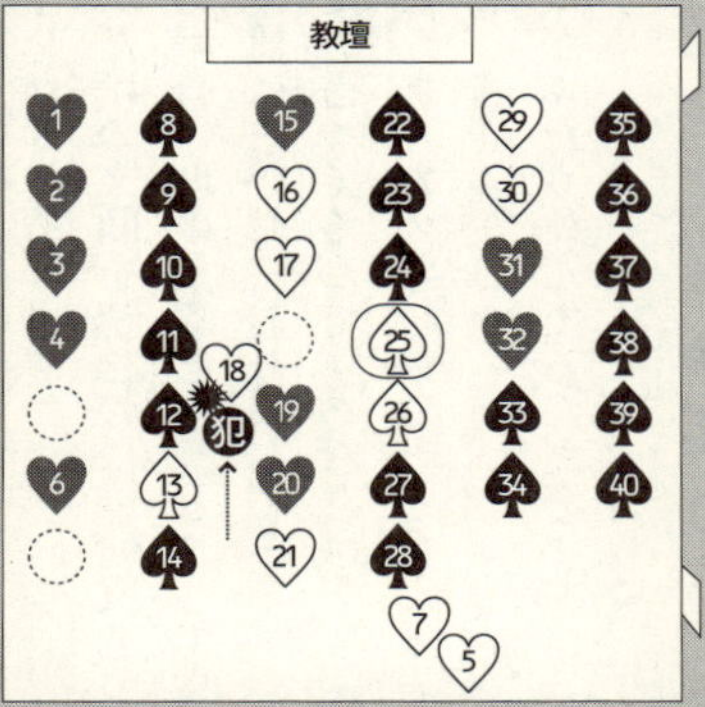
教壇
1 2 3 4 6
8 9 10 11 12 13 14
15 16 17 18 19 20 21
22 23 24 25 26 27 28
29 30 31 32 33 34
35 36 37 38 39 40
7 5
犯

図86

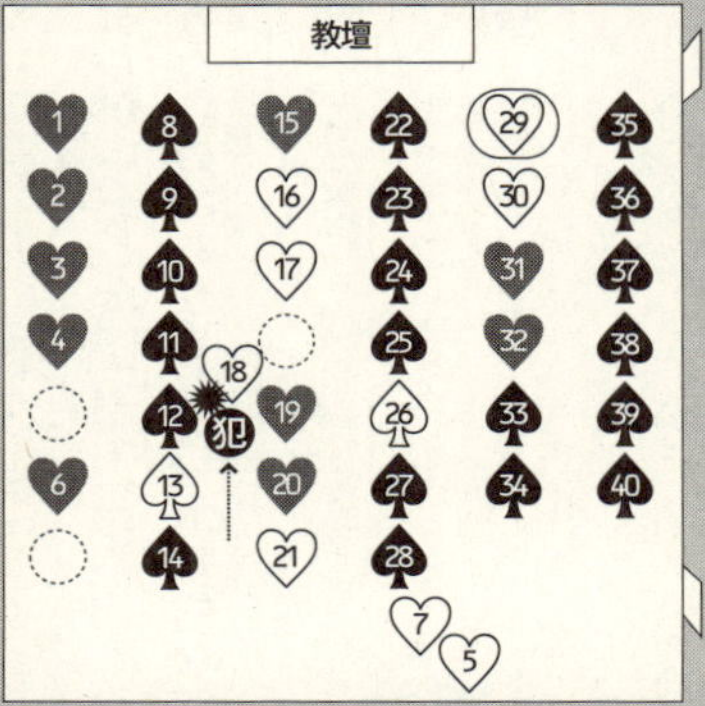
教壇
1 2 3 4 6
8 9 10 11 12 13 14
15 16 17 18 19 20 21
22 23 24 25 26 27 28
29 30 31 32 33 34
35 36 37 38 39 40
7 5
犯

「このたびの事件につき、おなくなりになられた生徒様に対し、瀬尾学園理事長として、心からお悔やみをもうしあげます。保護者の皆様、関係者の皆様には多大なご苦労とご心痛のこととお察しいたします。

事件発生から四日たった今日にいたるまで、公の場に出席をしなかったことにつきまして、おわびをもうしあげます」

これだけの文面を読むのに、何度もつかえ、読みまちがいをした。

「私の場合、理事長職ともうしましても、形式にすぎないのでありまして、実質的な学校経営は役員にまかせておりまして……」

「なにを言ってるんですあなたは！」報道陣から怒号がとんだ。

「世間があんたの学校のことをなんと思ってるか知らないのか」

「結局、責任のがれか」

「子供がふたり死んでるんだぞ！」

ブルース・リーは、待ち合わせ場所の短期賃貸マンションの一室にいた。

遅刻せずにすんだ。取引の相手はまだ来ていない。

カバンをあけ、中の書類をたしかめた。

ここ数日の取材の結晶――「緑の鹿」に関する最新情報だ。

〃バベル〃はエレベーターをおり、廊下をすすんだ。

ポケットからアンプルをとりだして日付を確認した。

大丈夫。この自白剤はまだ使える。


生徒30番（女）は思った。

（どんな命令だったか思いだせない。でもとにかく、あたしたちはしたがった）図87
（したがわなければならなかったのよ。だって――）

「風評はすべて事実であります」報道陣の怒号の中、瀬尾伸彦はひたすら原稿を棒読みしつづけた。

「私は自分の息子がすこしでも快適な学生生活をおくれるようにするため、さまざまな便宜をはかりました。校長に指示をあたえ、担任教師に――」

報道陣からの怒号があまりにものすごくて、自分で自分の言葉がよくきこえなかった。

伸彦は救いをもとめる思いで、袖のほうにいる高橋をうかがった。そして愕然となった。

そこには誰もいなかった。

高橋は自分を見捨てて、いなくなったのだ。

（藤村綾……）島津聡子は、なんとはなしに藤村綾の携帯のボタンを指でさぐりながら思った。あの子は聖少女として人々の記憶に残るだろう。教師の自分は逃亡者として汚名にまみれることになる。まあいい。

（不運な子だ。十四歳で死ぬなんて）本心からそう思った。

（あの子は本当に、わたしのためによく働いてくれた）

藤村綾の判断はつねに的確であり、時として非情でさえあった。

日垣里奈が自殺し、父親の吉之の徘徊がはじまった初期のころ、島津は藤村綾に相談したことがある。

「あのお父さん、どうしたものかしらね。力ずくで追い出すわけにもいかないし」

——簡単ですよ先生。無視すればいいんです。

「無視？」

——あの人はひとりじゃ何もできやしません。みんなで無視しちゃえばいいんです。

「あなた、よくそんなすごいこと言えるわね……」

『日垣無視』を提案したのが藤村綾であったことは、島津のほか誰も知らない。

図87

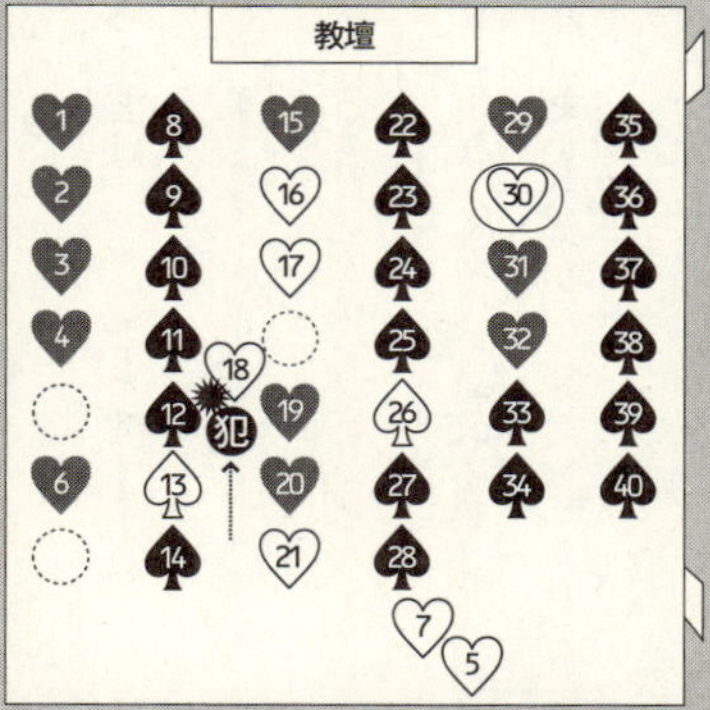
教壇
1
2
3
4
6
8
9
10
11
12
13
14
15
16
17
18
犯
19
20
21
22
23
24
25
26
27
28
7
5
29
30
31
32
33
34
35
36
37
38
39
40

藤村綾の発想の大胆さには、島津も驚かされることが多かった。

あるとき彼女が、島津に対して何か言いたそうにしていたことがある。


――先生。

「なあに？」

――わたしたちのしていることは、いいことですよね。

「もちろんよ」

――それであの……。

「どうしたの」

――わたし……。

「あなたらしくないわね。言ってごらんなさい」

――いいです。そのうち言います。


藤村綾の携帯をまさぐる島津の指がとまった。

今まで気づかなかったが、送信箱に未送信のメールが一通あるのだ。

作成日時は11月4日の午前8時。藤村綾としては、作るだけ作って保存しておき、あとで送信するつもりだったのだろう。しかしそれはできなかった。30分後に殺されてしまったからだ。

島津としてはメールの内容がひどく気になったが、パスワードでロックされているため、メールボックスをひらくことはできなかった。

ドアチャイムが鳴った。島津は携帯をポケットに入れ、ドアへむかった。

のぞき窓から相手の姿を確認し、ドアロックを解く。

（だって）
生徒16番（女）、
そして生徒たち（5、7、13、17、21、26番をのぞく）
は同時に思った。図88
（だって彼女が言ったんだから。自分を助けろと）

三階の廊下で男が待っていた。ロックのはずされる音がし、ドアが内側からあけられた。

男は中へはいろうとした。

背後で声がした。「なるほど。そこに島津先生をかくしたのか」

男――飯沢哲春は、はっとふりむいた。

甲田諒介が立っていた。

「このような混乱をまねいた責任はすべて、理事長である私にあります」はげしい怒号の中、瀬尾伸彦は夢中で読んでいた。

「この上理事長職及び『瀬尾電機』の役員職にとどまりつづけることは学校法人『瀬尾学園』のみならず瀬尾グループ全体のためにならないと考え、現職を辞することといたしました。なお後任につきましては、役員会に一任――」

「瀬尾さん。あなたさっきから、われわれの質問にちっとも答えてないじゃないですか」報道陣から声がとんだ。

「瀬尾中を私物化しておきながら、そんな程度で責任をとったと言えるんですか!」

伸彦は理解できなかった。全部みとめたのに、あやまったのに、みんなの気にいるようにしたのに、なぜおこられなければならないのだろう。

「ちがう」伸彦はつぶやいた。「いまのはまちがいだ。そんな事実はなかった。高橋《あいつ》が言えって言ったから――」

爆発的にフラッシュがたかれ、目の前が真っ白になった。瀬尾伸彦は泣きだした。

(みんなが自分を見ていた)

瀬尾将は、父親の受難を知ることなく、たったいま思い出したことに心をうばわれていた。

(みんなが見ていた。刺されている藤村じゃなく、自分の方を) 図89

図88

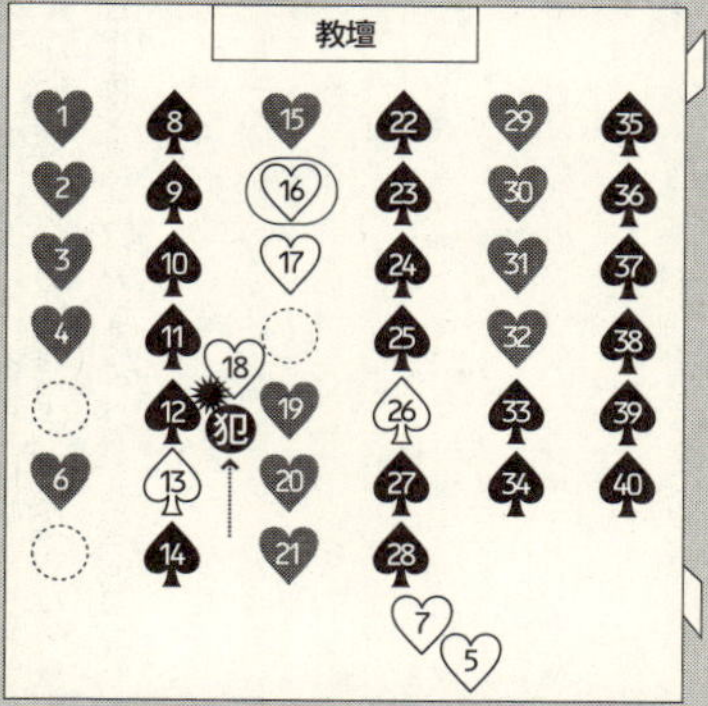
教壇
1
8
15
22
29
35
2
9
16
23
30
36
3
10
17
24
31
37
4
11
18
25
32
38
12
犯
19
26
33
39
6
13
20
27
34
40
14
21
28
7
5

図89

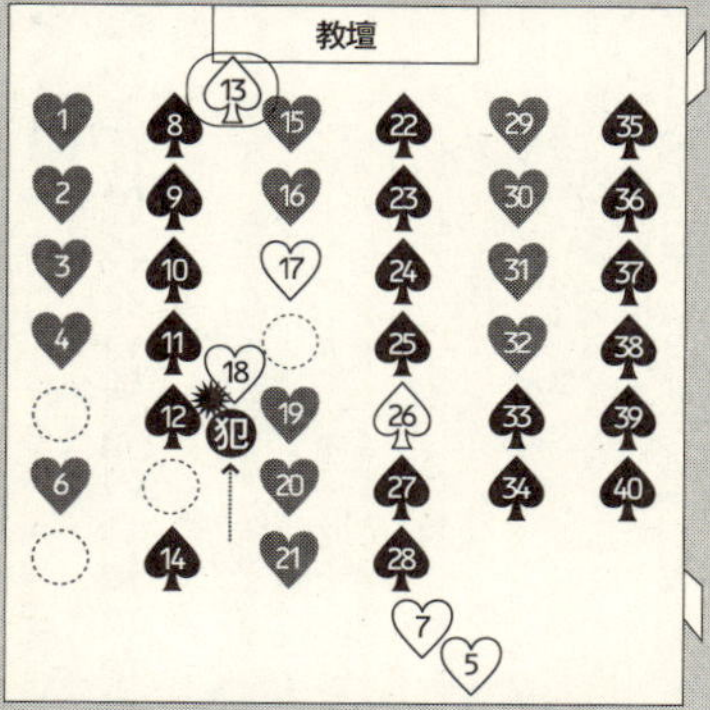
教壇
13
1
8
15
22
29
35
2
9
16
23
30
36
3
10
17
24
31
37
4
11
18
25
32
38
12
犯
19
26
33
39
6
20
27
34
40
14
21
28
7
5

なぜなのかわからなかった。それが今わかった。

「瀬尾中生徒殺傷事件の真相」放送まであと58分

「なにが放送されるにせよ、茶番だ」盗聴者はつぶやいた。
「真相は誰にもわからない。なぜなら、誰もわかりたいとは思わない種類の真相だからだ」

31 ブルース・リー

「どうして……」飯沢は真っ青な顔で、やっと言った。

「朝早くからあんたを尾行させてたんだよ。探偵を雇ってな」甲田は言った。

「おれには確信があった。あんたを尾《つ》けていさえすれば、かならず島津先生のところへ行くと。

島津先生にとっては、どこへ逃げるにしても金が必要だ。その金はどこから調達する？　あんた以外にありえないじゃないか。島津聡子が逮捕されていちばん困るのは瀬尾伸彦なんだからな。

あんたにしてみれば、島津聡子は瀬尾を破滅させた憎い女だ。しかしここのところは、彼女に安全圏に逃げのびてもらうしかないんだ。あんたのそのバッグには金と海外行きの航空券がはいってるんだろう？」

「あなたには、ほとほとあきれましたよ」飯沢はため息をついた。「とんでもない誤解だ」

「誤解かどうか、中にはいればはっきりするさ」甲田はそう言って飯沢の横をすりぬけ、ドアを押しあけた。「島津先生。甲田です。はいりますよ」

しかし室内には誰もいなかった。

「おい。誰もいないぞ」

「えっ——そんなはずはない。いま、中からドアがあけられたのに」飯沢もおどろき、つづいて中へはいった。

テーブルに一枚の書き置きがあった。

飯沢様

尾行されたのではお会いするわけにはいきません。残念ながら取引はこれまでです。「ラガド」については後日あらためて。

ブルース・リー

「ブルース・リーだぁ?」甲田は叫んだ。「なんのことだ。島津先生はどこにいるんだ?」

そこから三百メートルはなれた場所で、島津聡子は〝バベル〟を部屋に招き入れていた。

「待っていたわ。どうぞ」

しかし島津は、〝バベル〟につづいて、ふたりの男が入ってくるのを見て、顔色を変えた。

「どういうこと。ひとりで来るという約束だったじゃ——」

ふたりの男のうちひとりが、島津のみぞおちに拳をつきいれた。島津の呼吸が止まり、体がくの字になった。もうひとりの男がドアをしめた。〝バベル〟はふたりの手際をだまって見ていた。

「だいなしにしてくれましたね」飯沢は書き置きを手にとりながらため息をついた。

「この男とコンタクトをとるのに、どれだけ苦労したと思ってるんです」

「なんのことだ。誰なんだ？」

「情報屋ですよ」

「情報屋？」

飯沢はあけはなされた窓辺にあゆみより、手まねきをした。「ご覧なさい。ロープが一本たれてます。これで下の道路までおりたのでしょう」

「忍者みたいなやつだな。そんなにまでして顔をみられたくないのか」甲田の鼻はかすかなムスクの香りをかぎとった。数分前までここにいた人物がのこしていった香りだ。

「これがブルース・リーの匂いか……」

ていた。島津聡子はひとりの男に口をふさがれ、もうひとりの男の手で、腕に注射針をつきさされ

「手早くすませたいので、薬をつかわせてもらいますよ」〝バベル〟は腕時計を見ながら言った。


「あなたの勘違いにもいいかげんうんざりさせられますよ」飯沢は言った。

「そもそも、警察があの再現をやったのはなぜだと思います？」

「瀬尾伸彦から金をもらったからだろ」甲田は言った。

「違う。警察は金などうけとっていません」

「まだそんなことを——」

「本当です。仲立ちの人物に電話をして、このことをたしかめました」

「警察は、伸彦からたのまれるまでもなく、最初から、みずからの考えで、あの再現をやるつもりだったんだよ」高橋友雄は飯沢に言ったのだ。

「伸彦からうけとった金は警察に一円も渡しちゃいない。最初からおれには警察とのルートなんかなかったんだから当然のことさ」

「本当かそれは？」甲田は半信半疑で言った。

「警察が動いたのが金目当てではなかったとしたら——どうして警察は動いたんだ？」

「命令があったからですよ。警察以上の組織から」

「警察以上の組織？」

「『ラガド』です」

「『ラガド』？」甲田は一瞬ぽかんとし、それからあっとなった。「あんたが前に話してた、情報取扱機関のことか！」

「私が最初に『ラガド』の存在を知ったのは、あの情報屋を通してでした。何度か連絡をとりあううちに話題になったんです。

『ラガド』は警察に再現実験をおこなうよう命令します。警察はしたがうしかない。もちろん本当の目的は明かされません。

『ラガド』の目的が、あの事件の捜査とか、犯行状況の再現とか、そんなものでなかったことはたしかです。そんなものは、まったくどうでもよかった。

『ラガド』が警察を動かして再現をさせた目的は、もっとずっと別のところにあった。『緑色の鹿』を見つけたかったのです」

「緑色の鹿？」

「符丁です。あの凶行の数分間、あの現場ではなにかがおこっていた。なにかが存在したんです。『ラガド』にとっては喉から手が出るほど欲しいなにかが」

「もったいつけるなよ」甲田はイライラして言った。「いったい、『緑色の鹿』とは何なんだ」

「だから」飯沢は甲田をにらみつけた。

「だからそれを、あのブルース・リーから聞きだそうとしてたんじゃないですか。八方手をつくして、やっと会う段取りをつけたんです。それをあなたが――」

「そうか」甲田は頭をかいた。「じゃ、『緑色の鹿』が何なのかは、わからずじまいってわけか」

「そうでもありません。だいたい見当はついています」

「なに?」

「彼には、私の推理の、いわば裏付けをしてもらうために来てもらったにすぎません。今回の事件では『主役』が何度も交替しました。

第一の主役は、直接の犯人である日垣吉之。

第二の主役は、クラス支配をしていたと目された瀬尾将。

第三の主役は、それをさらに上回る『Sメソッド』をおこなっていた島津聡子」

「なるほど」甲田はせわしなくうなずいた。

「『ラガド』はSメソッドの情報が欲しかったんだ。なにしろ貴重な実験だからな。島津聡子がひそかにSメソッドを実行していたことを『ラガド』は知った。だから――」

「近いですが、正解ではありません」飯沢は言った。「『ラガド』の本当の目的は島津聡子ではなく、藤村綾でした」

「藤村綾？」

「話してもらいましょう。島津先生。藤村綾のことを」〝バベル〟は言った。

「あの子は……」島津聡子はもうろうとなりながら、口をひらきかけた。

「彼女はSメソッドの一部だったんだろ」甲田は言った。「島津先生の命令に忠実にしたがって――」

「それが、そうではないのです」

「なに？」

島津聡子は言った。「あの子はわたしに言ったわ。『もう先生にはまかせられない。大人たちにはまかせられない』って」

「『大人たちにはまかせられない』」〝バベル〟はうなずいた。「藤村綾の最後の言葉だ」

「藤村綾は、たしかに最初は島津の命令にしたがうだけの、Sメソッドを構成する一部にすぎませんでした」飯沢は言った。

「しかしやがてそれに飽きたらず、自分独自の実験をはじめたんです。Sメソッド以上の実験を。そしてこれが、この実験の成果こそが、『ラガド』の欲しいものでした。『ラガド』にはわかっていたんです。この事件の最大の主役は藤村綾だったということが」

「なんなんだ。藤村綾のしていた実験というのは？」


〝バベル〟は島津に質問し、島津は答えつづけた。それらはすべて録音された。島津が答えにつまると、注射を命じた。

「適量をこえていますが」

「かまわんさ」


「わかりません。そこまでは」飯沢は首をふった。

「ただ、クラスに対して、同級生たちに対して、なにかをしていたことはたしかです。もちろん生徒たちの方には、自分たちがそうされているという意識はありません。意識も記憶もないまま、藤村綾の影響をうけつづけている。

そのことが藤村綾には、きっとおもしろく思えたのでしょう。ある時期からあの子は、自分自身の能力にめざめたのです。

あの子は思ったはずです。『わたしなら先生よりうまくできるのに』と」

「ばかな」甲田は首をふった。「中2の、十四歳の少女がそんな」

「藤村綾についてあなたは、いいえわれわれ全員が、なにを知っているというのです？ 子供だから、いい子だから、だからこんなことをするはずがない。それは大人の勝手な、都合のいい思いこみにすぎませんよ。

藤村綾はクラスという『現場』に身をおいていました。クラスをよくしたいと思いつつ、ある種の『限界』を感じたのだと思います。

ありきたりのことをしていたのでは、このクラスをよくすることなどできない。今まで誰もやったことのない、思いきったことをしなければ。そして自分にはそれができる。正確には、もうすこしで、できるところだった」

藤村綾は臨終の際に言った。「もうすこしで……」

そう。もうすこしで完成するところだったのだ。彼女の構想していたなにかが。

具体的になにをしようとしていたのかはわからない。しかし藤村綾はやろうとしていた。

その「準備工作」を日垣里奈に知られた。ノートでも見られたのだろうか。

日垣里奈はその内容にふるえあがる。「なんてことを」

その里奈に藤村綾は言う。

あなたにはわからないかもしれないけど、これはクラスをよくするために必要なことなの。お願いだから黙ってて。さもないと……。

里奈はおそれおののく。藤村綾の正体を知ってしまったのだ。

このことを誰かに話したい。でも話せない。

この里奈のようすを見たものが「誰かに精神的虐待をうけていた」と誤解した。実際そうでもあったのだが。

確かに責められていた。ただし誰からでもなく、自分の内なるプレッシャーに。

虐待なら少なくとも自宅に帰ればのがれられる。しかしこれは24時間のがれられない。

日垣里奈は苦しんだ。その間も藤村綾の作業は進行している。この作業の存在をしっていた唯一の生徒が里奈だった。

誰かにこのことを言いたくてたまらない。ついに生徒26番（男）にしゃべってしまった。

すぐさまの恐怖。「もし彼が誰かにしゃべってしまったら！」

秘密を知る者がふたりになったということは、それがばれる確率も二倍になったということだ。たちまちその倍、さらにその倍になることだろう。

藤村綾に知れるのは時間の問題だ。日垣里奈はたえきれず、ついに自殺する。

「はなしちゃった　いつかばれる　こわい」

彼女の自殺に生徒26番（男）はショックをうけ、不登校になった。

藤村綾はというと、さすがに責任を感じたらしく、予定を一時中止した。中止せざるをえなかったのだ。父親・日垣吉之の徘徊がはじまったために。

藤村綾はじれる。あの徘徊のために「準備工作」が進まない。

藤村は日垣を排除したかった。だからこう言った。

「里奈ちゃんは、ある人から精神的においつめられて死にました。私が仇をうってあげます。必ず満足の行くようにします。だからもうここへはこないでください」

しかし藤村にとって計算外だったのは、日垣がアルコール依存症だったことだ。これがどういうものかわかっていなかった。この点だけはやはり、子供だったというべきか。

11月4日の朝。日垣は包丁を持って教室に突入する。前日藤村綾と会い、約束をしたことはきれいに忘れている。日垣にとっては、周囲の現実よりも、自分の中の妄想がすべてに優先する。

教室に侵入した日垣にとって、目の前の生徒たちはすべて「敵」だった。

藤村綾がくる。「きのうあれほど言ったのに、また来たのか」と苦々しく思いつつ。

藤村にしてみれば日垣はむしろ「御しやすい大人」であり、暴発する危険などあまり想定していなかったと思われる。

そんなことは日垣にはわからない。日垣の中を占めていたのはただ、圧倒的かつ正体不明の殺意だ。

日垣は待っている。なにを？　誰かがちかづいてくるのを。ちかづいてきたら刺す。ちかづいてきたやつが悪い。それだけだ。藤村はちかづいてきた。

本当なら藤村綾は、この時点で刺されているはずだった。

だがそうはならなかった。藤村の言葉が日垣の心を動かしたのだ。すくなくとも一度は。

日垣は廊下へ出る。前方に島津がいた。職員室をぬけだしてきた島津聡子。

狂い、呆けた日垣の心に希望がともる。

島津聡子なら。彼女なら、自分がどうすればいいか教えてくれるに違いない。すがる思いで、歩みよろうとする。

その島津は、にっこり笑いながら教室を指さしたのだ。「もどりなさい」と。

日垣は戻る。言われたとおりに。それでどうなる？

生徒7番とぶつかる。「邪魔だよ。モン！」

日垣は刺した。あとはただ狂うだけだ。

〝バベル〟は録音機のスイッチを切った。聞くべきことはすべて聞いた。

ぐったりしている島津聡子のポケットから藤村綾の携帯をとりだした。

「まわりまわって、結局は無差別殺人か」甲田はがっくりとなった。「信じられんよ。藤村綾がそんな『力』をもっていたなんて」

「『ラガド』が欲しがったことが、それの実在したなによりの証拠ですよ」飯沢は言った。

「いったい何なんだ。彼女の力とは？」

「それを知ることは永久にできないでしょう。あの子が死んでしまった今となっては。それでも『ラガド』は、たとえその断片でもいいから、知りたかった。あれだけの手間をかけて犯行再現をさせたのもその一環です。『ラガド』としては、どんな手段を使ってでもいいから、藤村綾の得たものに1センチでも1ミリでもちかづきたかったのです。それほどすごいことだったんですよ。藤村綾のやったことは。

私の想像ですが、いま『ラガド』は島津先生に接触しているはずです。どんな小さなてがかりでもいいから、先生から聞き出そうとしているはずです。もっとも先生本人がその件についてどれほど知っていたかは疑問ですが」

〝バベル〟は、藤村綾が最後にのこしたメールを読んでいた。

メールボックスのパスワードを解くのは造作もないことだった。

島津先生

先生に言われていないことを、だいぶ前からやっています。言おう言おうと思いながら二カ月もたってしまいました。ごめんなさい。

内緒にしていたのは、自分でもうまくいくかどうか自信がなかったからです。

率直に言います。先生のやりかたでは、このクラスを本当によくすることはできません。そう確信したのは、日垣里奈さんのお葬式の時です。

みんなガヤガヤおしゃべりをしていて、わたしは恥ずかしくて、何度も先生にお願いしました。「みんなに静かにするように言ってください。お葬式なんですよ」おぼえていますか。あの時先生はわたしにこう言いましたね。

「言っても無駄なの。あの子たちは子供のときから甘やかされつづけているから、他人の命令にしたがうということができないのよ」

わたしはびっくりしました。「じゃ、ほったらかしなんですか。みんなに迷惑がかかっても、いずれ自分の身にはねかえってくることであっても」

「『教育とは圧倒することである』と、ずっと以前、誰かが言っていたわ」先生はひとりごとのように言いました。

「今はもう、そんなことは不可能よ。こんな時代では、どんな教師でも生徒を圧倒することなんてできやしない。あなたとわたしのように、陰からささやかな『干渉』をくわえるのが精一杯なのよ」

先生。わたしには納得できません。

これでいいんでしょうか。ほったらかしでいいんでしょうか。

なぜ誰も何も言わないんでしょう。これじゃ変だ、どこかおかしい、何とかするべきだって、なぜ声に出して言わないんでしょう。それとも、わたしの方がおかしいんでしょうか。

わたしをふくめて生徒というものは、圧倒されるべき時には圧倒されるべきなんです。静かにしろと言われたらぴたっと黙るべきなんです。そうできるだけの力を誰かが持つべきなんです。誰かが。

「はっきりしているのは」飯沢が言った。「くりかえしになりますが、事件の真相など『ラガド』にとっては最初からどうでもよかったということです」

「どうでもよかった——か」甲田はぐったりする思いだった。

「瀬尾将のクラス支配も、瀬尾伸彦の学校支配も、島津聡子のSメソッドも、なにもかもどうでもよかった。

ただひとつ、十四歳の少女がもっていた――もっていたかもしれない『力』が、それだけが、今回の事件のすべてだったというのか……」

甲田の携帯が鳴った。編成部長からだった。

〝どこにいるんだ。持ち場をはなれて〟

「はあ……」

〝放送は中止だぞ〟

「そうですか」甲田は簡単にうなずいた。

〝驚かないのか？〟部長の声は不審そうだった。

〝君はあの番組には相当いれこんでたと私は思ってたんだが。私は残念なんだよ。あれは相当の視聴率が期待できる番組だったし〟

「部長は、中止の理由をご存じなんですか？」

〝よくわからん。なんでも社長の指示で、急遽上層部が集められて――なんだ。なにがおかしい？〟

甲田は笑っていた。力のない笑いだった。急に全身から精気が抜け、ふけこんでしまったように見えた。

バラエティ番組の画面下にテロップが出た。

予定しておりました特集「瀬尾中生徒殺傷事件の真相」は、諸般の事情により放送中止となりました。

よくあることだ。大半の人々は気にもしなかった。

成田空港ロビーのテレビの前で、冬島康子はおもわず立ちあがっていた。午後8時45分。放送15分前。このタイミングで中止とは、あまりにも不自然すぎる。なにかがおきたのだ。

旅行などしている場合ではない。カートをひきずってチェックインカウンターへひきかえそうとした。その時だった。

「冬島さん」横合いから声をかけられた。ふりかえると、長身の外国人男性が立っていた。見知らぬ相手だった。

アメリカ映画によく出てくる俳優にちょっと似ているような気がしたが、すぐには名前を思い出せなかった。おそろしく痩せた男だった。全身が、まるでそこだけ気圧が高いかのように、ぎゅっとひきしまった印象だった。かすかにムスクの香がした。

「どなたです？」冬島がいうと、男は微笑し、正確な日本語で言った。

「あなたのことは、顔写真もふくめて、世界中にネット配信されていますからね。どちらへおでかけですか?」

「いえ……旅行やめるんです。もどるんです。東京へ」

「それはちょうどよかった」

「えっ?」

「ちょっとだけお時間拝借できますか。お願いしたいことがあるのです」

島津聡子の死体は、埋め立て工事中の東京湾岸に近い海中から発見された。公表された死因は溺死だった。おいつめられたあげくの自殺として処理された。

Ⅳ　最終再現（非公表）

放送中止から数日後の深夜。

都内某所で、甲田と飯沢は酒を飲んでいた。

甲田はすでに相当酔っていた。飯沢の方はそれほど乱れていなかった。

「くそ。おれのやってきたことは何だったんだ」甲田はカウンターに額をおしつけんばかりにうなだれながら、もう何度目かわからない繰言をいった。

「おれたちの、というべきでしょう」飯沢はしずかに補足した。「じつは私、瀬尾伸彦の秘書をクビになりましてね」

「えっ？」甲田は一瞬酔いがさめたように首をもたげた。「そりゃまたどうして」

「瀬尾伸彦はあの放送があることを見越して、その機先を制するために辞任表明をしました。ところが放送は中止になった。

瀬尾は結果的に辞任する必要などなかったのに、自分から辞任してしまったのです。しかも一度辞任してしまった以上、もうそれを撤回することはできません。

瀬尾が失脚した以上、私も自動的にクビです。瀬尾失脚をしくんだのも、私のクビを切ったのも、同じ人物ですが」

「これで瀬尾学園は実質的におれのものだ。すべて筋書きどおりだ」高橋は飯沢に言った。

「どうだ。土下座しておれにわびるなら、何かのポストを考えてやってもいいぞ」

「そんなことより」飯沢は言った。

「もう教えてくれてもいいでしょう、あなたが伸彦をこれほどまでに憎んだ理由を。あなたは十分に目的を達したのですから」

「将の本当の父親は、私だ」なんでもないことのように高橋は言った。

「伸彦には子供をつくるに足るだけの精子がなかった。これは先任の秘書もふくめて、誰も知らなかったことだ。もちろん伸彦自身もだ。知っているのは私だけだ。

伸彦には跡継ぎが必要だった。だから私が伸彦のかわりに島津聡子と寝てやった。彼女は意外にすんなりうけいれたよ。彼女の方にも考えがあったんだろうな。今から思えば。

あるとき、ふと思った。私はいったい何だ？

伸彦は経営者として無能だし、それほど重要なことではないにせよ、人間としても粗悪品だ。その伸彦を二十年間サポートしつづけてきたのは私だ。私がいなければ伸彦は無だった。伸彦の功績だと世間が思っているのは、すべて私がやったことだ。伸彦の息子だと世間が信じて疑わない将は、私の息子だ。なぜここまで、伸彦の影武者でありつづけなければならない？　私こそが伸彦にかわって表舞台に立つべきなのに。この数年、ずっとそう思いつづけていた。だからそうした。それだけのことだ」

「ひとつだけお聞きします」飯沢は言った。「瀬尾伸彦はとりあえずおくとして、将君をどうするつもりですか？」

「私の養子としてひきとる。おちぶれた『父親』のもとにいるより、その方が幸福だろうかな。私なりに、あの子のことはかわいいと思っているんだよ」

「将君の考えも聞いてあげてくださいね」

「ひとのことより、自分の今後を心配したらどうだ。決心はついたか？」

「ええ。つきました。辞めさせてもらいます」学校法人のバッジをはずし、高橋の前においた。

「退職金は出ないぞ」

「けっこうです。それ以上のものをいただきましたから」

「なに？」

「今の会話を録音させてもらいました」飯沢はポケットからICレコーダーを出してみせた。

「マスコミに公表されたくなければ、以後は身をつつしむことですね」

「ちょっと待て。話しあおう！」高橋がわめきたてるのを背中で聞きながら、さっさと部屋を出た。

「やるなあ」甲田は首をふって言った。

「あんたりっぱだよ。おとなしそうに見えて、決めるときはきちっと決めるもんな。

それにしてもひどい話だ。結果がどうであれ、あんたほど瀬尾伸彦のためにつくした忠臣は、ほかにいなかっただろうに」

「それはいいんです。いずれ私は、今度の仕事が終わったら、辞めるつもりでいましたから」

「高橋とかいうやつについてはどうする？」

「とりあえずは公表しません。様子を見ます」

「おれも、今の仕事やめるよ」甲田はつぶやいた。

「局は、放送中止の責任を全部おれのプロダクションにおっかぶせやがった。つくづくこの世界がいやになった」乱暴にグラスをあおった。

「もうどうでもいい。すべて終わりだ」

「いや、そうとも言えません」飯沢は自分の手元のあたりを見つめながら、ぽつりと言った。

「なに？」

「こんなこと、今さら言っても仕方ないのかもしれませんが……」

「言えよ。気になるじゃないか」

「ひとつ、どうしてもひっかかっていることがあるんです。おぼえていますか。○○のこと」

「○○？　ああ『クラスに○○がいる』という、あのことか」

「どうして2年4組の生徒たちは、そう思ったんでしょう？」

「だから、藤村綾とSメソッドの結果だろ。藤村綾が生徒たちに知られずに活動しているのを、生徒たちが誤解して――」

「誤解ではなかったとしたら？」

「……あんた、なにかつかんでるな」甲田はグラスを置き、身をのりだした。「『緑色の鹿』に関係があるんだな。そうだろ」

「半分は私の想像にすぎないんです」

「それでもいい」

「誰にも言うつもりはありませんでした。永久に私ひとりの腹の中にしまっておくつもりでした。おそろしいことなんです。聞かないほうがいい」

「あんた、おれの性格わかってるよな。そんな言い方されて、はいそうですかとひきさがれると思うか？　あんたをしめあげてでも吐かせてみせるぜ」

「わかりました」飯沢はグラスを一気にほし、一息いれてから、甲田をぐっとにらみつけた。「そのかわり、聞く以上は最後まで聞いてください。決して途中で『もうやめてくれ』とは言わないでください。約束できますか？」

「約束する」甲田は飯沢の目を見て言った。

　藤村綾は最初は島津の忠実な下僕だった。しかし途中からそうではなくなった。Sメソッドを自分なりに解釈しなおし発展させた。それだけではなく実践した。実践する直前までいった。もちろん島津には内緒で。

藤村綾は事件前の数カ月、あきらかになにかを「準備」していた。準備がととのい、さあこれからというところで、日垣に刺されてしまった。

もし藤村が本格的に「なにか」を開始していたら、あのクラスはどうなっていたか。

もちろんわからない。しかし想像することはできる。

「その手掛かりになることが、じつはおきていたんです」飯沢は言った。

「いつ？」

「甲田さん。われわれはいままで何度も何度も、あの瞬間を再現しようとしていました。しかしただ一時点、ある時間帯のみがノーマークでした」

「どの時間帯だ？」

「藤村綾が刺されたあと、隣の男性教諭がかけつけるまでの数秒間です」

「だってそれは――もうその時には、すべてが終わっていたんだから」

「そうではありません。ここからがはじまりだったんです」図90

「はじまり？　何の？」

「『ラガド』は知りたかったんですよ。このとき生徒たちがどう動かされていたか」

「動かされていた？　誰に？」

図90

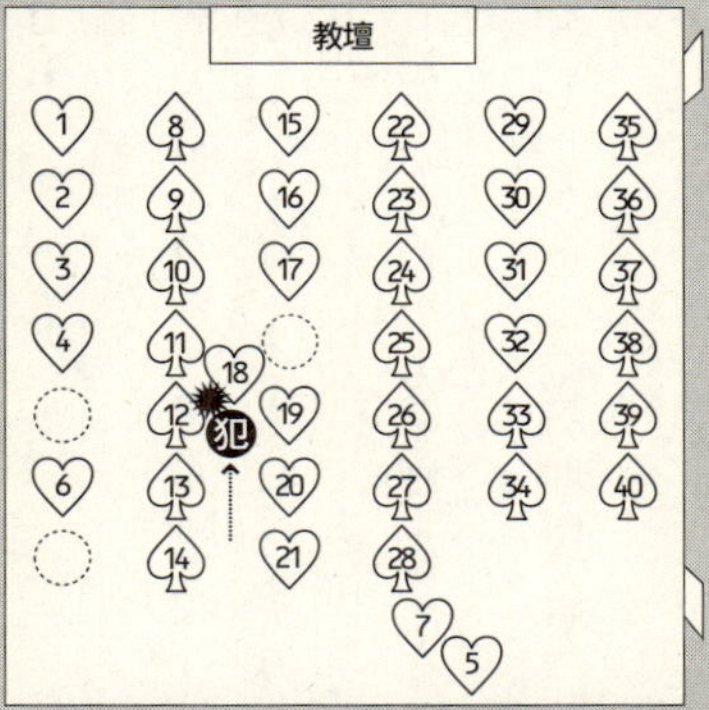
教壇
1
2
3
4
6
8
9
10
11
12
13
14
15
16
17
18
19
20
21
22
23
24
25
26
27
28
7
5
29
30
31
32
33
34
35
36
37
38
39
40
犯

「もちろん藤村綾にです」

「しかし彼女は——」

「そう。刺されていました。死のうとしていました。しかし彼女がこの二カ月の間に生徒たちの精神の深層にしかけたものは生きていました。まだ準備段階にすぎなかったそれが、この瞬間、生命をもったのです」

「どういうことだ。なにをいってるんだ？」

「思い出してください。瀬尾将があのとき『窓方向』へむかったと証言したことを」図91

「あれは否定されたはずだ。本人もはっきりおぼえていないと言ってたし」

「もし本当に、このとおりだったとしたら？」

「ありえないよ。日垣から逃げるために、なぜ廊下側でなく、わざわざ逆の窓側へむかわなければならない？」

「日垣から逃げたのではないとしたら。ほかの理由で窓へむかったのだとしたら？」

「ほかの理由などあるものか」

「それがあるのです。あったのです」

アフリカ中部の乾燥地帯に住む鹿の一種は、天敵の肉食獣が襲ってくるのに気づくと、群れの中の一頭にいっせいに噛みついて動けなくし、置き去りにして逃げる。

図91

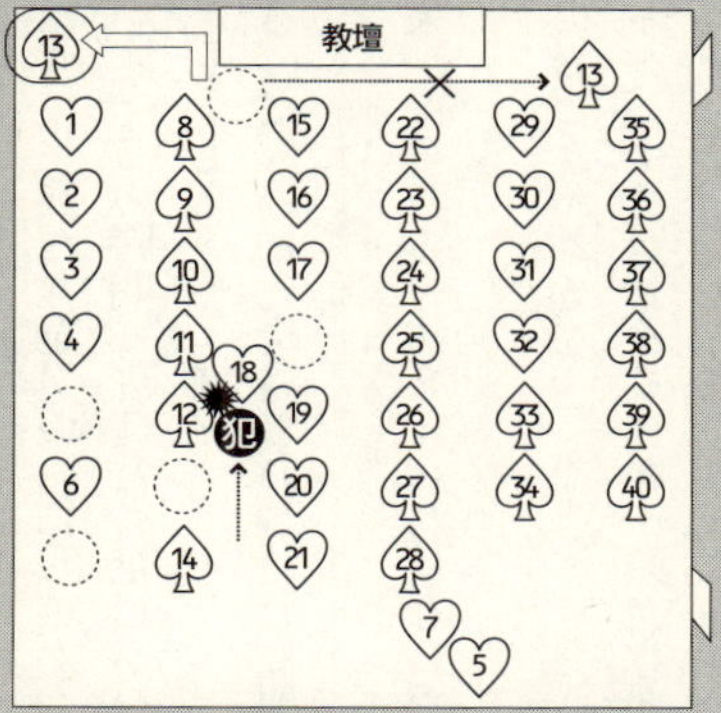
教壇
13
1
2
3
4
6
8
9
10
11
12
14
15
16
17
18
19
20
21
22
23
24
25
26
27
28
7
5
29
30
31
32
33
34
35
36
37
38
39
40
犯

「生け贄」が獣に食われているあいだに、他の鹿たちは安全圏に逃げのびることができる。

生徒たちは感じたのだ。なにかが自分たちに命令していることを。

藤村が命令しているのではない。生徒たち自身が思っているのでもない。

藤村がこの二カ月にわたって生徒たち全員の心にしこんでいたものだ。それが圧倒的な力で「なにか」を命令している。この瞬間、生徒たち全員がひとつのことを思っている。

藤村綾を助けなければ。しかしどうやって？

日垣は包丁をもっているのだ。たとえ全員でいっせいに襲いかかったとしても、何人かが傷つけられるだろう。それは避けなければ。

最小の犠牲で最大の効果が得られる方法をとらねばならない。

「生け贄」の選定は瞬時におこなわれる。

鹿たちの視覚に変化がおき、生け贄となるべき一頭だけが、色がちがって見えるのだ。その一頭に他の鹿たちはいっせいに、ためらうことなく噛みつく。

生徒たちがいっせいに瀬尾将を見る。5、7、17、21、26番をのぞく全員が。図92

瀬尾将は正体不明の恐怖を感じ、窓側にあとずさる。生徒たちが将にせまろうとする。

図92

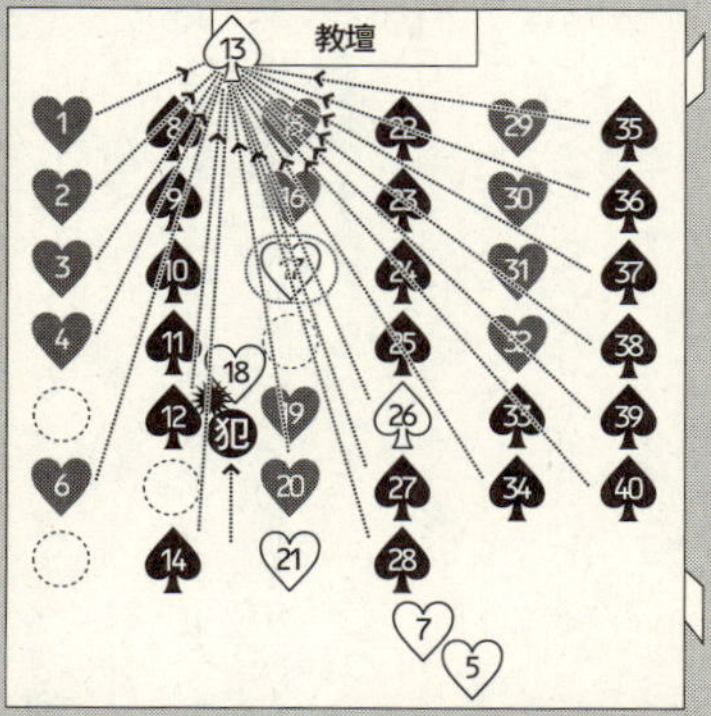

教壇
13
1
2
3
4
6
8
9
10
11
12
14
15
16
17
18
犯
19
20
21
22
23
24
25
26
27
28
29
30
31
32
33
34
35
36
37
38
39
40
7
5

このとき男性教諭がかけつけ、日垣を藤村綾からひきはがす。生徒たちは一瞬の呪縛から解放され、泣き叫ぶ。


「まさか。そんなことはありえない」甲田は青ざめた顔で言った。

「僕だってそう思いたいです。しかし『ラガド』はそう結論づけているに違いないんです。そして」飯沢は苦しそうに言った。

「そしてじつは、僕も同意見です。藤村綾の最後の言葉をおぼえていますか。『わたしをかわりに』――自己犠牲の発露だと、誰もが涙しました。しかし生徒の何人かは、あとになって証言してるんです。すこしちがうと。『を』ではなく『の』だったと」

「わたしのかわりに！」甲田は愕然となった。


わたしのかわりに、誰かをここへさしだしなさい。そうすればわたしは助かるの。図93

日垣里奈は遺書に書いていた。

「いいなりになる　みんなあのこの　こわい」

「問題は、藤村綾のみがわりを誰にするかということです。本来、それが問題であるはずです。

図93

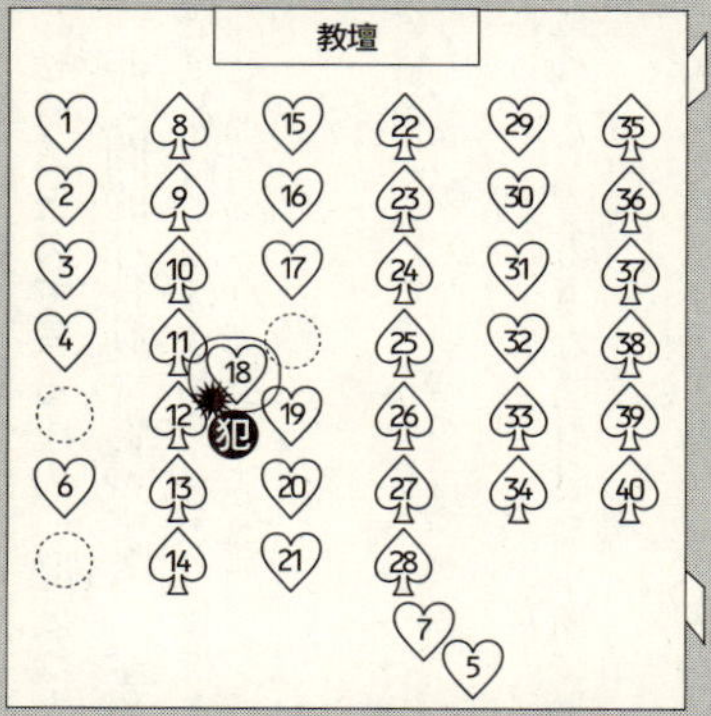
教壇
1
2
3
4
6
8
9
10
11
12
13
14
15
16
17
18
19
20
21
22
23
24
25
26
27
28
7
5
29
30
31
32
33
34
35
36
37
38
39
40
犯

しかし生徒たちにとって、この瞬間それは問題ではなかった。生徒たちは迷うことなく瞬時に、いっせいに決定したのです。誰を藤村綾のかわりに、日垣の前にさしだすかを。

くりかえします。迷うことなく瞬時に、です。

わかりますか甲田さん。これが『緑色の鹿』なんです。

他者を無条件でしたがわせることのできる圧力。必要なとき、必要な行動を瞬時に、それがどれほど倫理上困難な、非人間的な行動であっても、全員一致でとらせることのできる圧力——圧力というより、空気といったほうがいいかもしれませんね」

「空気?」

「そう空気です。

『空気を読む』ことを誰でも気にします。それは空気を読まなければならないという空気が存在するからです。

そういう空気を人工的につくり、好きな時好きな場所に散布することができたら支配者にとってどれだけ好都合か。

支配者みずから命令する必要などないのです。大衆が勝手に空気を読んで、支配者の願うままのことをしてくれるのですから。

家や車やブランド品を買わざるをえない空気。すすんで残業しなければいけない空気。過労で倒れてもリストラされても、泣き寝入りせざるをえない空気。自分の不幸を社会のせいにしてはいけない空気。軍備増強に反対してはいけない空気。そうした空気づくりのノウハウこそ、世界中の権力がつねに求めているものです。『ラガド』はそのニーズにこたえるため、サンプルを収集しつづけているのです。

そして今回『ラガド』は新たなサンプルをひとつ手にいれた。すべてはただひとつのサンプルの——」

「サンプルサンプルって、なんのためのサンプルだよ!?」

「言ったでしょう。『ラガド』の目的は情報の培養と売買だと。使い道のひとつとしては、今おきている、あるいは近い将来おこる戦争が考えられますが——」

しかし実際のところ、『ラガド』にとって使い道などは二の次なんです。サンプルを集めること自体が『ラガド』にとっては正当かつ十分な——」

「やめてくれ！」甲田は叫んだ。「もうたくさんだ」

「どんな話でも、最後まで聞く主義じゃなかったんですか？」

「こいつだけは例外だ。もう聞きたくない」

「あなたらしくないわね」背後で声がした。甲田と飯沢は同時にふりかえった。

「さがしたわよ。甲田さん」冬島康子は言った。「プロダクションの人から聞いたわ。このへんの店で沈没してるだろうって」

「なんだあんた。外国へ行くとか言ってなかったか」甲田はおどろいて叫んだ。「こんなところで何してるんだ?」

「どなたです?」飯沢が甲田にたずねた。

「ああ。この人は――」

紹介されるより早く、冬島の方から飯沢にちかづいた。「あなた飯沢さんでしょ」

「そうですが――どうして私のことを」

「手紙あずかってきたわ」

「手紙?」飯沢は不審そうに冬島から封筒をうけとったが、中身を一目見るなり顔色をかえた。「この筆跡は! この人に会ったんですか?」

「ええ。成田で。私のことをよく知っていたわ。私自身の知らないことまで。もちろん、あなたたちのことも」

飯沢様

郵送するつもりでしたが、偶然冬島さんに会うことができたので、この手紙を託します。これもなにかの配剤でしょう。

この前はあわただしかったため、ひとつ書きのこしたことがありました。それは——私自身、じつに小さな存在にすぎないということです。

私はあなたたちを監視し、警察を監視するラガドを監視し、Sメソッドをこえて行動する藤村綾の行動を把握していました。しかしその私にしても結局のところ、やはり何者かに監視されつづける存在でしかないのです。それが誰なのか、どこにいるのか、私には一生知ることはできないでしょう。

今度の仕事は私にとって、仕事以上の意味を持つものでした。

あなたの友人B．L．より

追伸——甲田さんに、飲みすぎにはくれぐれも注意するようお伝えください。

「手紙、たしかに渡したわよ」冬島はきびすをかえそうとしたが、

「まあ待てよ」甲田が手をあげて止めた。「いっしょに飲まないか。二人より三人のほうがいい」

「飲みすぎに注意しろって、書いてあったでしょ」

「知ったことか。こういうとき飲まずに、いつ飲むんだよ」

「どうぞ」飯沢がスツールをひとつずらし、場所をあけた。冬島はふたりの間にすわった。

「つきあうわ」冬島はカウンターに肘《ひじ》をついた。「なんだか、ひどく疲れたわ……」

「乾杯だ乾杯だ」甲田はボトルをつかみ、冬島のグラスにそそいだ。「とりあえず飲むことだ。今夜は」

「ところで」飯沢がグラスをさしあげながら言った。「あの人は、これからどこへ行くと言っていましたか？」

「ああ。あの人は――」

三つのグラスが、かちりと音をたてた。


「これからどちらへ？」冬島は男にたずねた。

「ここです」男は笑って、搭乗券を見せた。「いい温泉のわく保養地があると聞いたものですから」

「お気をつけて」

「ありがとう。あなたもお元気で」

冬島は男の背中を見おくりながら思っていた。あの国に、温泉なんてあったかしら……。

〝新感覚〟小説が生まれた日

日本ミステリー文学大賞新人賞受賞記念対談

綾辻行人×両角長彦

この対談は、『ラガド　煉獄の教室』が第十三回日本ミステリー文学大賞新人賞を受賞した際に企画され、二〇一〇年一月に収録、「小説宝石」二〇一〇年三月号に掲載されたものです。

執筆のカギ握る読書体験

綾辻　このたびは受賞おめでとうございます。

両角　ありがとうございます。

綾辻　応募原稿を読んだ時点で、僕は『ラガド』を推そうと決めていたんですよ。妙な力を感じましてね。これまでいろんな新人賞の選考委員を務めてきましたが、「こういう感覚は初めてだな」という読み味でもあった。選考会でも最終的には、和気藹々《あいあい》と「これだね」という結論になりました。ところで、小説を書き始めたのはいつだったんですか？

両角　小説を書こうと思ったのは四十過ぎてからです。若いときは、本当はシナリオライターになりたかったんです。だから、それまではシナリオばかり書いていました。
綾辻　現在、おいくつなのでしょうか。
両角　四十九歳です。
綾辻　あ、僕と同い年ですね。一九六〇年生まれ？
両角　そうです。
綾辻　『ラガド』はたぶん、選考委員によっては落とされてしまう作品だと思う。「小説とはかくあるべし」という普通の物差しを当てて評価しようとすると、いろいろと問題が多いんですね。でも、そういう物差しをいったん外して読めば、エンタテインメントとしてすごく面白い。作者としてはこれ、ミステリーを書くつもりで書かれたんですか？
両角　広義のミステリーとして書きました。
綾辻　両角さんの読書体験に興味があります。教えていただけますか。
両角　中学生のころから読んでいた「ＳＦマガジン」（早川書房）を挙げたいと思います。僕が愛読していたのは二代目編集長の森優さんのときまでですが、そのあとも「ＳＦマガジン」の新人賞コンテストには応募していました。落とされてばかりでしたが（笑）。
綾辻　僕も中学、高校のときはＳＦ少年だったんですよ。同時代の日本ミステリーからはちょっと離れていて。あのころ、山田正紀さんが『神狩り』で登場されたときは本当に衝撃的でした。

両角　三百枚、一挙掲載ですよね。

綾辻　そうそう。しかも弱冠……。

両角　二十三歳で。

綾辻　興奮しましたよねえ。その後、僕は「幻影城」出身の泡坂妻夫さんや連城三紀彦さんたちの作品に出会ったりして、ミステリーのほうに引き戻されたんですが……。両角さんの場合、創作の根っこにはやっぱりSFがあるわけですか。

両角　そうですね。

綾辻　ミステリーは？

両角　ミステリーに関して言うと、創元推理文庫です。

綾辻　海外作品が中心だと。

両角　もちろんそうですが、国内も読んでいます。

綾辻　現代作家では？

両角　申し訳ないですが、最近の方に関してはほとんど読んでいません。

綾辻　古い作品はよく読まれてるんですね。

両角　やっぱり古いほうですね。これは歳のせいもあるのかもしれませんが。

綾辻　海外のミステリーでは、例えば？

両角　トマス・ハリスはいいですね。全作品を読みました。作品数はそんなに多くないですが……。

綾辻　好きな長編を三本、挙げてください。

両角　ヴァン・ダインの『グリーン家殺人事件』ですね。ほかには、アガサ・クリスティーの『そして誰もいなくなった』、エラリー・クイーンの『チャイナ橙《だいだい》の謎』です。

綾辻　ほほう。『チャイナ橙』ですか。

両角　最初に読んだクイーンが『チャイナ橙の謎』でした。あとから考えると「なんだこりゃ？」みたいな感じはあるんですが……。

綾辻　海外の本格ものはきちんと押さえておられるようですね。

両角　創元推理文庫では、本格推理の作品をかなり読んでいます。

綾辻　では翻って、日本のSFで好きな作家と作品を挙げるとすると？

両角　トップはやっぱり小松左京さんです。小松さんに関しては『日本沈没』です。発売と同時に買いました。それから、平井和正先生の『人狼戦線』です。

綾辻　なるほど。同世代なのでやっぱり、読書体験は似てますね。ヴァン・ダインでは僕も『グリーン家殺人事件』が好き。先にこれがあったからこそ、クイーンは『Yの悲劇』を書けたんだろうし。トリック云々よりも、あの暗くて物恐ろしい雰囲気が良いなあと。クイーンで『チャイナ橙』というのは、なかなか通ですね（笑）。

両角　最後のあたりを読んで「これだけのこと？」というのはありましたけど。

綾辻　クイーンの長編では飛び抜けて奇抜な「冒頭の謎」が出てくる作品です。ところで、鈴木光司さんの『リング』はどうですか？

両角　小説は読んでいますし、映画も観ました。

綾辻　映画はよくご覧になるのですか。

両角　学生時代は、年間五百本くらいは見ていました。ビデオのない時代でしたから。今でも随分減ってしまいましたが、年間百五十本くらいは見ています。

図版の数は、快挙か暴挙か⁉

綾辻　今回の選考で最終候補に残った作品には、本格からノワールまでさまざまなタイプがありました。『ラガド』については最初、警察小説かなと思って読み始めたら、どうも違う。普通は第一章を読めばだいたい、作品のタイプというかジャンルが摑めるものなんだけれど、それがなかなか摑めない。でもとにかく、テンポよく読ませてくれる。あと、例の図版ですね。百枚近くの図版が随所に付されているけれど、これはまあ、前代未聞ですね。快挙なのか暴挙なのか。僕はある意味、快挙だと思いましたが。

両角　作者としてもこんなつもりではなかったんですけど、成り行きで……。最初は五枚ぐらいの予定だったんです。やっているうちに結構ノッてしまって。

綾辻　どんどん増えていくことが、楽しくて仕方なかったとか？

両角　シーン毎に図を描き、それを切って原稿に貼り付けて構成を考えましたが、作業しているうちに自分でも何が何だか分からなくなって……（笑）。

綾辻　終盤の図版の増殖は圧巻ですね。選考会でも言ったんですが、僕は恩田陸さんのデビュー作『六番目の小夜子』を思い出してしまいました。『小夜子』は高校を舞台にした学園ホラーなんですが、「文化祭の体育館のシーン」という有名なクライマックスがあって。あれを読んだときと似た戦慄を、『ラガド』の終盤でも覚えたんです。ああいうのって極論すれば、結果は大きな問題じゃないんですね。そのシーンを読んでいる最中、いかに読み手の想像を「戦慄」へと掻き立ててくれるか。という意味で僕は、『ラガド』の終盤のあれは本当に素晴らしいと思った。

両角　ありがとうございます。

綾辻　現代作家の小説はあまり読んでいないと言いつつも、ちゃんと『リング』は読んでいらっしゃるでしょ。終盤のあれはすこぶるホラー的な展開だから、なるほどなあと腑に落ちますね。

抜群のリーダビリティに脱帽

綾辻　『ラガド』というタイトルを思いつかれたきっかけは？

両角　同じ題名の映画があるんです。一九七七年に旧西ドイツでつくられた映画です。監督はヴェルナー・ネケスです。実験映画という呼称はこの作品のためにあると思いました。例えば、あるシークエンスで、二つの全く別のシーンを交互にカットバックしているんです。さらに二コマごとにカットバックしていくと、二つのシーンが全く混じり合って見えるわけです。二個所同時存在というものを見せたいのかな、と考えたのですが、映画では何も説明されないので想像するしかないんですけど。

綾辻　小説としても実験的なものを書いてみよう、というのはあったわけですか。

両角　僕自身としては、「実験」という意識は全くありませんでした。ただ、この状況をわかってもらうためにはこういう方法しかないのかなと思いまして。

綾辻　書き方については、良く言えばテンポがいい、リーダビリティが高い。言い方を変えると「シナリオ的」ですね。これはやはり、長くシナリオを書いてこられたからなんでしょうけれど。僕も一読して、「シナリオ的だな」と感じました。この言葉は、小説業界では批判的な意味でも使われがちですが、それをも呑み込んだうえで、やっぱりこの作品はリーダビリティが高くて面白い。どんどん先に引っ張られて、どこに連れていかれるんだろうとドキドキする。

両角　そう思っていただけますか。

綾辻　序盤には、かなり本格ミステリー的な色もありますね。犯行の再現実験をしながら、この状況であれば生徒は前方と後方へ分かれたはず、なのにみんなが前方へ逃げたということは……とか、あの辺の論理展開はクイーン流だし。ところが読み進めるうち、作品は本格からは離れていきます。二転三転して話の先が見えない感覚、これはミステリーの醍醐味でもあるけれど、『ラガド』にはむしろSFやホラーへの志向性を感じました。

両角　ご明察おそれいります。

綾辻　それからそう、今後きっと指摘されるだろう問題として、「視点」の問題がありますね。日本の現代ミステリーでは、「この文章は誰の視点で書かれているのか」を厳格に問われる向きがあります。『ラガド』における三人称視点の混在は、これはこういうスタイルなんだからOKだと僕は思うんですが、中には否定する人もいるかもしれない。けれども、これはあくまでも技法・技術の問題なのだから、作品ごとにご自分でよく考えていかれれば良いと思います。

両角　大変参考になりました。ありがとうございます。

綾辻　お会いしてみて、いろいろ謎が解けましたね。作者像については、選考会でずいぶん話題になったんですよ。とても誠実に創作と向き合っていらっしゃるな、ということは応募原稿を見て分かりましたが。

両角　恐縮です。

ミステリーは書かない!?

綾辻　次作の構想はもう持っておられるのですか。

両角　長編小説では二つあります。少し時代をさかのぼった、香港の九龍城を舞台にした作品を書いてみたいと思っています。かなりフィジカルなアクションになる予定です。まあ、冒険活劇小説と言うと古いですが……。

綾辻　ミステリーではない？

両角　ミステリー色はそれほどないですね。

綾辻　ミステリー文学大賞新人賞で世に出るんだから、ちゃんとミステリーも書いてくださいね（笑）。もう一つはどんな？

両角　題名は決まっています。「大尾行」です。ある女性を探偵がどんどん尾《つ》けていきます。そして日本から外国に行ってしまい、世界中をグルグル回って、最後には南極にたどり着いてしまうという話です。

綾辻　ははは。

両角　何のことだか、言っている本人もよくわからないという……。

綾辻　まあ、あまり枠に囚われず、いろいろなものを書いていきたいということですね。

両角　そうですね。

受賞者に贈る「綾辻の呪い」

綾辻　僕が関係した新人賞の受賞者には、「呪い」をかけることにしているんですよ。今後はもちろん、自分が書きたい小説をどんどん書いていかれれば良いのですが、いつか一作でもいいから、「これが両角長彦の本格ミステリーだ」という長編を書いてみてください。

両角　それはもう、ぜひ。ただ、一つだけお尋ねしたいのですが、先生のお考えになる本格ミステリーというのは、どういうものですか。

綾辻　「トリッキーなプロットを、後出しジャンケン的な書き方をしない努力を怠らずに書ききった小説」というのが、ここ数年ずっと公言している僕の考えです。後から「実はこうでした」という書き方をせざるをえないことは、どうしてもあるでしょう。でも、できるだけそれを避ける。事前に伏線を張って、「ああ、ここに気づいていれば……」と読者に思わせるような書き方をする。そういう努力を放棄せずに最後まで書き通せたら、それは「本格」だろうと。

両角　そうなんですね。

綾辻　恋愛小説であっても、ＳＦでもホラーでも、そのようにして「トリッキーなプロット」を書ききっていれば、僕は「広義の本格ミステリー」だと思うわけです。もっとも一方で、「狭義の本格」は「クイーンの初期作品のようなもの」という感覚も持っているんだけど。いずれにせよ、この問題の捉え方は人によってさまざまですから。あまり気にせずに、読まれた作品から両角さんが感じるところの「本格の醍醐味」を分析・抽出して、自分の作品に取り込んでいかれたら、それが「両角本格」になると思うんですね。「これが本格だから、これを書け」というような話では全然ありませんので。

両角　努力させていただきます。

綾辻　いやいや、努力じゃなくて、これは「呪い」ですから（笑）。呪いが発動するのは五年後でも十年後でも構わないんだけれど、いつか必ず一作は、ということで。長い目で見て、大いに期待していますね。

二〇一〇年二月　光文社刊

光文社文庫

ラガド　煉獄《れんごく》の教室《きょうしつ》
著者　両《もろ》角《ずみ》長《たけ》彦《ひこ》

2012年3月20日　初版1刷発行

発行者　駒井　稔
印刷　慶昌堂印刷
製本　榎本製本

発行所　株式会社　光文社
〒112-8011　東京都文京区音羽1-16-6
電話（03）5395-8149　編集部
8113　書籍販売部
8125　業務部

ISBN978-4-334-76386-2　Printed in Japan

組版　萩原印刷

お願い　光文社文庫をお読みになって、いかがでございましたか。「読後の感想」を編集部あてに、ぜひお送りください。

このほか光文社文庫では、どんな本をお読みになりましたか。これから、どういう本をご希望ですか。どの本も、誤植がないようつとめていますが、もしお気づきの点がございましたら、お教えください。ご職業、ご年齢などもお書きそえいただければ幸いです。当社の規定により本来の目的以外に使用せず、大切に扱わせていただきます。

光文社文庫編集部

ミステリー文学資料館編　傑作群

幻の探偵雑誌シリーズ

1 「ぷろふいる」傑作選
2 「探偵趣味」傑作選
3 「シュピオ」傑作選
4 「探偵春秋」傑作選
5 「探偵文藝」傑作選
6 「猟奇」傑作選
7 「新趣味」傑作選
8 「探偵クラブ」傑作選
9 「探偵」傑作選
10 「新青年」傑作選

甦る推理雑誌シリーズ

① 「ロック」傑作選
② 「黒猫」傑作選
③ 「X（エックス）」傑作選
④ 「妖奇」傑作選
⑤ 「密室」傑作選
⑥ 「探偵実話」傑作選
⑦ 「探偵倶楽部」傑作選
⑧ 「エロティック・ミステリー」傑作選
⑨ 「別冊宝石」傑作選
⑩ 「宝石」傑作選

光文社文庫

松本清張短編全集　全11巻

「清張文学」の精髄がここにある！

01 西郷札
西郷札　くるま宿　或る「小倉日記」伝　火の記憶
啾々吟　戦国権謀　白梅の香　情死傍観

02 青のある断層
青のある断層　赤いくじ　権妻　梟示抄　酒井の刃傷
面貌　山師　特技

03 張込み
張込み　腹中の敵　菊枕　断碑　石の骨　父系の指
五十四万石の嘘　佐渡流人行

04 殺意
殺意　白い闇　蓆　箱根心中　疵　通訳　柳生一族　笛壺

05 声
声　顔　恋情　栄落不測　尊厳　陰謀将軍

06 青春の彷徨
喪失　市長死す　青春の彷徨　弱味　ひとりの武将
捜査圏外の条件　地方紙を買う女　廃物　運慶

07 鬼畜
なぜ「星図」が開いていたか　反射　破談変異　点
甲府在番　怖妻の棺　鬼畜

08 遠くからの声
遠くからの声　カルネアデスの舟板　左の腕　いびき
一年半待て　写楽　秀頼走路　恐喝者

09 誤差
装飾評伝　氷雨　誤差　紙の牙　発作
真贋の森　千利休

10 空白の意匠
空白の意匠　潜在光景　剥製　駅路　厭戦
支払い過ぎた縁談　愛と空白の共謀　老春

11 共犯者
共犯者　部分　小さな旅館　鴉　万葉翡翠　偶数
距離の女囚　典雅な姉弟

光文社文庫